약속의 세대

약속의
세대

백온유 소설

문학동네

차례

나
의

살
던

고
향
은

ㄹ

1

주말에 집에 올 수 있냐. 아버지에게 연락이 왔을 때 영지는
일이 많아 어려울 것 같다고 말했다. 핑계는 아니었다. 두 달
전 동기가 대기업으로 갑작스럽게 이직한 뒤로 영지는 그가
하던 일까지 떠안게 되었다. 부장은 임시라고 했지만 두 달이
지나도 대체 인력을 뽑지 않는 것으로 보아 이대로 가다간 결
국 동기의 일까지 책임지게 되리라는 것을 영지는 직감했다.
영지는 MD였고 동기는 마케터였으므로 영지의 노력과는 별
개로 마케팅 업무는 늘 주먹구구식으로 돌아가고 있었다. 영
지뿐만 아니라 모든 팀원이 비슷하게 느끼는 것 같았다. 그러

나 혹여 자신에게 업무가 넘어올까봐 아무도 짚고 넘어가지 않는 듯했다. 부장도 일단 올해만 버텨보자는 식으로 적당히 능쳤다.

지난주에는 벼르고 벼르다 사람을 뽑아달라고 건의했다. 부장은 하반기 채용 공고도 끝난 마당에 어쩔 수 없다는 말만 반복하다가 자신이 보기에 김대리는 충분한 역량을 가지고 있는데 김대리만 자기 잠재력을 모르는 것 같다며 가증스러운 얼굴로 안타깝다 말했다. 영지는 자신이 지금까지 서울에서 살아남을 수 있었던 비결이 주제 파악을 하는 능력 덕분이라고 생각했다. 여섯이었던 입사 동기는 꾸준히 퇴사해 오 년이 지난 지금은 영지밖에 남지 않았다. 마지막 동기는 이직이 결정되고 나서도 영지에게 아무런 언질도 주지 않았다. 섭섭하지 않았다. 영지는 자신의 처지가 떠난 이들과 다르다는 사실을 명확하게 인지하고 있었다. 영지의 회사는 다이어트 보조제와 다이어트 식품을 판매하고 있었다. 입사할 때만 해도 오십 명 내외였던 직원은 오 년 만에 백 명 이상으로 늘어났고, 연예인과 인플루언서를 통한 마케팅으로 올해만 해도 매출액이 작년의 두 배를 기록할 전망이었다. 영지는 자신이 운이 좋은 편이라고 생각했다. 동기들은 업무량에 비해 월급과 사내 복지가 형편없다고 했지만 영지는 이 학벌에, 이 경력으로 이만한 회사에 자리잡은 것만 해도 감지덕지라고 여겼다. 그러나 이제는 한계였다. 영지는 현재 업무량이 얼마나 많은지, 자신이 억지로 떠맡은 일을 얼마나 터무니없는 방식으로 처리하고 있는지를 보고했다. 부장은 가만히 듣더니 속삭이듯 말했다.

"알아. 내가 그걸 모르겠어? 연봉 협상 시즌 두 달도 안 남았잖아. 오히려 영지씨한테는 잘된 일일 수도 있지 않을까? 정 힘들면 내년 초에 계약직 한 명 뽑아줄게. 그때까지만 고생해주라."

부장이 그렇게까지 말하자 물러서는 수밖에 없었다. 연봉 협상 때까지만, 내년 초까지만, 영지는 이를 악물고 스스로를 채찍질하는 중이었다. 버티지 않으면 또 어찌할 것인가. 도무지 이보다 더 나은 직장을 구할 자신이 없었다.

"주말은 힘들고, 이달 말에 한번 갈게요."

영지는 아버지에게 대답했다. 솔직히 말하면 지킬 자신 없는 약속이었다. 하지만 설 이후로 한 번도 내려가지 못했기에 갈 때가 되기는 했다. 추석에도 일이 많다는 이유로 가지 않았으니까. 아버지는 알겠다고 답하고 전화를 끊었다. 지금 와 생각해보면 그때 그냥 넘기지 말고 이유를 캐물었어야 했다. 아버지는 특별한 이유 없이 딸에게 전화를 거는 사람이 아니었다.

이틀 후, 잠깐 다녀가는 것도 어렵겠냐고 아버지에게 다시 연락이 왔을 때 영지는 상황의 심각성을 인지했다. 무슨 일이 생긴 거냐고 물으니 아버지는 한참 뜸을 들였다.

"진우 또 사고 쳤어요?"

아버지는 진우가 그럴 일이 뭐가 있느냐고, 정신 차린 지가 언젠데 그런 소릴 하느냐며 되레 영지를 나무랐다. 무슨 일이 있는 게 분명한데 이유를 말해주지 않으니 가장 가능성 높은 일을 상상하는 것 아닌가. 진우는 중학생 때 학교폭력을 저질러 정학을 당한 이력이 있었다. 면 단위 소재지이다보니 피해자도 어릴 때부터 알고 지낸 아이고, 진우의 부추김에 폭력에 가담한 아이들도 모두 먼 친척뻘이라 학교에서는 사건을 덮기에 급급했다. 십 년도 더 지난 일이니 아버지로서는 철없던 시절의 비행이라고 생각할지 몰라도 영지는 이상하게 진우가 시한폭탄처럼 불안했다. 또래 중에서는 가장 먼저 취직해 면사무소 공무원이 된 동생을 아버지는 무척이나 자랑스러워했다.

"외가, 친가 따져봐도 나랏밥 먹는 사람은 우리 집안에서 진우 하나다. 조선 시대로 따지면 과거 급제를 해서 벼슬길에 오른 거지."

영지는 아버지가 자신에게 바라던 것이 무엇인지 잘 알고 있었기에 그 소망을 비슷하게라도 이루어준 진우가 고마웠고 내심 안심이 되기도 했다. 실패한 자식은 한 명으로 족하니까. 그러나 친척들 앞에서도 낯뜨거운 칭찬을 서슴지 않는 모습을 볼 때면 왠지 마음이 거북해지고 신경이 곤두섰다. 그런 거들

먹거림은 아버지 인생에서 내세울 게 진우뿐이라는 걸 너무 노골적으로 드러내는 것 같았다. 어쨌든 진우 문제가 아니라고 하니 영지는 또다른 가능성을 떠올렸다.

"혹시 재발하셨어요?"

"무슨 말이냐?"

"암이요. 재발하셨냐고요."

아버지는 구 년 전 위암 2기 진단을 받았고 완치 판정을 받은 지 삼 년이 넘은 상태였다. 아버지는 너털웃음을 지으며 전혀 아니라고 말했다.

"너희 엄마가 좀 다쳤다."

그건 예상하지 못한 말이었다. 엄마와는 아침에도 통화를 했기 때문이었다. 엄마의 목소리는 여느 때처럼 밝고 명랑했다.

"어제 용돈 보냈더라? 느그 아빠한테도 말했어? 이거 우리 둘 비밀이가. 고맙다, 우리 딸. 아침 챙겨 먹고, 쉬엄쉬엄 일해라. 느그 아빠는 뭐 놀러갔겠지. 언제 얘기하고 나가는 거 봤냐? 지겨워 죽겠다."

용돈을 보내줘서 고맙다는 말. 무뚝뚝하고 뻣뻣한 아버지에 대한 험담. 엄마의 목소리에 아픈 기색은 전혀 없었다.

"어디를요."

"심한 건 아니고, 산에서 발을 좀."

엄마는 봄에는 쑥과 고사리를 캐러, 가을에는 밤을 주우러 산에 다녔다. 원래부터 있던 취미는 아니고 불과 삼사 년 전부터 생긴 취미였다. 고향에 있는 산이면 사유지일 텐데 들어가서 함부로 손대도 되는 거냐고 물으니 그냥 두면 썩을 것들 한 소쿠리 가져오는 게 뭐가 어떠냐고 했다. 자기만 그러는 게 아니라고, 네가 몰라서 그렇지 시골 아줌마들은 다 그런다고 말하기에 그런가보다 여겼다. 영지는 어릴 때부터 밤조림을 좋아했다. 삶은 밤의 껍질을 벗겨 설탕과 물을 넣고 조려서 유리병에 담아두면 오래 먹을 수 있었다. 엄마는 가을마다 그것을 택배로 보내주었다. 큰 병에 담아 보내도 한두 달이면 다 먹었기에 영지는 올해는 밤을 더 많이 주워오라고 며칠 전 당부했었다. 혹시 그것 때문에 산에 갔다가 발을 헛디뎠나 싶어 마음이 좋지 않았다.

"얼마나 다친 건데요? 접질린 거예요?"

"비슷하다."

아버지에게 그 말을 들었을 때 영지는 뼈가 부러졌을 수도 있겠다고 생각했다. 아버지는 위암 진단을 받았을 때도 위궤양이라는 터무니없는 거짓말로 자식들을 속이고 반년 넘게 몰래 항암 치료를 받았다. 머리카락이 모두 빠진 후에야 사실을 털어놓았는데, 지금은 그 일을 은근히 뿌듯해하며 무용담처럼 늘어놓는 것이 마음에 들지 않았다. 그때 애들한테는 말 안 하고 마누라랑 둘이 병원 다녔지. 왜긴, 왜야. 자식들 걱정시키기 싫어서지. 죽으면 죽었지, 애들이 신경쓰게 하고 싶지 않더라고. 진우는 아직 제 아버지를 하늘같이 여기는데 내가 약한 모습 보이면 되겠어? 가장은 집안 기둥인데 무너지면 안 되잖아. 동네 어른들과 친척들은 진우 아버지는 정말 담력이 보통 아니라는 둥 다시 봤다는 둥 그렇게 강인하니 결국 암도 이겨낸 거라는 둥 아버지를 치켜세웠다.

아버지는 약이 잘 맞아 치료 이 년 만에 놀라울 정도로 병증이 호전되었는데 가끔 자신이 시한부였다든가, 호스피스 병동에 갈 뻔했다든가 하는 식으로 허풍을 떨었다. 영지는 아버지가 병증을 과장해서 말할 때마다 기분이 묘해졌다. 젊은 날의 아버지는 특별히 과시적인 사람은 아니었다. 평생을 미적지근하게 산 사람이 말년에 피울 수 있는 거드름은 결국 그런 자질구레한 것들뿐인 걸까. 아버지에게 암이라는 건 평생 고향땅을 떠나지 않고 살아온, 방앗간이라는 가업을 물려받아 오십 년간 한 가지 일만 반복하며 살아온 사람이 삶에서 겪은 몇 안 되는 이벤트였던 것이다.

"언제 다쳤는데요?"

"그저께."

아버지가 영지에게 내려오라고 한 그날이었다.

"진작 말씀하셨어야죠. 그럼, 연차 내고 내려갔을 거 아니에요."

"너희 엄마가 모르게 하라고 하니까 그랬지."

"내일 첫차 타고 갈게요."

"그래라."

버스표를 끊은 뒤 연차를 냈다. 부장이 뭐라 하기도 전에 연차는 쓰지만 업무가 지연되지 않게 하겠다고 선수를 쳤다. 그러고는 열한시까지 야근을 했다. 다른 방법이 없었다.

2

새벽에 집을 나섰다. 동서울 터미널에서 버스를 타고 안동 터미널에 내려 한서행 버스로 갈아타야 했다. 몇 년 전만 해도 두 시간에 한 대씩 다니던 한서행 버스는 이제 하루에 두 대가 전부였다. 사십 인승 버스에는 영지를 포함해 승객이 겨우 여섯이었다. 오 년이나 십 년 후에는 한서로 가는 교통편이 아예 사라질지도 몰랐다. 그때부터는 가지 않는 것이 아니라 가고 싶어도 갈 수 없게 되는 것이 아닌가. 그러면 더이상 바쁘다는 평계를 대지 않아도 될 텐데. 영지는 그날이 빨리 오기를 바랐다.

안동에서 한서로 가는 길은 몹시 험해 쉽게 잠들 수도 없었다. 영지는 산을 넘어가는 길에 있는 서강댐을 내려다보았다.

영지가 안동으로 고등학교를 다닐 때 매번 이 산을 넘었는데 아버지는 서강댐을 볼 때마다 본인이 고향을 잃은 듯 분개했다. 이 댐을 만든다고 마을에 살던 사람 팔십 명이 이사를 가야 했다고, 보상금을 받긴 했지만 그렇다고 해서 그 사람들이 어디 행복했겠느냐고, 고향땅의 의미는 돈으로 환산할 수 없다고 열변을 토했다.

"노인네 한 명이 집에 두고 온 게 있다며 수몰 지역에 들어갔다가 물에 빠져 죽었다더라. 저수지에 시신이 떠올랐을 때 난리가 났다니까. 아주 난리가 났었다고."

아버지가 서강댐을 지날 때마다 같은 말을 반복했기에 영지는 댐을 볼 때면 저수지 표면에 나뭇잎처럼 떠 있는 한 구의 시신을 상상하게 되었다. 시신을 떠올린 후에는 자연스럽게 또다른 상상이 피어올랐다. 돌아갈 고향을 잃어버린 사람들은 명절이 되면 댐 앞에 모여 함께 망향제를 지낸다고 했다. 영지는 잃어버린 고향땅을 기리며 제사를 지내는 사람들 틈에 우두커니 서 있는 자신의 모습을 상상하곤 했다. 영혼의 거처를 잃어버린 사람들의 비통함과 해방감을 누리는 이의 격정은 쉽게 구분되지 않을지도 모른다.

한서가 물에 잠긴다면, 그곳이 영원히 돌아갈 수 없는 고향이 된다면 영지는 진정으로 자신이 태어난 땅을 사랑할 수 있을 것 같았다. 서강댐의 수위는 지금까지 영지가 본 것 중에서 가장 낮았다. 극심한 가뭄 때문일 테지. 엄마는 여름 내내 비가 오지 않아 밭에 심어놓은 고추와 배추가 모두 말라죽었다고 했다. 엄마는 괜찮을까. 오랜만에 고향에 간다는 사실이 심란해 집에 가는 목적을 잊어버리고 있었다는 것을 문득 깨달았다. 영지는 통장의 잔고를 머릿속으로 떠올렸다. 이번달 용돈은 이미 보냈지만 그래도 병원비에 보태라고 몇 푼이라도 주고 와야 마음이 편할 것 같았다.

터미널에 도착하니 오후 두시가 되어 있었다. 한서 터미널은 버스 세 대를 주차하면 꽉 찰 만큼 협소한 주차장에 작은 매점이 붙어 있는 게 전부였다. 내리자마자 익숙한 냄새가 코를 찔렀다. 풀 냄새와 희미한 축사 냄새가 뒤섞인 한서 특유의 냄새였다. 매점 평상에는 어르신들이 모여 앉아 막걸리를 마시고 있었다. 익숙한 얼굴들이었다. 그들은 버스를 탈 것도 아니면서 터미널 앞에 하루종일 앉아 오고가는 사람들 한 명 한 명에게 말을 걸었다. 자식들을 만나고 왔는지, 병원에 다녀왔는지. 모든 것을 알아야 직성이 풀리는 듯했다. 아니나다를까, 대낮부터 막걸리를 한 잔씩 걸친 어른들이 영지에게 알은척을 해왔다.

"방앗간집 딸내미 맞제?"

"네가 서울 산다고 했나? 집값도 비싼데 거기 네가 누워서 잘 곳이 있어? 대단하네."

"네 나이가 몇이고? 결혼은 했고? 아이고, 노처녀라 부모 걱정이 이만저만 아니겠네. 네 남동생은 여기 살면서도 여자 잘만 만나더라."

"요새는 필리핀 애 만나는가보던데. 남동생이 먼저 갈 수도 있겠어."

"젊은 애들은 그런 거 신경 안 써."

"그게 낫지. 갈 사람은 눈치보지 말고 가야지."

사람을 세워두고 자신들끼리 낄낄거리며 주고받는 말들을 영지는 대충 웃어넘겼다. "가만 기다려봐라. 그래도 딸내미 왔는데 간식은 챙겨줘야지." 매점 주인은 검은 봉지에 커피 사탕과 양갱, 새우깡을 담아서 영지 손에 들려주었다. 거절해봤자 소용없을 것이라는 걸 알기에 영지는 얌전하게 감사합니다, 하고 받아 챙겼다. 영지가 일러둔 시간을 한참 넘겨 느지막이 아버지가 나타났고 영지는 차에서 내리려는 아버지를 말리며 빨리 출발하자고 재촉했다. 운전대를 잡고 있는 것을 뻔히 보면서도 어른들은 아무렇지도 않게 아버지에게 술을 권하곤 했다. "한잔 안 해?" 영지가 없었다면 아버지는 그들이 건네는 사발을 넙죽 받아 마셨을 것이다.

아버지는 엄마가 집에서 한 시간가량 걸리는 시의 병원에 입원해 있다는 사실을 뒤늦게 알렸다. 그 정도로 안 좋은 거냐고 묻자 의사 말로는 다음주 안으로 퇴원할 수 있다고 했으니

호들갑 떨 필요 없다고 말했다.

"장녀가 챙겨야지, 그렇지 않냐. 너희 엄마, 퇴원해도 한동안 거동도 힘들고 식사 챙기기도 어려울 텐데 진우 걔가 뭘 아냐."

결국 집안일할 사람이 필요해 영지를 불러들였다는 얘기였다. 기가 막혔지만 그래도 모르고 지나갔다가 나중에 알게 되는 것보다는 나았다.

영지가 아버지와 함께 병원에 도착했을 때 엄마는 병실에서 드라마를 보고 있었다. 육 인실에는 엄마와 비슷한 연령대의 아줌마 세 명과 할머니 두 명이 같이 있었다. 영지는 간이침대에 앉았다. 엄마는 오른쪽 발이 붕대에 감겨 있었다.

"의사가 뭐래?"

"왜 왔노, 아무 일도 아닌데."

걱정하는 목소리에도 엄마는 당황한 표정을 숨기지 못하고 괜히 아버지를 향해 눈을 흘겼다. 그러고 나서 엄마는 느그 아버지는 어째 나이가 들수록 주책이다, 회사는 어쩌고 왔어, 하고 쓸데없는 소리만 했다.

"부러진 거야?"

다그치듯 묻자 엄마는 눈을 피했다. 그때 문득 영지는 병실의 공기가 달라진 것을 느꼈다.

"애는 아직 모르는가보네."

옆 침대에 있던 아줌마가 낮게 혀를 찼다. 그러자 엄마가 인상을 쓰며 눈치를 주었다. 예감이 좋지 않았다. 당장 의사를 만나겠다고 하자 엄마는 영지를 말렸다. "일단 나가서 얘기하자." 영지는 엄마를 휠체어에 옮겨 앉히고 아버지와 함께 휴게실로 향했다. 휠체어 바퀴의 공기압이 충분하지 않은 탓인지 손잡이를 잡고 밀 때 힘이 생각보다 많이 들어갔다. 덥지도 않은데 이마에 땀이 맺혔다. 엄마는 침착하게 자기 얘기를 들어보라고 했다.

"회복만 잘하면 앞으로 걷는 데는 큰 문제 없을 거란다."

"그러니까 어떻게 된 건데."

"조금 잘렸다."

"뭐가?"

"발가락이."

심장이 바닥으로 뚝 떨어지는 기분이었다. 영지는 자신이 제대로 들은 게 맞는지, 엄마의 말을 이해한 게 맞는지 알 수 없었다.

"무슨 소리야? 도대체 어쩌다가?"

엄마는 머뭇거리기만 했고, 그때 잠자코 바라보던 아버지가 말했다.

"덫에 걸렸단다."

"덫이요?"

"족제비나 멧돼지 잡으려고 놓아둔 덫에 걸린 모양이야."

대수롭지 않은 말투에 영지는 자신이 뭔가를 잘못 들은 게 아닌지 헷갈렸다. 엄마가 산짐승을 잡기 위한 덫에 걸려 발가락이 잘렸다니. 요즘에도 산에 덫을 놓는다는 말인가. 아무리 시골이라고 해도.

"도대체 누가? 다치면 어쩌려고 사람 다니는 곳에 덫을 놔둬. 신고는 했어? 범인은 잡았어?"

"산주가 설치한 거지 뭐."

"산주가 했다고? 엄마 이렇게 된 건 알아?"

영지가 길길이 날뛰자 아버지가 목소리를 낮추라고 했다.

"설마 일부러 그랬겠냐. 요즘 멧돼지도 그렇고 고라니도 그렇고 산짐승이 좀 지랄맞아야지 말이야. 동네까지 내려온다니까. 난리도 아니다."

"그럼 엄만 멧돼지가 나오는 산에 혼자 갔단 말이야? 어쩌자고 그랬어."

"그러게. 내가 이번에 좀 깊이 들어가긴 했다. 내 잘못이다."

"사과는 받았어?"

"받았지. 받았지, 그럼. 사실 그날 산에 나자빠져 있는 걸 산주 어른 딸이 발견했다니까. 가가 병원에 데리고 온 거다. 그쪽에서 사과할 것도 없지, 사실. 내 잘못이라니까 그러네."

영지는 엄마의 대답이 미덥지 않았다. 영지로서는 익숙한 태도였다. 일을 크게 만들고 싶지 않을 때, 일의 인과관계를 자세히 밝히고 싶지 않을 때 엄마는 늘 자신의 탓이라고 말하며 크고 작은 사건을 무마했다. 통렬한 후회와 자책으로 하는 말은 아니었다. 내 잘못이라는 말은, 그냥 적당히 넘어가자는 뜻과 마찬가지였다.

엄마는 영지를 설득하듯 이어 말했다. "산주랑 아예 모르는 사이도 아니다. 그분이 누구냐면, 아버지 사촌형의 사돈. 너도 얼굴 보면 알 거다. 할아버지, 할머니 장례식 때도 오셨으니까."

고향에서 자라며 숱하게 들어온 말들이었다. 그분은 아버지 동창의 사돈이셔. 그분은 외할아버지 팔촌의 잘 아는 형님이셔. 아버지와 엄마는 한동네에서 나고 자라 이른 나이에 결혼했고 영지의 친가와 외가는 가족이자 이웃으로 엮여 있었다. 영지네가 손해를 볼 때는 물론이고 타인에게 피해를 끼칠 때도, 한서 안에서 발생하는 모든 일은 그런 관계 때문에 흐지부지되기 일쑤였다.

"앞으로 안 볼 사이도 아닌데, 이웃간에 얼굴 붉히는 것보다는 원만히게 끝내는 게 낫지."

아버지도 옆에서 거들었다. 영지는 마음을 가라앉히기 위해 노력했다. 어쨌든 사람이 사람을 공격하기 위해 고의로 벌인 일이 아니라는 말에는 수긍했기 때문이었다. 지금은 엄마의 회복에 집중하는 것이 우선이었다. 덫을 놓은 사람을 처벌하는 일이나 사과를 받는 일, 보상금을 받아내는 것은 그 이후의 문제라고 생각했다.

영지는 부장에게 메일을 보내 사정을 알리고 일주일만 재택근무를 하겠다고 말했다. 이것을 빌미로 부장이 앞으로는 더욱 거리낌없이 자신을 부려먹으리라는 걸 알고 있었다. 알고 있었지만, 다른 방법이 있는 것도 아니었다.

영지는 병실에 머물며 간이침대에서 잠을 잤고, 드레싱하는 과정을 지켜보았다. 엄마의 오른쪽 엄지발가락은 삼분의 이 정도가 절단된 상태였다. 검지발가락과 중지발가락도 삼분의 일은 손상이 심각했다. 처음 상처를 확인했을 때, 상상했던 것보다 훨씬 참혹한 상처에 속이 메슥거렸다. 아버지가 말한 것과 달리 손상 정도도 심하고 재활 과정도 쉽지 않을 거란 게 의사의 소견이었다. 엄마는 병실 아줌마들과 웃고 떠들다가도 갑자기 신음을 흘리며 진통제를 찾곤 했다.

영지는 엄마가 답답해할 때마다 휠체어를 끌고 병원 밖으로 산책을 나갔다. 병원측에 요청해 휠체어를 교체했기에 크게 힘을 들이지 않아도 휠체어는 수월하게 앞으로 나갔다. 엄마는 회사에 가지 않아도 되느냐고 하루에도 수십 번 같은 질문을 했다. "내가 있는 게 그렇게 불편해? 빨리 갔으면 좋겠어?" 영지가 묻자 엄마는 손사래를 치며 절대 아니라고 했다.

"나야 좋지. 근데 나 때문에 발목 잡혀 있는 걸까봐 그러지. 그런 거면 괜찮으니까 가도 된다고."

영지는 성인이 된 후로 사흘 이상 고향에 머문 적이 단 한 번도 없었다. 온갖 핑계를 대가며 새벽 첫차로 떠났던 세월이 있기에 말문이 막혔다. 요즘 바쁜 건 거짓이 아니지만 엄마가 보행 장애를 얻게 될지도 모른다는 생각을 하니 사흘 차에도 차마 발이 떨어지지 않았다. 영지는 의사가 회진을 돌 때 복도까지 따라 나가 혹시 접합 수술은 어려웠느냐고 물었다. 지방에 있는 병원이라 믿지 못하는 것처럼 의사가 오해할까봐 말투를 조심하면서. 의사는 병원으로 이송됐을 때 이미 절단된 지 시간이 꽤 지난 상태였고, 오염이 심했다고 말했다.

"엄지발가락과 검지, 중지발가락이 절단됐으니 발가락에 고르게 가해지는 힘이 줄어 균형을 잡는 게 어려우실 거예요. 특히 계단 오르내릴 때 많이 힘드실 거고요. 연세도 있으니 조심조심 걸으셔야 합니다. 힘이 풀리면 확 주저앉을 수가 있거든요."

"치료 잘하면 예전처럼 걸을 수 있는 거죠?"

"현실적으로 완전 회복은 어렵다고 봐야 하고요. 그러니까 발바닥과 종아리 근육을 기를 수 있도록 운동도 계속 하셔야 합니다. 상처 아물면 재활 치료 꾸준히 받으세요."

영지는 의사에게 전해들은 말을 조금 더 긍정적으로 각색해 엄마에게 전달했다. 재활 훈련을 열심히 해서 다리에 힘을 기르면 예전처럼 보행하는 데에 큰 문제는 없을 거라고. 자신이 무엇이든 도울 거고, 필요하다면 엄마를 서울에 있는 큰 병원에 데려가서라도 낫게 할 거라고. 그건 스스로에게 하는 다짐이기도 했다. 엄마는 괜찮을 줄 알았다고 했다. 그리고 발가락이 다섯 개면 어떻고 네 개면 어떻냐고 웃었다.

"엄만 아무렇지도 않다니까. 그나저나, 발가락에 붕대를 이렇게 감아놓으니까 개구리 같지 않냐? 앞으로 샌들은 못 신으려나. 슬리퍼 신으면 이상하다고 흉보겠다. 에라이."

영지는 터무니없이 가벼운 고민 앞에서 맥이 탁 풀리는 느낌이었다. 오랫동안 집을 떠나 있어 잠시 잊고 있던 사실이지만 때와 장소를 가리지 않는 엄마의 이런 유의 가벼움과 대책 없는 해맑음이 영지는 매번 당황스러웠다. 왜 이런 상황에서도 엄마는 아무렇지 않을까. 자라면서 비슷한 경험을 수도 없이 했다. 한서 사람들의 공통된 특성이라고 하면 너무 과장된 생각일지 몰라도, 이곳 사람들에게는 설명할 수 없는 천진난만함 같은 게 있었다. 같은 것을 먹고 같은 풍경을 보고 자랐는데 영지에게는 없는 것이 진우에게는 있었다. 그 천진함 때문에 진우는 고향에 남았고 자신은 고향을 떠날 수밖에 없었던 거라고, 영지는 늘 생각했다.

3

한서에 내려온 지 나흘째 되던 날, 병실에 뜻밖의 손님이 찾아왔다. 영지가 간이침대에 구부정하게 앉아 노트북으로 회사 업무 메일을 보내고 있을 때 누군가가 다가와 안녕하세요, 하고 인사했다. 후줄근한 셔츠에 분홍색 몸뻬 바지를 입은 여자는 커다란 과일 바구니를 들고 있었는데 낯이 익은 얼굴이었다. 분명 어디서 봤던 것 같은데 누구인지 정확히 떠오르지 않았다. 점심을 먹은 후 졸고 있던 엄마가 여자를 보자마자 벌떡 몸을 일으켰다. 갑자기 몸에 힘을 주는 바람에 통증이 올라왔는지 악, 하고 비명을 질렀다. 집안의 먼 친척일까. 엄마가 다니는 교회 사람일까. 정체를 알 수 없는 여자가 내미는 과일 바구니를 영지는 얼떨결에 받아들었다.

허리를 어정쩡하게 굽히며 "어떻게 오셨나요" 묻자 여자가 은은하게 미소 지었다.

"안녕하세요. 저 구상표씨 딸입니다. 그날 제가 어머니 모시고 병원 왔어요."

영지는 구상표가 누군지 몰라 엄마를 힐긋 쳐다보았다. 엄마가 어색한 표정으로 우물쭈물 말했다.

"느그 아부지 사촌형의 사돈어른. 산주 어른 말이다."

병원에 온 이는 덫을 놓은 산주의 딸이었다.

엄마는 여기서 이러지 말고 밖에 나가서 대화하자며 영지에게 자신을 부축하라고 했다. 영지는 엄마를 휠체어에 앉히고 여자와 함께 병원 로비로 내려갔다.

"손님 드시게 병원 매점 가서 주스라도 한 병 사와."

"전 괜찮아요."

"그래도요. 주스가 별로면 식혜라도."

엄마는 영지에게 눈치를 줬다. 여자가 괜찮다고 하는데도 재차 권하는 모습이, 영지가 없는 자리에서 단둘이 대화하고 싶어하는 것 같았다. 영지는 매점까지 가려다가 가까운 곳에 있는 음료 자판기에서 캔커피를 뽑아서 금방 두 사람이 있는 곳으로 돌아왔다. 엄마는 여자와 꽤 심각한 표정으로 대화중이었다. 여자는 영지보다 열 살 정도 많아 보였다. 아니, 그보다는 젊을 수도 있었다. 햇볕 아래에서 일을 하는지 까맣게 그을린 피부에 화장기가 전혀 없었는데 그 때문에 나이보다 더 들어 보이는 건지도 몰랐다. 구상표씨의 딸은 시종일관 차분하게 엄마의 말에 고개를 끄덕이며 수긍하는 듯 보였다. 영지는 엄마가 덫을 밟은 일을 없던 것으로 하자고 할까봐 걱정되었다. 선심 쓰듯 덮을 일은 아니었으니까. 자세하게는 몰라도 수술비와 입원비로 꽤 큰 비용이 들 것이다. 물론 보험이 있으니 목돈 들 일은 없을지 몰라도 앞으로의 통원 치료비와 재활 치료비, 약값으로 얼마가 들지는 모르는 일 아닌가. 또한 어떤 후유증이 엄마를 괴롭힐지도 알 수 없었다. 영지가 느끼기에 지금은 분명 협상이 필요한 순간이었다. 몇 발짝 떨어져 두 사람을 지켜보던 영지가 끼어들기로 결심한 건 그런 조바심 때문이었다. 앞으로 걸어가자 두 사람의 대화 소리가 들려왔다.

"소문나길 원하지 않아요. 다들 내가 예초기 잘못 다뤄서 이렇게 된 줄 안다니까. 내가 그렇게 말했거든. 우리 동네 소문 빠른 거 알잖아. 남사스러워서 나도 조용히 넘어가고 싶어."

"저도 이해해요, 아주머니 상황. 그런데 아시다시피……"

영지가 가까이 다가갔을 때 두 사람은 잠깐 대화를 멈추고 영지를 바라보았다.

"응. 내가 사과받은 걸로 할게. 이웃끼리 뭘. 그리고 우리는 한식구나 마찬가지고. 마음은 충분히 전달됐어. 이만 가봐."

영지가 오자 엄마는 서둘러 여자를 보내려 했다. 여자는 영지를 돌아보더니 천천히 일어나 다시 엄마를 향해 고개를 숙였다.

"그럼 다음에 또 찾아뵐게요. 몸조리 잘하세요."

영지는 상황 파악을 위해 엄마와 여자를 번갈아 보았다. 엄마는 영지에게 이만 올라가자고 재촉하듯 말했고 여자는 어느새 병원을 나가고 없었다. 영지는 자신이 얼핏 들은 내용이 의아했다. 엄마가 여자에게 사정을 하는 듯한 분위기였기 때문이었다.

"무슨 얘기 했어? 혹시 정말 사과만 받겠다고 한 거야? 사과받고 털어버릴 일이냐고, 이게. 답답하게 진짜."

"느그 아버지랑은 끝난 얘기다. 억척스럽게 애가 왜 이래."

영지는 여기서 실랑이를 해봤자 엄마의 생각을 바꿀 수는 없다고 느꼈다. 대신 여자가 나간 방향을 향해 뛰었다. 병원의 옥외 주차장으로 나가자 여자가 1.5톤 트럭에 올라타고 있었다. 달려가 차 앞을 가로막은 후 운전석 방향으로 다가가 차창을 두드리자 여자는 창문을 내리고 무슨 일이냐는 듯 영지를 바라봤다.

"잠깐만요. 저랑도 잠시 대화 좀 하시죠."

"왜요?"

여자는 영지를 아래위로 훑어보았다. 엄마를 대하던 표정과는 사뭇 다른, 냉랭하고 무심한 얼굴이었다. 영지는 여자가 이대로 가버릴지도 모른다는 생각에 속사포처럼 말을 내뱉었다.

"잘은 모르겠지만 아마 저희 엄마는 큰일 아니니 마음 쓰지 말라고 하셨을 거예요. 이웃간에 불편한 상황 생기는 걸 못 견뎌하시거든요."

"네, 뭐."

"근데 저는 이렇게 넘어갈 일은 아니라고 생각하거든요. 아무리 고의로 그런 게 아니라고 해도요."

"아하."

영지는 여자의 미적지근한 반응에 속이 탔다.

"저희 어머니는 아직 자기 상태를 정확히 모르세요. 그런데, 솔직히 말씀드리면 보행에 영구적인 장애를 가질 수도 있는 상황이에요. 그래서…… 저는 이렇게 덮을 수는 없다고 생각해요."

"그건 저랑 생각이 같으시네요."

줄곧 무미건조한 낯으로 영지를 응시하던 여자가 갑자기 활짝 웃으며 잠깐 차에 타겠느냐고 물었다. 그러더니 차 시동을 껐다.

"제가 보여드릴 것도 있고, 부탁드릴 것도 있거든요. 사실 아까부터 영지씨랑 대화를 하고 싶긴 했는데."

단 몇 초 사이 손바닥 뒤집듯 태도가 바뀐 여자에게 영지는 위화감을 느꼈다.

"네…… 근데 제가…… 이름을 말씀드렸나요?"

차에 타지 않고 선 채로 영지가 물었다.

"아."

여자는 잠시 곤란하다는 듯한 표정을 짓더니, 더 쾌활하게 웃으며 대답했다.

"손바닥만한 동네인데 이름 아는 게 뭐가 어려워요. 그리고……"

여자는 영지를 다시 한번 아래위로 훑어보았다.

"영지씨는 예쁘고 똑똑하기로 유명하기도 했잖아요."

영지는 여자의 말에 자신이 고향을 기피하는 수많은 이유 중 다른 하나를 떠올리게 되었다. 다섯 살에 한글을 깨친 방앗간집 딸. 사교육 한 번 안 시켜도 읍내 중학교에서 전교 일등을 놓치지 않은 아이. 방앗간집 부부가 기둥뿌리를 뽑아 안동으로 유학을 보낸 아이. 그렇게 유학을 보냈더니 더럽게 놀아 고등학교 다닐 때 임신중절수술을 했다는 소문이 파다했던 아이. 그게 창피해서 서울로 도망을 갔다는 아이.

"안 타세요?"

"엄마가 기다리셔서 지금은 어려울 것 같아요. 내일 퇴원이니까 엄마 퇴원하시면 한번 뵙죠. 아, 그리고 본인 소유의 산이라고 해도 허가받지 않은 포획 틀, 덫, 올무 설치는 모두 불법이라는 거 아시나요? 다른 피해자가 또 나올까봐 혹시나 해서 말씀드려요."

영지는 여자를 한 방 먹이고 싶은 마음에 자기도 모르게 그런 말까지 덧붙였다. 원래 하려던 말은 아니었다. 여자는 영지의 말을 듣고도 흔들림 없이 미소 지었다.

"재산 피해를 막기 위해서 설치하는 경우는 제외예요. 이를 테면 쥐 같은 거요. 쥐 잡는 건 불법 아니라고요. 영지씨, 저희 산에 뭐가 있는지 아세요?"

"글쎄요. 멧돼지가 많다고는 하던데."

"멧돼지요?"

여자는 우스운 소리를 들은 것처럼 박수를 치며 웃었다.

"어머니께 물어보세요. 그럼, 조만간 제가 댁으로 한번 찾아갈게요."

여자는 영지가 답할 틈도 주지 않고 다시 시동을 켜고는 주차장을 나가버렸다. 영지는 여자의 반응에 심장이 두근거렸다. 마땅히 초조해해야 하는 사람은 저쪽인데, 지나치게 당당한 태도를 고수하는 것이 기이했다. 게다가 쥐라니. 그게 무슨 뜻이지? 그때 영지의 이마에 툭, 하고 빗방울이 떨어졌다. 하늘을 올려다보았다. 몇 달 만의 비였다.

4

비는 지면을 살짝 적신 후 금세 멎었다. 뉴스에서는 이대로 가다간 대규모 단수가 시행될 가능성이 있다고 했다. 집은 엄마의 빈자리를 광고라도 하듯 단 며칠 만에 엉망이 되어 있었다. 이비지와 진우는 바다에 널브러진 잡동사니와 쓰레기들을 요리조리 피해가며 지내는 모양이었다. 영지는 진우의 얼굴을 보자마자 뒤통수를 후려갈겼다. 진우는 아프다고 투덜거리면서도 수건이 없으니 빨래부터 돌려주면 안 되겠느냐고 뻔뻔스럽게 물었다. 영지는 밀린 빨래와 설거지를 끝내고 바닥을 쓸고 닦았다. 영지가 집에 먼저 와서 대강 정리를 하면 오후에 아버지가 엄마를 퇴원시켜 오기로 했다. 엄마의 소화 기능에는 아무 문제가 없는 것을 알고 있지만 그래도 퇴원 첫날이니 죽을 끓이기로 했다. 냉동실에 얼린 굴이 있었다. 그것을 해동시키는 사이 또다른 검은 봉지를 발견해 꺼내보았다. 신문지로 겹겹이 싸인 것은 송이버섯이었다. 꽝꽝 언 상태인데 향긋한 냄새가 풍겼다. 족히 삼 킬로그램은 될 것 같았다. 누구에게 선물을 받았나? 이만한 양이라면 돈 주고 사진 못했을 텐데. 언젠간 먹으려고 넣어둔 것일 테니 영지는 고민 없이 버섯과 굴을 넣어 죽을 끓였다. 화장실을 가던 진우가 좋은 냄새가 난다며 주방으로 오더니 뭘 만들고 있느냐고 물었다.

"좋은 거 다 넣고 끓이고 있어. 굴이랑 버섯이랑."

"버섯이 아직 남아 있었나보네? 엄마도 참."

진우는 식탁에 남은 송이버섯을 들고 킁킁 냄새를 맡았다.

"누가 준 거야? 귀한 송이를 이렇게나 많이."

진우는 히죽 웃더니 느물거리며 대답했다.

"누나, 궁금해? 궁금하면 엄마한테 물어봐."

노을이 질 때쯤 마당에 차가 도착하는 소리가 들렸고 진우와 영지는 마당으로 나갔다. 진우는 엄마를 업어서 거실 소파에 앉혔다. 아버지는 휠체어와 목발을 현관 앞으로 옮겼다.

엄마는 당분간은 집에서도 휠체어를 타야 했다. 소파에 앉아 집을 둘러보며 엄마는 환기를 좀 하라는 둥 옷을 개라는 둥 잔소리를 늘어놓았다. 거의 아홉 달 만에 네 가족이 둘러앉아 식사를 했다. 냉동실에 있던 송이버섯으로 죽을 끓였다고 하니 엄마는 안색이 변해서 그것을 왜 꺼냈냐고, 아까워 죽겠다고 했다.

"밤조림이랑 같이 니한테 보내려고 몇 개 빼놓은 건데 그걸로 죽을 끓여?"

"몇 개 안 썼어. 같이 먹으면 된 거지. 근데 누구한테 받은 거야?"

"받긴 그걸 누구한테 받아? 딴 거지."

엄마는 대수롭지 않게 대답했다가 아차, 하는 표정으로 아버지의 눈치를 보았다. 영지는 그것을 놓치지 않았다.

아버지는 모르는 척 계속 죽을 떠먹었다. 영지가 엄마를 바라보자 엄마는 수습하듯 말했다.

"산에 갔다가, 눈앞에 있길래 따왔지. 진짜 송이인가 싶었는데 정말이더라고. 운이 좋았지."

"주인 있는 산에서 따온 거네. 훔친 거잖아, 그럼."

영지는 문득 여자가 자신에게 한 말이 생각났다. 자신의 산에 무엇이 있는지 알고 있느냐는 말. 설마 버섯을 말한 걸까. 엄마가 버섯을 훔친 사실을 여자가 알고 있다면 어떻게 되는 걸까.

"니는 말을 해도 꼭 그렇게 하더라. 시골 인심이 어디 그러냐? 여기가 서울인 줄 알아? 여기는 네 것 내 것 없이 그냥 같이 먹고 쓰고 하는 거야. 니도 여기서 나고 자랐으면서 그렇게나 몰라."

엄마는 횡설수설하다가 영지에게 뭣도 모른다는 듯 되레 핀잔을 줬다. 그 말을 들으니 정말 문제될 건 하나도 없는 것처럼 느껴졌다.

저녁에는 약속이라도 한 듯 이웃들과 교인들이 차례로 방문해 복숭아와 포도, 고추와 옥수수, 고구마와 밑반찬 같은 것들을 잔뜩 부려놓고 갔다. 현관문을 두드리는 소리에 나가보면 그새 어디서 전해들었는지 퇴원했다는 소식을 듣고 왔다고 했다. 영지는 그날 저녁에만 열 잔이 넘는 커피를 타서 내갔다.

"추석도 지났는데 예초기는 왜 들고 설쳤어, 그래?"

"마당 풀 깎는다고 그랬지."

영지는 천연덕스럽게 거짓을 말하는 엄마를 곁눈질로 바라보았다.

"우리 다 진우 엄마 걱정했어. 병문안 간다고 해도 오지 말라고 하지, 큰일난 줄 알았다니까. 앞으로 당분간은 앉아서 지내야 되는 거야?"

"그렇지, 뭐. 그래도 치료하면 걷는 데는 문제없다고 그랬어. 우리 딸이 자기가 다 고쳐준대. 서울에 있는 병원 가면 더 빨리 낫는다고."

"그래도 딸이 최고긴 하네."

"딸이 최고지."

그 말을 하면서 엄마는 고개를 빼서 주방에 있는 영지를 바라봤다가 금세 시선을 거뒀다. 영지는 마음이 불편하고 거북했다.

"아 참, 우리 내년 봄에 베트남 가기로 한 건 문제없는 거지? 패키지라 영지네 것만 취소하는 건 안 돼."

"그럼, 그럼."

현실적으로 어려울 것 같다고 말하려 했으나 엄마의 얼굴이 지나치게 낙관적이라 영지는 찬물을 끼얹을 엄두가 나지 않았다.

"우리가 당분간 밑반찬 챙겨다줄게. 밥은 걱정 말아. 진우 아버지랑 진우 식사는 챙겨야지."

"고마워서 어쩔까나."

영지는 과일을 깎고 커피를 타는 동안 거실에서 오고가는 소리를 주방에서 잠자코 들었다. 엄마는 저런 관심과 애정이 소중해 한서를 떠나지 못하는 거겠지. 영지가 한서의 모든 것을 혐오하는 건 아니었다. 한서 사람들은 원래 이렇듯 인정이 넘치고 다감하며 이웃의 일을 자기 일처럼 염려한다.

"영지는 직장생활 할 만하냐. 네가 보내준 다이어트 약 아줌마도 먹었다."

"곤약젤리가 나는 참 맛있더라. 그거 좀더 챙겨줄 수 있어?"

"내 것도 부탁해도 되나?"

"다음주에 권사님 것도 보내드릴게요."

영지는 예의바르게 대답했다. 다이어트 약은 식이 조절과 운동을 병행해야 효과가 있다고 누누이 말했으나 이웃들은 귓등으로도 듣지 않았다. 그저 비싼 약을 공짜로 얻어먹는다는 것에 만족하는 듯했다.

"그건 그렇고 좋은 소식은 없고?"

"알아서 하겠지, 뭐. 쟤가 회사에서 맡은 일이 많아."

"그래도 빨리 해야지. 때 놓치면 가고 싶어도 못 간다. 언제까지 네가 그렇게 젊고 예쁠 것 같아?"

"요즘 애들은 다 천천히 하는가봐."

"책잡혀서 그런 건 아니고?"

"무슨 그런 소리를."

영지는 엄마의 목소리가 점점 자신감을 잃고 작아지는 것을 느꼈다. 누군가 분위기를 환기시키듯 말했다.

"축협에서 일하는 총각 건실하던데 내가 다리 한번 놔봐? 여기서 애 낳고 살면 좋잖아."

교회 권사가 얼른 그 말을 받았다.

"그게 되면, 한서에서 몇 년 만에 애가 태어나는 건데, 나라에서 돈도 많이 줄걸?"

"그런가?"

엄마는 권사의 말에 솔깃한 눈치였다. 한서 사람들은 늘 인정이 넘치고 따듯하며 동시에 무신경하고 몰개성하다.

"영지가 한서에서 애 낳으면 고생 끝 행복 시작이지. 돈은 나라에서 다 대줄 거고 애는 우리가 돌아가면서 봐줄 텐데 걱정할 게 뭐가 있어."

"생각만 해도 설렌다. 우리도 애 구경 좀 하자."

이웃들은 벌써 결혼이 성사된 듯 상상의 나래를 펼쳤다.

"기왕이면 쌍둥이가 좋지. 한 방에 아들딸 장만하면 좀 좋아."

한 아이에게는 온 마을이 필요하다고들 하지. 그러나 영지에게는 온 마을이……

영지는 사과를 깎으며 손을 베지 않도록 조심했다.

도시 생활이 고단할 때 그런 상상을 해보지 않은 것은 아니었다. 한서에는 빈집이 많았다. 태어나는 아이는 없고 노인들은 매년 죽어나가니 방치된 집이 영지네 집 근처에도 몇 채나 되었다. 당장 영지가 내일 그 빈집에 들어가서 산다고 하면 누가 그것을 막을 것인가. 집세를 내지 않고 관리만 해줘도 소유주는 반길 것이다. 가까운 과수원에서 사과를 따먹고 뒷집 배추로 김치를 담그고, 옥수수밭에서 따온 옥수수를 삶아 먹는다면 수입 없이도 몇 개월은 거뜬히 버틸 수 있을 것이다. 심지어 복숭아를 몇 자루 몰래 따서 장날에 내다판다고 해도, 그걸 과수원 주인이 알게 된다고 하더라도 몇십 년간 영지를 보아온 어른은 아마 몇 번쯤은 눈감아줄 것이다. 아무리 한서가 진절머리난다고 해도, 영지에게는 그런 이상한 믿음이 있었다. 한서에 뿌리내리면 자신은 분명 여유롭고 풍족한 삶을 영유할 수 있을 거라는.

그날 밤, 영지는 엄마와 나란히 누워 천장을 바라보며 물었다.

"엄마, 나랑 같이 서울 가서 살래?"

"아니."

엄마는 단칼에 거절했다.

"왜? 아까 아줌마들한테는 서울 사는 딸 자랑했으면서. 계속 같이 살자는 게 아니라, 몇 개월만 같이 있자. 내가 마음이 안 놓여서 그래. 가서 나랑 같이 병원 꾸준히 다니면서 치료도 하고 서울 구경도 하고, 그러고 싶지 않아?"

"엄마는 서울 싫다. 공기가 더럽잖아. 사람들도 못됐고."

"나도 서울 사는데, 그럼 나도 못됐어?"

엄마는 한참 동안 말이 없었다. 영지는 한서에 내려올 때마다 사흘 이상 머물지 않았고, 엄마는 서둘러 떠나는 영지를 말리지 않았다. 영지가 이번 휴가 때는, 또 이번 명절 때는 못 갈 것 같다고 우물쭈물 둘러대면 엄마는 무리해서 내려올 것 없다고 말했다. 가끔씩은 영지가 변명하기도 전에 바쁘면 올 필요 없다고 전화를 걸어오기도 했다. 그때는 자신을 마냥 위해 주는 거라고만 생각했는데 문득 그게 아닐 수도 있겠다는 생각이 들었다.

"왜, 혼자 사니까 적적하냐? 그러니까 빨리 결혼을 하라니까 그러네. 엄마는 바빠. 가게도 봐야 하고 김장도 해야 돼. 진우랑 아버지 밥은 어쩌고."

엄마는 그렇게 말한 후 영지에게서 등을 돌렸다. 무척 고단했는지 삼십 초도 안 되어 코를 골았다. 영지는 한참을 뒤척이다가 푸르스름한 새벽빛이 밝아올 때쯤 겨우 잠들었다.

5

영지는 자전거를 타고 심부름을 하러 갔다. 이웃들이 가져온 밑반찬으로 아침과 점심을 해결하긴 했지만 엄마는 저녁으로 된장찌개와 육전을 먹고 싶다고 했다. 병원에서는 화장실까지 부축해달라 말하는 것도 어려워하더니 이제는 리모컨 가져와라, 매실차 타와라, 감도 좀 깎아와라, 하며 아무렇지도 않게 영지를 부리고 있었다.

동네에 하나밖에 없는 하나로마트에서 차돌박이와 애호박, 우둔살, 찹쌀가루, 그리고 맥주를 사서 집으로 향했다. 영지는 좁은 시골길을 자전거로 달리며 언젠가 이 길을 걸었던 기억을 곱씹었다. 지금은 농기계가 지나가기 편리하도록 아주 좁은 길에도 모두 아스팔트가 깔려 있지만 이십 년 전만 해도 절반이 흙길이었다. 가로등이 띄엄띄엄 있었기에 밤길을 걸을 때면 영지는 두려움에 떨었다. 그때는 개를 풀어놓고 키우는 집이 많아 덩치가 큰 개들이 거리를 활보하기도 했고, 개구리나 오소리가 갑자기 튀어나오면 혼비백산해 전력으로 집까지 질주한 적도 많았다.

논밭을 지날 때 영지를 알아보는 어른들을 서너 명 만났다. 그들은 정말 이상했다. 몇 년 만에 만난 사람도 얼굴이 하나도 변하지 않고 모두 그대로였다. 이미 십 년 전, 이십 년 전에도 늙은 사람이었기 때문일까. 영지의 시간만 다르게 흐르고 있는 것 같았다.

초등학교 5학년 때였다. 그날은 비가 추적추적 내리고 있었다. 우산을 가지고 오지 않아 비를 쫄딱 맞으며 가고 있을 때, 영지 앞에 차가 멈췄다. 아는 차였다. 흰색 포터는 영지네 이웃인 과수원집 아저씨의 차였다. 자그마한 키에 인자한 얼굴. 영지가 인사하면 사과나 배를 건네던 아저씨였다. 집까지 데려다주겠다는 말에 영지는 고민 없이 올라탔다. 어린 시절부터 잘 알고 지낸 어른이었으니까. 집으로 가는 길은 직선거리로 불과 삼백 미터 정도였다. 익숙한 담벼락. 익숙한 당산나무. 익숙한 슬레이트 지붕. 영지는 뻔한 풍경 위에 놓여 있었다. 그 길 위에서 영지는……

영지는 바람을 가르며 자전거 페달을 더 세게 굴렸다. 이제는 가로등이 오십 미터에 하나씩으로 늘어 예전보다는 어둡지 않았다. 길에 아스팔트가 깔려 있어 자전거 속도도 빨랐다. 길 양옆에는 황금빛으로 익은 벼들이 흔들리고 있었다. 곧 추수할 벼들은 낟알이 통통하게 여물어 모두 고개를 숙이고 있었다. 추수를 다 하고 나면 논바닥에는 하얀색 마시멜로가 켜켜이 쌓일 것이다. 영지는 그 풍경이 좋았다. 그건 정말 사랑할 만한 풍경이었다. 아마 그것까지는 보고 갈 수 없겠지. 조금 아쉽다는 생각을 하고 있을 때 뒤에서 차 소리가 났다. 돌아보니 빠른 속도로 달려오는 트럭이 보였다. 영지는 자전거 핸들을 꺾어 도롯가에 바짝 붙어 달렸다. 그런데 트럭은 영지를 보지 못한 것처럼 속도를 늦추지 않고 맹렬하게 달려왔다. 도로폭이 좁아 자칫하면 치일 위험이 있었다. 갑작스러운 공포에 영지는 살이 떨렸다.

트럭을 피하려 핸들을 꺾는 순간, 중심이 흔들린 영지는 순식간에 논두렁에 처박히고 말았다. 머리를 보호하기 위해 본

능적으로 몸을 움츠렸다. 아, 눈을 뜨니 영지는 고꾸라진 채로 하늘을 보고 있었다. 잠시 후 트럭에서 내린 사람이 터벅터벅 다가왔다.

"괜찮으세요?"

저절로 신음이 흘렀지만 벼가 쿠션 역할을 해준 덕분에 큰 부상은 면한 것 같았다. 온몸이 진흙투성이였다. 영지는 몸을 일으켜 운전자를 쏘아보았다. 이틀 전 만났던 여자가 자신을 심상한 표정으로 내려다보고 있었다. 산주의 딸이었다.

6

영지는 식탁에 앉아 집안을 훑어보았다. 빨래걸이에는 남성 팬티와 러닝셔츠가 한가득 널려 있었다. 안방의 열린 문 틈으로 환자용 침대가 보였다. 사람이 누워 있는 듯했다. 가서 인사를 해야 하는 게 도리 아닌가 싶었지만 여자가 권하지 않아 영지도 잠자코 있었다. 싱크대에는 설거짓거리가 그대로 담겨 있었다. 양을 봐서는 쌓아둔 지 며칠은 된 듯했다. 집에는 희미한 분변 냄새와 설명하기 어려운 퀴퀴한 냄새가 고여 있었다. 창문을 열고 싶었지만 여자는 전혀 아무렇지 않은 듯해 어쩔 수 없이 참아야 했다. 영지는 낯선 이의 집에 무작정 발을 들였다는 생각에 심장이 빠르게 뛰고 손바닥에 땀이 배어나왔다.

혼자 힘으로 논두렁을 기어나온 영지에게 여자는 휴대폰으로 한 장의 사진을 보여주었다. 영지가 이게 무슨 짓이냐고 악을 쓰려던 참이었다. 여자가 영지의 눈앞에 들이민 그것은 CCTV를 캡처한 화면이었다. 높은 곳에서 아래를 내려다보는 구도였다. 화면 속 사람은 모자를 쓰고 있었고 빨간색 소쿠리에 작은 버섯들을 담아 품에 안고 있었다. 모자 때문에 얼굴이 전혀 보이지 않았지만, 영지는 알 수 있었다. 저 사람이 엄마라는 것을. 눈, 코, 입은 확인할 수 없었지만 주황색 바람막이는 부인할 수 없게도 엄마의 옷이었다. 그것은 재작년 엄마의 생일에 영지가 사 보낸 것이었다.

"녹차 드시겠어요, 커피 드시겠어요?"

"커피요."

"따뜻하게요, 차갑게요?"

"아이스로요."

여자는 찬장에서 찻잔을 꺼내어 믹스커피를 타왔다. 냉동실을 살피더니 얼음 얼려둔 게 없다며 미안하다고 했다. 찬물에 타긴 했지만 커피는 미지근했다. 영지는 별말 없이 그것을 마셨다. 본능적으로 자신이, 그리고 자기 가족이 을의 위치에 놓였다는 사실을 직감한 탓이었다. 여자의 심기를 거스르지 않기 위해 불필요한 말과 행동을 삼가고 있었다.

"아까 봤던 화면 다시 한번 볼 수 있을까요."

"그래요."

여자는 영지에게 휴대폰을 건넨 후 커피를 후룩 소리 내어 마셨다. 영지는 여자가 자신을 뚫어지게 쳐다보고 있다는 사실을 알면서도 일부러 그쪽으로는 눈길을 주지 않았다.

"짐작되는 게 있나봐요? 설명해달라고 하지 않는 거 보니. 순순히 따라온 것도 그렇고."

영지는 자신이 애써 모른 척하려 했던 부분에 문제가 있었다는 사실을 깨달았다. 역시 버섯이었던 것인가. 하지만 일단은 발뺌했다.

"아니요. 잘 모르겠어요. 근데 솔직히, 이 사람은 저희 엄마 같긴 해서요. 설명해주실 수 있으세요?"

"신기하네. 난 CCTV로 처음 봤을 때 범인이 남자인지 여자인지, 젊은이인지 늙은이인지조차 구분이 안 됐거든요. 얼굴을 워낙 꽁꽁 싸매고 있어서. 가족은 가족인가봐요."

영지는 대꾸 없이 여자를 바라봤다.

"우리 아버지가 나한테 그 산 관리를 맡겼거든. 저기 안방에 누워 계시는 분요. 그 산에 우리 조상님들이 묻혀 있어요. 고조할배, 고조할매, 증조할배, 증조할매 등등이요. 조상신이 돌봐주셔서 그런가 오 년 전까지만 해도 그 산에서만 일 년에 삼천만원 이상을 벌어들였어요. 근데 최근 삼사 년 동안은 버섯이 씨가 말랐거든요. 왜 그런 거 같아요?"

"글쎄요."

여자가 거기까지 말했을 때 영지는 자신의 짐작이 맞았음을 알았다. 하지만 그 말을 입 밖으로 꺼낼 수는 없었다. 식은땀이 등줄기를 타고 흘러내렸다. 논두렁에 곤두박질칠 때만 해도 크게 다치지는 않았다고 생각했는데 뒤늦게 후유증이 오는 건지 온몸이 욱신거리기 시작했다.

여자는 머리를 긁적거리더니 어디서부터 얘기해야 하나, 하며 말을 늘였다. 그리고 영지의 눈앞으로 손가락 다섯 개를 폈다.

"이게 뭘 거 같아요?"

"모르겠어요."

"피해 금액."

5라니. 영지는 여자가 자신을 놀리듯이 일부러 애매하게 행동하는 것을 모르지 않았지만 그것을 꼬집을 수는 없었다.

"오백만원인가요?"

여자는 빙그레 웃었다. 아니라는 것을 이미 알지 않느냐는 듯한 웃음이었다. 영지는 자신의 손을 펼쳐 '5'라는 숫자를 만들었다. 그것을 내려다보며 자신이 상상할 수 있는 가장 큰 금액을 떠올려보았다.

그 순간 여자가 주먹으로 식탁을 쾅 내리쳤고 영지는 깜짝
놀라 작게 비명을 질렀다. 여자가 식탁을 내리치는 바람에 커
피가 반쯤 쏟아졌다. 영지는 그것을 닦으려 허둥지둥 휴지를
찾았다.

"앉아요."

영지가 다시 얌전히 앉자, 여자가 말했다.

"오천만원이요."

"설마요."

"설마가 사람 잡잖아."

영지는 말도 안 된다고 생각했다. 이건 정말 말도 안 되는
일이라고. 여자가 엄마에게 누명을 씌우는 게 분명했다. 오백
만원이면 몰라도 오천만원은, 엄마가 저지를 수 있는 일의 규
모가 아니었다. 그리고 오천만원 정도라면, 그 정도의 돈이 집
에 생겼다면 티가 나야 하는 것 아닌가. 영지의 집은 예전이나
지금이나 늘 고만고만한 경제 규모를 유지하고 있었다. 그때
영지의 뇌리를 스치는 기억이 있었다.

"아니라고 믿고 싶겠죠. 아무리 버섯을 훔쳐봤자 오천만원
이 말이 되나, 그렇게 묻고 싶을 거야."

여자는 휴대폰으로 CCTV 캡처 화면을 보여주었다. 상단에
는 2024, 2023, 2022년도가 적혀 있었다.

"CCTV 영상 내가 다 보내드릴게요. 눈으로 직접 확인하세

요."

여자가 누명을 쓸 염려는 말라는 듯이 산뜻하게 말했다. 영지는 덫에 걸린 쥐의 기분으로 아연하게 여자를 바라봤다.

"몇 년 동안 우리 산을 쑥대밭으로 만들었어요, 영지씨 어머니가요. 아, 오천만원에서 CCTV 설치 비용은 뺀 거예요. 알아두세요. 근데 정말 잘 피해 다니시더라고요. 쥐새끼같이. 잠복해 있을 때는 아예 안 나타나시고. 진짜 귀신같으셔요."

여자는 거리낌없이 영지의 엄마를 모욕하고 조롱했다. 영지는 눈을 질끈 감고, 한숨을 참듯 말했다.

"당장 전부를 갚는 건 힘들어요. 그건 선생님도 아실 거예요. 일단 버섯값 일부라도 먼저 돌려드리면 안 될까요. 신고는 제발 하지 말아주세요."

"내가 바라는 건 그게 아닌데요."

영지가 의아한 눈으로 바라보자 여자는 해맑은 얼굴로 영지를 마주보았다. 또 저 얼굴이다. 영지가 두려워하는 한서 사람의 얼굴. 천진하고 악의 없는 표정.

"돈을 갚으라는 얘긴 꺼낸 적도 없잖아요, 내가. 왜 앞서가고 그래요."

영지는 이 년 전에 엄마에게 돈을 빌린 적이 있었다. 원하던 투 룸으로 이사를 하고 싶은데 전세보증금이 이천만원 정도 부족했다. 큰 기대 없이 물어봤는데 엄마는 아버지에게는 비밀로 하라며 이천만원을 보냈다. 계약과 이사를 정신없이 끝내고 나서야 무슨 돈이었냐고 엄마에게 물었다. 솔직히 말하면 계약이 끝나기 전까지는 돈의 실체를 알고 싶지 않았다. 형편을 낱낱이 알게 되면 돈을 받을 엄두가 안 날 것 같았다. 엄마는 쌈짓돈이라고 했다가 영지가 그런 비상금이 어디 있느냐고, 말이 되는 소리를 하라고 다그치자 한참 만에 입을 열었다.

"미수가 찾아왔었어."

수화기 너머의 목소리가 너무 은밀해서 영지는 '미수'가 엄마의 숨겨진 애인이라도 되는지 잠깐 엉뚱한 상상에 빠졌다. 기억을 더듬던 영지는 '그' 미수 이모를 말하는 게 맞냐고 되물었다. 미수 이모는 엄마의 삼십 년 지기이자, 이십 년 전에 엄마의 돈 삼천만원과 이웃들의 돈을 들고 잠적한 한서 희대의 범죄자였다. 미수 이모는 동네 주부 절반 정도가 가입해 있던 계모임의 계주였기 때문에 한때 동네에 광풍이 몰아쳤다. 미수 이모가 어딘가에 출몰했다는 풍문이 돌기만 하면 아줌마들은 원정대를 꾸려서 서울이고 광주고 부산이고 찾으러 다녔는데 언제부턴가 그 또한 시들해져 이제는 과거의 이야기가 되었다. 솔직히 지금은 미수 이모의 얼굴도 흐릿하지만 영지는 이상하게 그때, 이모가 잡히지 않기를 내심 바랐다. 이모 때문에 엄마 아버지가 싸우고, 동네 사람끼리 얼마를 받았느니, 이번에는 내 차례였느니, 운좋게 곗돈을 먼저 탄 사람들이 양심껏 피해자들에게 나눠줘야 한다느니 하며 싸울 때도, 영지는 그런 균열을 일으킨 미수 이모가 밉지 않았다. 조용한 마을에 폭탄을 던지고 간 이모를 생각하면, 슬그머니 웃음이 터지기도 했다. 이건 내가 너무 이상한 인간이라는 증거겠지. 영지가 아는 한 미수 이모는, 한서에 속한 사람 모두를 배반하고 버린 유일한 사람이었다. 아무튼 엄마는 아닌 밤중에 그 미수 이모가 집에 몰래 들렀더라고 했다.

"밤중에? 정말?"

"그래. 밤중에 말이야. 정희야, 정희야, 정희야, 나를 귀신처럼 그렇게 부르더라니까. 어찌나 깜짝 놀랐던지."

"동네 사람들 몰래 그 이모랑 연락하고 지냈어?"

"무슨. 그랬으면 내 돈부터 내놓으라고 했겠지. 내가 그 돈 날리고 느그 아버지한테 시달린 세월이 얼마데. 경제권도 뺏기고 지금까지 용돈 타 쓰는 거 몰라서 그러나?"

"아니, 그래서? 그 이모는 어떻게 그렇게 감쪽같이 증발했대?"

"세상에 어디 섬에 들어가 있었다더라."

"자기 딸이랑?"

"딸이랑."

"그럼, 엄마 말이 맞았네? 그 이모는 분명 놓고 온 딸 때문에 그랬을 거라고 했잖아. 딸이랑 살려고 도망친 게 분명하다고."

"그랬지. 그래도 미수가 나를 잊지 않고 온 걸 보면 그년도 마음이 편치는 않았던 거야."

"그래서 정말 돈을 갚았다고?"

"그렇다니까."

영지는 그 당시, 엄마의 그 당당한 목소리에 그만 속아넘어가고 말았다.

"엄마 돈만? 왜? 그 아줌마 때문에 그 좁은 동네에 파탄 난 가족이 몇인데. 무서워서 도저히 낮에는 못 왔나보지?"

"내가 비밀을 지켰잖아. 숨겨놓은 딸이 있다고, 아들도 남편도 모르는 피붙이가 있다고 나한테만 말했는데, 그걸 미수 찾으러 다니는 계원들한테도 내가 비밀로 해줬잖아."

"나한테는 얘기했으면서?"

"네가 남이냐. 너는 나지. 너한테 말한 건 그냥 혼잣말한 거지."

영지는 엄마의 말을 들었을 때 가슴 언저리가 간질거렸다.

그 말은 좋기도 하고, 징그럽게 느껴지기도 했다.

"어쨌든 내가 그년을 너무 많이 안 미워하고, 어디서 살든지 건강하기를 바라다보니까 정성이 하늘에 닿았는지 미수가 나한테 선물을 준 거지."

"선물은 무슨 선물이야? 이십 년 전에 삼천만원이면 예금에만 묶어놨어도 이자가 얼만데."

"아무튼 잔말 말고 느그 아버지한테는 비밀로 해. 너한테 보낸 이천만원, 혼수 미리 당겨서 준 거다."

그 돈으로 영지는 얼마나 위안을 얻었던가.

영지는 그때 미수 이모가 돌려준 돈 삼천만원을 엄마가 '선물'이라고 표현했던 이유를 이제야 알 것 같았다. 엄마는 산에서 찾은 버섯을 미수 이모를 용서한 자신에게 하늘이 내린 선물이자 은혜라고 생각(하기로)한 것이다. 얼마나 간편한 치환인가.

8

"선생님, 말씀해주세요. 뭘 원하세요?"

"그러고 보니, 아직 제가 이름도 얘기 안 했네요. 제 이름은 구정은이에요. 서운중 나왔고요. 영지씨보다 두 살 많고."

구정은. 서운중이라면 영지의 중학교 선배였다. 나이는 생각했던 것보다 훨씬 젊었다.

"이런 얘기 저한테 왜 하시는 건지 잘 모르겠어요."

"저는 영지씨한테도, 아주머니한테도 별로 유감없어요. 일이 이렇게 돼서 저도 안타까워요."

"무슨 뜻으로 하시는 말인지 정말 모르겠어요."

"아주머니는 지금까지, 정말 잘해주셨어요. 가을만 되면 저희 산에서 버섯 싹쓸이해 가시느라 꽤 힘드셨을 거예요."

이건 조롱인가. 조롱임이 분명할 텐데 구정은의 얼굴에서는 그런 기색이 딱히 보이지 않았다. 영지는 대화의 갈피를 잡을 수 없어 숨이 턱 막혔다.

"아버지가 파킨슨병에 걸린 후로 저는 그 산이랑 논이랑 밭을 합쳐서 삼천 평이나 관리하고 있어요. 아버지가 몇 년 전까지는 그래도 지팡이 짚고 걸어 다니셨는데, 일 년 전부터는 거의 침대 생활만 하세요. 집안 어른들은 제가 병간호 못해서 아버지가 급격하게 안 좋아지셨다고 제 욕 하시는데, 저는 그거 아니라고 생각해요. 버섯 도둑이랑 숨바꼭질하시느라 화병 나셔서 그런 거예요. 저거 보세요. 지금은 아예 식사도 혼자서 못하신다니까요."

구정은은 쿡쿡거리며 웃음을 터뜨렸다. 아버지 사촌형의 사돈어른인 구상표씨는 이지理智를 완전히 잃은 상태일까. 아니라면 이 대화를 모두 듣고 있을 텐데. 그래도 구정은은 이렇게 아무 상관 없다는 듯이 구는 걸까. 영지는 구정은이 꺼림칙하고 섬뜩했다. 무엇을 요구할지 몰라 차라리 돈을 갚고 싶은 심정이었다. 쉬운 일은 아니겠지만, 오 년, 아니 십 년을 나눠서 갚으면 불가능한 일도 아닐 것이다. 일단은 아버지에게 알려야 했다. 그러다 문득, 아버지도 이 일을 알고 있는 게 아닌가 하는 의심이 들었다. 진우 또한. 송이버섯을 발견했을 때 진우는 엄마에게 물어보라고 하지 않았던가.

"일단, 가족들과 상의를 좀 해볼게요. 절대로 그냥 봐달라는 건 아니에요. 한 번에 갚지는 못하겠지만, 손해 끼친 부분은 꼭 배상하겠습니다."

"돈을 바라는 게 아니라고 했잖아요. 저는 그 산이 쑥대밭이 되길 바랐어요. 아주 오래전부터요. 그러면 저도 이 동네에서 벗어날 수 있을 것 같았거든요."

영지는 눈을 크게 뜨고 구정은이 내뱉는 말을 차분하게 되짚으며 들었다.

"아버지는 버섯 수확량이 계속 줄어드는 게 도둑 때문이라고 확신하셨어요. 송이버섯 도둑을 잡겠다고 업자를 불러 산 곳곳에 CCTV를 달았죠. 계속 증거를 잡지 못했는데 지지난해 CCTV에 아주머니가 잡힌 거예요. 저는 산을 관리하다보니 침입자가 있다는 걸 진작 알고 있었지만 적극적으로 잡지는 않았어요. 오히려 버섯이 씨가 말라서 아버지가 산 관리에서 손을 떼길 바랐어요."

"왜요?"

"버섯이 날 때까지는, 아버지는 그 산을 포기 못하실 거예요. 그리고 저도 놓아주지 않으실 거고요. 그 산이 초토화되기 전까지는요. 근데, 그건 제 손으로는 못하는 일이죠. 그러니까 영지씨."

영지는 아무 대답도 하지 않았다.

"영지씨."

대답을 하면 그가 원하는 일을 하게 되고 말 거라는 예감이 들었다.

"어머니 일은 정말 미안해요. 아버지가 제가 모르는 사이에 덫을 설치하셨을 거라고는 상상도 못했어요. 재작년에 설치한 덫인데 올해 어머니께서 밟으신 거예요. 운이 정말 안 좋으셨어요. 제가 미리 알았다면 치웠을 거예요."

"그래서요?"

"영지씨. 그 산을 태워주세요. 잿더미로 만들어주세요. 제가 영지씨 신고할 일은 없을 거예요. 그 산을 태워주시기만 하면 저한테 오천만원을 갚아야 할 일도 없을 거예요."

영지는 눈앞이 캄캄해지는 기분이 들었다. 한서에 사는 인간들은 다들 이렇게 끔찍해. 한서에 살면 모두 끔찍해지는 건가.

"만약, 제가 거절한다면요?"

"저는 이 증거 자료를 가지고 바로 파출소로 가서 영지씨 어머니를 신고할 거예요. 방금 생각난 건데, 뉴스에도 제보하는 게 좋겠어요. 삼사 년에 걸쳐 오천만원어치 송이버섯을 불법 채취한 주부. 파킨슨병 환자의 재산을 털었다는 이야기까지 추가하면 더 파렴치범으로 낙인찍히지 않을까요? 소문은 금방 퍼지겠죠. 영지씨 어머니가 고개 들고 살 수 있을까요?"

무슨 수를 써도 구정은의 마음을 돌릴 수는 없을 것이었다.

그 사실을 받아들이고 나니 갑자기 마음이 차분하게 가라앉았다. 그리고 문득 구정은이 바라는 것과 자신이 바라는 것이 비슷한 방향이 아닌지, 그런 엉뚱한 생각도 하게 되었다. 구정은의 그을린 얼굴, 기미와 주근깨가 영지의 눈에 들어왔다. 구정은의 검은 눈동자는 평화롭다고 느껴질 만큼 흔들림이 없었다. 그 순간 불현듯 구정은을 어디서 보았는지 깨닫게 되었다.

"이제야 기억이 나네요."

"나를 기억해요? 한 번도 눈을 안 맞춰줘서 영지씨는 모를 줄 알았는데."

"거기서 비스를 수백 번 탔으니까, 모를 수 없죠."

방금까지도 까맣게 잊고 있었으면서 영지는 궁색하게 말했다. 고등학교 시절, 영지는 토요일이면 한서에 왔다가 다음날 다시 안동에 가기 위해 터미널로 향했다. 당시 매표소 창 너머에서 발권을 해주던 사람이 구정은이었다. 솔직히 얼굴보다는 오히려 창구로 표를 내밀던 손이 더 선명했다. 구정은의 손은 유난히 작아서 꼭 어린아이같이 느껴졌고 영지는 혹시나 하는 마음에 매표소 내부를 흘끔거렸던 기억이 남아 있었다.

"영지씨가 부러웠어요. 모르는 사이인데도, 아니 저는 오래 전부터 영지씨를 알았지만, 영지씨는 나를 모르니까, 그게 좀 서글프기도 했어요. 영지씨는 어딜 매번 저렇게 나가나. 어딜 저렇게 멀리 가나. 늘 궁금했어요. 여기는 내 나이 또래 여자 가 별로 없고, 내가 아는 사람 중에 한서에서 가장 자주, 멀리 나간 사람은 영지씨라서 저는 영지씨가 늘 궁금했어요. 영지 씨 아버지는 항상 영지씨를 터미널까지 바래다주셨죠. 영지씨 를 태운 버스가 떠난 후에도 손을 흔들고 배웅해주시는 영지 씨 아버지를 보면서, 나는 영지씨를 질투하고, 내가 영지씨라 면 얼마나 좋을까 생각했어요. 나는 영지씨가 안동이요, 할 때 마다 그 표를 끊어주면서 할 수만 있다면 엉뚱한 표로 바꿔치 기해버리고 싶었어요. 저멀리 여수로, 강화도로 보내버리고 싶다고 생각했어요. 낯선 곳에 내려서 허둥지둥할 영지씨를 상상하면 기분이 조금 좋아졌어요. 그러면 영지씨도 나랑 비 슷한 기분을 느끼겠구나, 싶어서요. 난 여기서 내내 그런 기분 을 느꼈거든요. 내내 낯설고 외로웠거든요. 늘 헤매고 있었거 든요."

언제부터였을까. 영지는 이 땅에 들어오기만 하면 제대로 잠들지 못하고 불안했다. 그런 사람이 나 말고 또 있었다니. 영지는 자신이 누군가에게 동경의 대상이기를 바랐다. 더 솔직하게 말하자면 우러름을 받고 싶었다. 그런 이유로 분교였던 초등학교에서 읍내 중학교로, 버스로 두 시간 거리의 안동에 있는 고등학교로, 한 걸음 한 걸음 한서와 멀어졌다. 기대를 한몸에 받으며. 그런데 한순간에 굴러떨어졌다. 그건 손쓸 틈 없이 벌어진 일이었다. 수습하는 과정은 기억에 없었다. 그 후 줄곧 나락에 있었다고 여겼다. 그러나 누군가가 먼 곳에서 자신의 삶을 부러워했다고 하니, 자신의 비루한 삶이 순식간에 몇 단계나 격상되는 느낌이 들었다. 가지 못했던 곳에 이미 도달한 듯한 착각이 들기도 했다. 영지는 식탁 위에 올려진 구정은의 손을 무심코 바라보았다. 역시 기억에 남을 만큼 유난히 작고 가녀린 손이었다. 그러나 과거와는 달리 흠이 너무 많았다. 살면서 두어 번 마셔본 보드카를 삼켰을 때처럼 뱃속에서 열이 끓어오르고, 가슴과 식도까지 불이 붙는 것 같았다. 엄마의 버섯값을 갚기 위해서가 아니라, 구정은을 구원해주기 위해서라도 산을 불살라야겠다는 사명감이 솟아오를 정도였다. 영지는 흥분을 가라앉히기 위해 숨을 길게 들이쉬고 내쉬었다. 그리고 최대한 차분하게 물었다.

"음…… 그런데 날이 건조해서 옆 산으로 불이 옮겨붙으면

요? 현실적으로 버섯 산만 깔끔하게 태울 수 있을 리 없잖아
요. 산에 사는 동물들은요. 그리고 산밑에까지 불이 번지기라
도 하면……"

마음이 이미 기울었음을 느꼈음에도 영지는 관성적으로 발
을 뺄 구실을 찾고 있었다.

"그 산에 저희 조상들 무덤이 다 있다고 했잖아요. 무슨 말
인지 아시겠어요? 그런 거 하나하나 생각하면 제가 이런 부탁
하겠어요? 어느 정도 탔다 싶으면 제가 신고할게요. 저희 산
빼고는 이 근처에 CCTV 없어요. 그건 제가 잘 알아요. 불을
놓은 후에 산을 내려오세요. 그럼, 제가 기다리고 있을게요.
나머지는 제가 책임져요."

9

밤이 깊어졌을 때 영지는 구정은의 트럭을 타고 함께 버섯
산으로 향했다. 구정은은 산 초입에서 영지를 내려주었다. "여
기부턴 혼자 가셔야 해요." 오천만원을 갚지 않는 조건이라는
걸 알면서도 영지는 구정은이 야속하다는 생각이 들었다. 하
지만 애써 원망을 떨치려 크게 호흡을 골랐다. 불을 놓은 후
제때 도망칠 수 있을까. 불길에 휩싸이지는 않을까. 영지는 사

실 두려웠다.

산 초입부터 외부인의 출입을 막아보려 했던 노력이 곳곳에 보였다. 철조망과 초록색 플라스틱 그물망이 여기저기 펼쳐져 있었다. 사람들의 발길이 닿지 않은 산은 입구가 어딘지 알 수 없을 만큼 풀이 무성했다. 이렇게 산을 전부 틀어막고서도 버섯을 지키지 못한 산주도 기가 막혔겠지만 엄마는 무슨 수로 이 장애물들을 통과해 산에 올랐는지 영지는 이해할 수 없었다. 그리고 지금 엄마와 같은 길을 오르려 하는 자신 또한. 영지는 플라스틱 그물망 쪽으로 가서 빈틈을 살폈다. 처음에는 타고 넘어보려 했으나 영지의 키를 훌쩍 넘는 높이라 쉽지 않았다. 바닥을 살펴보니 그물망을 고정시키기 위해 약 삼십 센티미터 간격으로 땅에 말뚝을 박아놓은 것이 보였다. 가뭄에 흙이 푸석푸석해진 탓에 힘을 주니 말뚝이 흔들렸다. 곧 말뚝이 뽑혀나갔고 그렇게 영지는 그물망 아래 빈틈을 통해 산으로 들어갈 수 있었다.

산은 길이 전혀 없다시피 할 만큼 모든 곳이 잡초로 우거져 있었다. 영지는 손으로 풀을 헤치며 무작정 올랐다. 목적지는 깊숙한 산, 이후 발화지를 찾기 어려운 어느 골짜기였다. 그러나 그 어딘가가 어딘지 영지도 가늠할 수 없었다. 그럼에도 발걸음은 망설임이 없었다. 얼굴을 할퀴는 잡초들을 느끼면서 영지는 계속 오르막길을 올랐다. 이상하게 숨이 차지 않았다.

높은 곳으로 갈수록 산을 타는 게 더 쉬워졌다. 어느 순간부터는 제자리에 멈춰 선 순간에도 땅이 이동하는 듯한 착각마저 들었다. 마치 산이 자신을 끌어당기는 것 같은 느낌이, 아니, 그것보다 더욱더 강력한 힘이 자신을 잡아채는 느낌이 들었다. 마치 거대한 들짐승이 영지의 뒷덜미를 잡아 깊은 산속으로 옮겨놓은 듯했다. 숲은 그렇게 들숨을 쉬듯 손쉽게 영지를 빨아들였다. 나뭇잎이 장화에 부서지는 소리가 들렸다. 불은 잘 붙을까. 그제 잠깐 비가 내렸음에도 그동안의 극심한 가뭄에 땅이 쩍쩍 갈라지고 있었다.

영지를 완전히 숲에 가둔 후, 나무들은 약속한 것처럼 수런거리기 시작했다. 바깥세상과는 완전히 단절된 어떤 세계로 진입했다는 생각이 들었다. 산에 들어서기 전보다 확연히 바람이 세게 불고 있었다. 나무가 양옆으로 흔들거리며 영지를 놀리듯이 우우, 소리를 냈다. 엄마도 이 수런거림을 들었을까. 한밤중에 이런 소리를 들으며 버섯을 채집했단 말인가. 그 많은 버섯이 미수 이모의 선물이라고 여기면서?

영지는 멈칫하고 발걸음을 멈추었다. 나무에 매달린 무언가가 앞머리를 스쳤고 고개를 드니 그곳에는 밧줄이 걸려 있었다. 무슨 용도로 이런 곳에 밧줄이 있는 걸까? 영지는 상상하고 싶지 않았다. 나뭇잎을 밟으며 앞으로 나아가는데 발밑에 자꾸만 무언가가 물컹, 하고 밟히는 것을 느꼈다. 물컹거리는 그것을 밟을 때면 미끄러지지 않기 위해 균형을 잡았다. 일부러 발밑을 확인하지는 않았다. 영지는 자신이 밟은 게 썩은 과일인지, 지렁이나 개구리인지, 그저 뭉쳐진 흙일 뿐인지 알고 싶지 않았다. 확인하는 순간부터 더는 앞으로 나아갈 수 없을 것 같았다. 그렇게 영지는 무언가를 밟으며, 짓이기며, 뭉개며 나아갔다.

영지야.

누군가 영지를 불렀다.

영지야.

영지는 뒤돌아보았다. 소리가 들린 방향에는 아무도 없었다. 나무들만 여전히 수런거리고 있었다. 영지는 멈춰 섰다. 주위가 달빛조차 보이지 않을 정도로 캄캄했다. 그때 영지는 직감적으로 느꼈다. 이곳이다. 이곳에 불을 놓아야 한다. 어느새 암순응된 눈은 짐승이 된 것처럼 산을 낱낱이 살피고 있었다.

영지는 보았다. 자신의 발밑에 하얗게 모여 있는 무언가를. 버섯이었다. 앙증맞은 버섯들이 옹기종기 모여 있었다. 영지는 자신도 모르게 자리에 주저앉아 버섯갓을 손으로 만져보았다. 보송보송하고 부드러운 표면을. 송이버섯 균락에 오니 어떤 그리운 향이 바람을 타고 풍겨왔다. 버섯을 손으로 땄다. 향긋하고도 쿰쿰한 송이버섯 고유의 냄새. 영지는 버섯을 닥치는 대로 주머니에 집어넣었다. 무언가에 홀린 것처럼 보이는 족족 버섯을 따서 욱여넣었다. 이렇게 많은 버섯이 있다니. 이걸 다 불태워야 한다니. 이렇게 귀한 것들이 한서에 있었다니. 영지는 처음으로 한서의 무언가가 아깝다는 생각이 들었다.

영지야!

그때 화살 같은 목소리가 영지를 꿰뚫었다. 영지는 잠에서 깬 것처럼 고개를 들고 주위를 두리번거렸다. 누구의 목소리인지, 어디서 불어온 목소리인지 도무지 알 수 없으나 그것은 다정하며 무구한 누군가의 목소리였다. 절대 누군가에게 해를 끼칠 만한 목소리는 아니었다.

영지는 이마에서 흐르는 땀을 닦았다. 손에 쥔 버섯을 내려다보았다. 자신 역시 죄에 포섭되리라는 것을 버섯은 알았을까. 산은 알았던 걸까. 영지가 이 아름다운 동네를, 친밀한 이웃들을 쉽사리 등지지 못하리라는 것도. 그렇다면 그 기대를 산산이 부서뜨려주리라. 영지는 나무에 걸쳐져 대롱대롱 흔들리는 밧줄을 보며 생각했다. 저 밧줄에 사람이 걸린 적이 있을까. 이 깊은 산까지 와서 매달리고 싶었던 사람에겐 어떤 사연이 있을까.

영지는 주머니에 넣었던 버섯들을 모두 꺼내 버렸다. 그리고 버섯에 기름을 부었다. 낙엽과 나뭇가지에도. 동물의 사체 같은 물컹한 무언가에도. 그리고 그 자리에서 벗어나, 라이터를 던졌다. 순식간에 불이 붙었다.

영지는 온 힘을 다해 달렸다. 추격하듯 번지는 불길을 아슬아슬하게 피하며 영지는 생각했다. 행복하다고, 즐겁다고. 거센 바람을 타고 불똥이 튀어오르는 것을 영지는 보았다.

드디어 이 고향을 사랑할 수 있게 되었다. 돌부리에 걸려 넘어져 가파른 산을 굴러떨어지며 영지는 생각했다.

광
일

깜빡 존 것인가. 일 초, 혹은 이 초 정도. 길어봤자 오 초이고 그보다 더 길진 않을 것이다. 그 찰나에 박광일은 구체적인 악몽을 꾸었다. 무의식의 영역이란 얼마나 신묘한지. 연속되는 행운에 의구심과 찝찝함을 느끼고 있던 터라 불안정한 감정 상태가 그러한 심상을 불러왔을 것이라고 박광일은 추측했다. 박광일은 왼손으로 자신의 뺨을 세게 내리쳤다. 운전석 오른쪽 컵홀더에서 페트병을 꺼내보니 물은 겨우 한 모금 정도만 남아 있었다. 그것을 한 빙울까지 남김없이 마신 뒤 박광일은 얼굴근육을 풀기 위해 아이우에오 소리 내어 발음했다. 아내가 일러준 방법이었다. 졸리면 아이우에오, 라고 발음한 다음 그걸 거꾸로 내뱉어봐. 박광일은 아내의 말대로 오……

에……우……이……아, 하고 발음했다. 그러자 조금씩 잠기운이 가셨다. 사십 분만 더 가면 돼. 시계를 흘긋 본 뒤 박광일은 중얼거렸다. 안성IC로 진입했을 무렵에는 달빛이 사라지며 사위가 캄캄해졌다. 개미를 눌러 죽이는 손가락처럼 먹구름이 머리 위를 드리우고 있었다. 박광일은 하늘을 보며 말했다. 심상치 않군. 그 찰나에 축축한 흙냄새가 코끝을 스치고 지나갔다.

요즘은 숨쉬기가 힘들 정도로 날씨가 후덥지근했다. 무거운 공기를 이고 사는 기분에 비가 내리기만을 기다렸지만 사흘, 나흘, 열흘이 지나도 폭염만 계속되고 있었다. 라디오를 틀면 매번 비슷한 멘트가 나왔다. 티베트고기압과 북태평양고기압의 영향으로 덥고 습한 공기가 한반도 상공에 정체되어 있습니다. 보이지 않는 손이 구름과 시간과 의식을 움켜쥐고 있는 듯했다. 그 손의 압력에 짓이겨진 채 박광일도 흐무러지고 있었다. 그제부터 폭우가 내릴 것이란 예측이 있긴 했다. 시간당 오십 밀리미터 안팎의 강한 비가 전국적으로 쏟아질 거란 예측이. 그러나 그제도, 어제도 비는 오지 않았다. 하늘이 비를 미루는 만큼 긴장감은 고조되었다. 얼마나 무지막지하게 퍼부으려 벼르고 있는 걸까. 박광일이 태안에 가는 것을 망설인 이유 중 하나도 일기예보 때문이었다. 다행히 손님을 태우고 내려가는 길에도, 올라오는 길에도 비는 내리지 않았다. 그렇게 생각하니 오늘은 참 운이 좋은 편이라고 박광일은 생각했다. 썩 유쾌하지 않은 기분이었지만 그게 사실이었다. 참 운이 좋다니까, 하고 박광일은 자신을 설득하듯 읊조렸다.

손님은 강남의 세브란스병원 앞에서 차에 탔고 대뜸 박광일에게 물었다.

기사 양반, 돈 좀 벌래요?

손님은 패턴이 화려한 붉은색 두건을 쓴 노인이었다. 눈썹이 없는 것으로 보아 항암 치료중인 환자인 듯싶었다. 나이는 칠십대 중후반으로 보였다. 어쩌면 좀더 젊을지도, 아니면 좀더 늙을지도 몰랐다. 자줏빛 민소매 원피스가 살이 처진 몸매를 적나라하게 드러내고 있었다. 룸미러로 뒤를 살피는데 노인의 가슴팍이 훤히 보여 박광일은 아무렇지 않은 척 거울의 각도를 조절했다. 노인네가 어떻게 저런 옷을, 체통도 품위도 없군, 하고 박광일은 얼마쯤 징그러워했다. 그에 비하면 아내의 옷차림은 얼마나 정숙하고 단정한가. 박광일은 새삼 그런 아내를 둔 것에 안도했다. 박광일은 자신도 모르게 그렇게 생각했다. 그는 모든 여성을 자신의 아내를 기준 삼아 판단하는 버릇이 있었다.

애인이 태안에 살아요. 기사 양반, 태안 알아요, 태안? 옛날에 기름 유출 사고 터진 곳 말이에요.

알죠. 근데 거길 가신다고요?

내가 오늘 퇴원해서 기운이 없어요.

박광일은 그때도 하늘을 올려다봤다. 비가 내릴 것이라는 예보와는 달리 하늘은 푸르렀고 해는 어제처럼 강렬했다. 아무리 봐도 비가 올 것 같은 날씨는 아니었지만 언제 갑자기 흐려질지 몰랐다. 요즈음의 하늘은 의뭉스럽기 그지없었다. 출근하기 전 아내가 말했다. 오늘은 일찍 들어와. 밤에 비가 올 거래. 내리기 시작하면 강남이랑 사당 일대가 잠길 수도 있다고 했어. 박광일은 고개를 끄덕이면서도 날씨 가려가며 일할 처지가 못 되는데, 하고 한탄했다. 그래도 오늘은 일찍 들어와. 아내는 박광일의 어깨를 다정하게 주물렀다. 그건 아내가 다짐을 받아내는 방식이었다. 몇 달 전 한 택시 기사가 침수 지역에서 변을 당했다는 뉴스를 본 뒤로 아내는 비 예보에 유난히 민감했다.

오늘밤에 폭우가 내린다고 해서 장거리는 좀 그런데요. 죄송하지만 다른 차 타실래요?

오십 줄게요. 남는 장사 아니에요?

박광일은 머리가 쭈뼛 설 정도로 놀랐다. 출근하고 세 시간 동안 명동에서 강남, 강남에서 명동만 오가고 있었다. 손님은 모두 외국인 관광객이었다. 시간당 사만원 버는 것을 목표로 하고 있는데 장거리 손님이 없다보니 쉴새없이 토끼뜀을 할 수밖에 없었다. 오늘은 무거운 캐리어를 실어주었다고 외국인 손님이 팁을 주었다. 무려 십 달러였다. 그것만으로도 입이 귀에 걸렸는데 갑자기 오십만원이라니. 금액을 들은 순간 박광일은 태안에 가지 않을 수 없게 되었다. 그럼에도 아내의 말이 떠올라 잠시 주춤했다. 십 분 전 아내는 추어탕을 끓이고 있다는 문자를 보냈다. 저녁을 같이 먹자는 뜻이었다. 지금 태안으로 출발하면 저녁 시간에 맞춰 돌아올 수 있을까. 아무리 서둘러도 불가능했다. 박광일은 약간 뺀대는 심정으로 우물쭈물 말했다.

올라올 때는 빈 차로 와야 하고, 그 정도 장거리 뛰면 내일 컨디션에도 지장이 있으니 남는 장사라고 하기엔 그렇죠. 올라오는 길 가스비라도 좀 챙겨주시면 몰라도요.

그건 일종의 도박이었다. 노인이 제안한 금액은 결코 적지 않았다. 그러나 일찍 오라고 당부한 아내의 목소리가 귓가에 맴돌았기에 무리수를 둔 것이었다. 기회를 놓치기 싫은 마음과 알아서 내려주기를 바라는 마음이 동시에 일어 박광일은 그 간극 속에서 잠시 긴장했다.

십만원 더 주면 넉넉하죠? 대신 천천히 가요. 내가 멀미가 심해.

박광일은 하는 수 없다는 듯 노인에게 목적지 주소를 물어 내비게이션에 입력했다.

천천히 가겠습니다. 누워서 주무셔도 돼요.

말하면서 박광일은 저도 모르게 웃음이 새어나와 얼른 표정을 감추었다. 이만하면 아내도 이해할 것이다. 왜 이렇게 늦었느냐고 타박할 아내에게 둘러댈 말을 박광일은 미리 속으로 연습했다. 들어봐. 아니 글쎄, 엄청 통 큰 노인을 만났다니까.

차가 출발하자 노인은 신발을 벗고 뒷좌석에 길게 드러누웠다. 그 자세로, 묻지도 않은 이야기를 떠들기 시작했다. 노인이 늘어놓는 이야기의 절반은 허풍일 것이라 짐작하면서도 박광일은 노인의 말에 빠져들었다. 노인은 자신이 지상파방송 공채 탤런트 출신이라고 했다. 심지어 잘나갈 때는 대통령을 모신 적도 있다고 했는데 그 대통령이 암살당한 이후에는 연예계를 은퇴하고 도망치듯 결혼했다고 말했다.

우리 남편이 주먹 세계에서 꽤 이름난 인물이었어. 정치인이든 기업 총수든 누구든 남편 앞에서는 꼼짝도 못했다니까. 다들 벌벌 떨었지.

간혹 노인 승객들 중에서 필요 이상으로 개인 신상을 노출하며 자신을 과시하는 사람이 있었다. 무시당하지 않기 위해 먼저 으름장을 놓는 것이리라. 박광일은 그런 노인들의 심기를 거스르지 않는 방법을 아주 잘 알고 있었다.

노인은 지금 만나는 애인이 자신보다 여덟 살 어리다고 말했다. 인물이 특출나고 키도 훤칠한데, 사람 보는 눈은 없는 것 같다며, 그렇지 않고서야 여덟 살이나 많은 자신을 여자로 볼 리가 있겠느냐고 했다. 남사스러워 어디 가서 말도 못한다는 노인에게 박광일은 능청스럽게 맞장구쳤다.

남자는 나이가 들어도 미인이라면 사족을 못 쓰니까요. 텔런트셔서 그런지 여전히 고우신데요. 솔직히 저는 오십대 중반 정도로 봤습니다.

기사 양반도 제정신은 아니구만.

저는 꽤 눈썰미가 좋다는 말을 듣습니다만.

아이고, 말도 안 되는 소리.

노인은 박광일을 힐난하는 듯했으나 그후로 웃음이 헤퍼졌다.

노인이 애인을 처음 만났을 때 애인은 전립선암 2기, 노인은 유방암 3기였다. 병원 휴게실에서 같이 아침 드라마를 보다가 서로 마음이 통했고 외로운 사람끼리 돌보고 의지하며 일 년 남짓 연애했다고 노인이 말했다.

그이는 올봄에 퇴원했어. 어려서 그런지 회복이 빠르더라고.

요란한 옷차림으로노 노인의 병색은 가려지지 않았다. 묻지 않았지만 박광일은 노인의 병이 더 깊어진 게 아닐지 추측했다. 어쩌면 암이 말기로 진행된 상태일지 몰랐다. 노인은 중간중간 가쁘게 숨을 내뱉었고 이따금 희미한 신음을 흘리기도 했다. 고통이 노인의 몸을 관통하고 지나가는 순간마다 박광일은 라디오 음량을 조절하는 체하며 그것을 모른 척했다. 그러면 노인도 다시 활기 있는 목소리로 수다를 이어나갔다. 노인의 애인은 남진을 닮은 수려한 외모에 언변도 워낙 훌륭해서 여자 노인 환자 모두가 그에게 말 한번 붙여보려 발을 동동 굴렀다고 했다. 퇴원하는 날 흰색 와이셔츠를 입고 머리를 깔끔하게 뒤로 넘기니 그레고리 펙의 전성기 얼굴도 보이더라고 노인은 진지한 목소리로 말했다.

알죠. 〈로마의 휴일〉 저도 봤습니다. 오드리 헵번의 상대 배우 아닙니까.

잘 아네. 그이가 주리씨, 병이 다 나으면 우리 결혼합시다, 딱 그러더라니까.

점입가경일세. 박광일은 속으로 코웃음치면서도 겉으로는 노인의 말에 공감하는 척 그러시군요, 아이고 잘 어울리는 한 쌍이셨겠습니다, 하고 착실하게 맞장구쳤다.

얼마나 주책바가지로 보일지 나도 알아요. 노인네가 노망났나, 그 생각 했지 방금?

아이, 설마요. 그런 생각은 전혀 안 했어요. 오히려…… 부러운걸요.

부러워? 부럽기는 뭐가? 젊은 사람이 부러워할 게 그리 없어요?

박광일은 잠시 고민했다. 사실 부럽다는 생각은 전혀 하지 않았는데 자신도 모르게 그런 대답이 튀어나간 게 의아했다. 노인의 목소리에서 기대감이 읽혔기 때문에 박광일은 그를 실망시켜선 안 된다는 압박감을 느꼈다.

청춘 같아서요. 그런 열정이 있다는 게 부럽습니다. 두근거리는 감정을 느껴본 게 언제인지 모르겠어요.

말하고 나니 정답을 제대로 찾은 느낌이었고 박광일은 정말 노인의 열정이 부러워졌다. 부끄럼 없이 자신의 욕망을 드러내는 것. 그것은 정말 큰 장점일지도 몰랐다.

기사 양반은 결혼했어요?

했죠.

노인이 웃음을 머금으며 물었다.

그런데 그렇게 말해도 되나? 한창 좋을 때 아닌가?

만난 지 삼십 년이나 된걸요. 아무래도 연애할 때랑은 다르죠.

뭐가 다르지?

글쎄요. 아무래도 이젠…… 사랑보다는 의리가 중요한 나이 아닙니까.

박광일은 말끝을 흐리며 자신 없이 대답했다. 그러나 곧바로 자신의 대답이 적절치 않았다는 생각이 들었다. 말주변이 없어 부부 사이를 지나치게 얄팍하게 표현한 것 같아 스스로

가 마음에 들지 않았다.

아내는 저에게 과분한 사람이에요. 늘 한결같아서 배울 점이 많죠.

급하게 덧붙였지만 여전히 마음에 드는 대답은 아니었다. 그러나 박광일은 더 해명하지 않고 그쯤 해두었다. 손님들은 기대하는 것 이상으로 기사가 내밀한 말을 고백할 때 순식간에 불쾌감을 느끼곤 했다. 박광일은 그것을 경험으로 알고 있었다. 억울하고 답답한 순간은 하루에도 몇 번씩 찾아왔다. 그러나 원하는 만큼 해명하고 자신이 얼마나 괜찮은 사람인지 증명하려 하다보면 택시 안 공기는 금세 냉랭해지곤 했다. 아내가 자신에게 얼마나 소중한 사람인지 굳이 노인에게 설명할 필요는 없었다. 나만 제대로 알고 있으면 되지. 박광일은 아쉬운 마음을 거두고 그렇게 생각했다.

지난 몇 년간 박광일을 먹여 살린 것은 아내였다. 아내가 없었다면 박광일은 재기할 수 없었을 것이다. 아내가 없었다면 다시 운전대를 잡을 수도, 낯선 사람들과 대화를 할 수도 없었을 거라고, 박광일은 확신했다. 박광일은 과거의 잘못들을 만회한다는 생각으로 성실하게 하루하루를 살아내고 있었다. 사랑과 인내로 자신을 기다려준 아내에게 이제는 받은 사랑을 돌려주고 싶었다. 박광일은 그런 수상 소감 같은 생각을 자주 하는 편이었다.

예상대로 노인은 박광일의 삶 같은 건 별로 궁금하지 않다는 듯 다시 자신의 이야기를 시시콜콜 부려놓았다. 그는 첫번째 남편은 사고로, 두번째 남편은 병으로 잃었다. 슬하에 자식도 없어 비루하고 박복한 말년을 맞이하나 싶었는데 살다보니 이런 봄날이 오기도 한다고, 수줍은 목소리로 말했다.

그이가 꽃게장을 사준다고 하데.

맛있겠네요.

천리포수목원에도 가고, 해수욕장에서 발도 담그자고 하고.

좋으시겠어요.

노인이 누워 있어 얼굴이 보이진 않았지만 목소리만으로도 그의 상기된 표정을 헤아릴 수 있었다.

옛날에는 내가 동네에서 몸매가 제일 좋았거든. 나는 오십대 후반까지 삼십대 같다는 소릴 들었어요. 세번째 남편이 되고 싶다고 따라다닌 남자만 한 트럭이었어.

푼수 같은 소리만 하는군. 맞장구치는 게 슬슬 버거워졌으나 박광일은 그런 노인이 재미있기도 했다. 아내는 이런 유의 유머 감각이 조금 떨어지는 편이었으니까. 그렇다고 아내가 노인처럼 늙기를 바라는 긴 결코 아니었다. 노인은 그저, 조금 거리를 두고 관찰하기에 흥미로운 인간상이었다. 박광일은 이런 손님을 만날 때 일의 재미를 느꼈다.

아프지만 않았어도 바다에서 수영복을 입는 건데. 야시시한 걸로 말이지. 물에 발을 담그면 얼마나 좋을 거야. 바다를 보면서 조개를 구워먹으면 또 얼마나 좋게.

노인의 말을 듣다보니 자신이 바다를 본 지 꽤 오래되었다는 사실을 깨달았다. 박광일도, 아내도, 고향이 내륙이라 언제나 바다에 대한 동경이 있었다. 일 년에 한 번은 시간을 내 주문진이나 광안리에 가곤 했는데 지난 몇 년간 박광일은 물론이고 아내도 휴가를 갈 생각조차 못했다. 나 대신 생계를 책임지느라 여력이 없었겠지. 박광일은 순식간에 코끝이 찡해졌다. 아내를 생각하면 자주 그랬다.

바다에 발을 담근다는 상상만 해도 종일 액셀을 밟은 발이 가벼워지는 기분이었다. 다음 주말에는 아내와 함께 늦은 휴가를 가는 게 어떨까. 한바탕 비가 쏟아지고 나면 더위도 한풀 꺾일 테니 말이다. 하루 벌이가 괜찮았으므로 박광일은 마음이 여유로웠고 며칠 쉰대도 큰 지장은 없을 것 같다는 생각이 들었다. 아내에게도 오랜만에 휴식다운 휴식의 시간을 선물하리라, 박광일은 그렇게 마음먹었다. 바닷물이 발목 부근을 찰랑찰랑 간지럽히는 감각을 느낄 것이다. 물은 느슨한 족쇄처럼 박광일을 붙들어놓을 것이고 박광일은 기꺼이 그 순간에 매여 자신의 삶을 되짚어보리라. 삶의 보람과 원동력에 대해서도. 충실한 삶에 대한 보상을 생각하니 찌뿌둥한 몸도 견딜 만하게 느껴졌다.

가는 동안 노인은 휴게소 화장실을 세 번이나 들렀다. 변비가 심한지 한 번 쉬어갈 때마다 함흥차사였다. 그럴수록 도착시간은 예상보다 더욱 지연됐다. 박광일은 노인을 기다리는 동안 팔팔 끓는 추어탕을 생각했다. 결혼하기 전에는 추어탕집 근처만 가도 비린내에 속이 뒤집어지는 것 같았다. 그러나 아내가 만든 추어탕은 들깻가루와 된장을 넣어 고소함과 구수함이 일품이었다. 점심을 먹은 지 몇 시간이 지나 배고픔에 약간 속이 쓰렸지만 아내의 수고를 생각해 집에 가서 밥을 먹어야겠다고 박광일은 생각했다. 대신 대시보드에서 볶음 땅콩을 꺼내 껍질을 깠다. 바람에 껍질을 날려보낸 후 땅콩 한 주먹을 한입에 넣고 으적으적 씹었다. 박광일은 밖에서 밥을 사 먹는 것이 언젠가부터 돈 낭비처럼 느껴져 이런 간식거리로 허기를 달래곤 했다. 아내는 그러지 말라고 했지만 쉽지 않았다. 박광일의 장점이라면 이런 악착같은 생활력이었고 그 부분만큼은 모두가 인정하는 바였다. 박광일은 택시로 어기적어기적 걸어오는 노인을 바라보며 아내에게 문자를 보냈다.

—아무래도 늦을 것 같아. 장거리 손님을 받았어.

—몇시쯤 도착하는데?

—글쎄, 잘 모르겠네. 당신 먼저 저녁 먹어.

답장을 바로 하지 않는 것을 보니 아내는 살짝 토라진 것 같았다. 박광일은 하는 수 없다고 생각했다. 아내를 납득시킬 만한 이유가 있었기에 크게 걱정되지는 않았다. 이런 기회를 놓칠 수야 없잖아. 박광일은 그렇게 운을 띄울 것이다. 아내는 호기심어린 눈동자로 박광일의 말에 집중할 것이고 자신이 무엇 때문에 화가 났었는지도 금세 잊을 것이다. 박광일은 아내의 그런 유순한 면을 좋아했다.

택시는 해질 무렵 태안에 도착했다. 분홍빛 노을이 바다 위로 길게 펼쳐진 광경이 장관이었다. 노을은 몇 겹의 구름을 넓게 감싸안고 있었고 그것은 어쩐지 누군가가 집안에 깔아놓은 두툼한 카펫 같기도 했다. 저 위에 드러누워 한숨 잔다면 모든 불안과 피곤이 깨끗이 씻겨내려가지 않을까. 살아서는 당도할 수 없는 피안의 세계가 저런 곳일까. 박광일은 자신도 모르게 그런 생각을 했다.

문득 박광일은 아내가 태안에 와본 적이 있을지 궁금했다. 아마 없을 것이었다. 아내는 이십대 초반에 박광일을 만나 결혼했다. 박광일은 삼십 년 전 친한 형이 아내에게 자신을 소개하며 했던 말을 이따금 곱씹었다.

이 친구의 단점이라. 글쎄, 귀가 얇은 것이 흠이라면 흠이지만 고쳐 말하면 그만큼 무구하다는 뜻이겠지. 교활하게 눈속임을 하거나 누구 뒤통수칠 그릇은 못 되는 위인이야.

선보는 자리에서 하기에는 지나치게 꾸밈없는 말이었으나 박광일은 그의 소개가 썩 마음에 들었다. 내세울 것이라곤 건

강한 신체밖에 없던 시절이었기에 박광일은 여자들을 만날 때마다 어쩐지 사기를 치는 기분에 시달렸다. 자신의 이력과 자금 상황을 조금씩 부풀려 말하고 나면 식은땀이 흐르고 목이 메는 듯했다. 그러나 형이 아내에게 그렇게 툭 터놓고 말하자 비로소 마음이 편해졌다. 아내가 호감 가득한 눈빛으로 자신을 마주보았을 때 박광일은 이미 아내와의 미래를 꿈꾸고 있었다.

휴가는 늘 동해나 남해로만 갔는데 올해는 서해로 가는 것도 나쁘지 않겠다고 박광일은 생각했다. 꽃게장과 조개구이를 맘껏 먹고 갯벌에 나가 바지락과 피조개를 잡으면 그것도 또다른 재미일 것이었다. 상상만으로도 미소가 지어졌다.

어르신, 일어나보세요. 저기 저 노을 좀 보세요.

알약 몇 개를 가져온 물과 함께 삼킨 후 마지막 휴게소에서부터 내내 누워 있던 노인이 자리에서 일어났다. 노인은 탄성을 지르며 애인이 자신에게 보여주고 싶어한 풍경이 바로 이것이었다며, 그 마음을 이제야 알겠다고 혼자 감동했다. 노인은 창밖으로 손을 내밀어 손가락 사이를 빠져나가는 바람을 만지작거리는 시늉을 했다.

로마, 단연코 로마. 이곳을 방문한 기억을 평생 소중히 간직하겠어요.

노인은 느닷없이 연극적인 투로 감탄했다.

마음에 드셨다니 다행인데요, 여긴 태안입니다. 로마가 아니고요. 괜찮으신 거죠, 어르신?

박광일은 룸미러를 통해 노인을 살폈다. 그는 박광일이 쳐다보든 말든 두 손을 가슴에 모으고 다소 결연한 얼굴로 웅변하듯 말했다.

그런 말씀을 다시는 안 하셔도 될 겁니다. 가족과 조국에 대한 의무를 잊고 있었다면 오늘밤 돌아오지도 않았을 거예요. 어쩌면 영원히요.

박광일은 당혹스러워 헛기침을 반복했다. 혹시 노인이 삼킨 알약에 환각을 일으키는 성분이 있는 것은 아닌지 어리둥절할 지경이었다. 그런 박광일을 본 노인은 뒷좌석에 벌러덩 드러누워 웃음을 터뜨렸다.

절 놀리신 겁니까?

〈로마의 휴일〉을 봤으면 이 대사도 알아야지. 앤 공주가 하는 대사 아닌가. 기사 양반이 한 말이 생각나서 오랜만에 읊어봤어. 이 영화 대사는 내가 달달 외고 있지. 워낙 많이 봤으니까.

노인은 다시 일어나 노을을 바라보았다.

거의 다 왔나?

네, 오 분 후 도착이라고 나오네요.

마침 라디오에서 가요가 흘러나왔다.

잠깐, 라디오 소리 좀 올려줘요. 이 노래 내가 좋아하는 노래야. 〈인생은 미완성〉. 아주 오랜만에 듣는구만.

노인은 노래를 흥얼거렸다. 눈을 지그시 감고 두 팔을 해초처럼 천천히 흔들며 따라 부르는 모습이 무아지경에 빠진 듯했다. 음정 박자는 모두 틀렸지만 의외로 가사만큼은 똑똑히 알고 있었다. 그 모습이 꽤 유쾌하고 즐거워 보였기에 박광일은 라디오 볼륨을 더 키워 흥을 돋웠다.

인생은 미완성 쓰다가 마는 편지 그래도 우리는 곱게 써가야 해 사랑은 미완성 부르다 멎는 노래 그래도 우리는 아름답게 불러야 해 사람아 사람아 우린 모두 타향인걸 외로운 가슴끼리 사슴처럼 기대고 살자……

노인의 애인은 펜션을 운영한다고 했다. 가는 길에 두 번 전화를 걸었는데 두 번 다 받지 않았다. 노인은 개의치 않고 많이 바쁜가보네, 하고 말았지만 박광일은 행여나 노인이 바람을 맞을까 싶어 내심 초조해졌다. 내비게이션이 안내하는 방향을 따라 계속 나아가자 곧 비슷비슷한 모양으로 지어진 조립식 펜션 단지가 나왔디. 목적지가 가까워질수록 길이 점점 좁아졌기에 박광일은 속도를 줄이고 조심히 차를 몰았다. 노인은 좌우를 두리번거리며 애인의 펜션이 어딘지 유심히 살폈다. 직접 와본 건 처음이라고 했다. 노인은 저기인가, 아니면 저기인가, 하며 수선을 떨었다. 이즈음인 것 같은데, 하는 노인의 말에 박광일이 주소를 다시 확인하는 순간 노인이 앞을 가리키며 저기 있다! 저기! 하고 비명 같은 환호성을 내질렀다.

노인의 애인이 운영하는 펜션은 대문이 따로 없었고 마당으로 차가 바로 진입할 수 있었다. 바깥에서 보는 것과 달리 펜션은 규모가 꽤 컸다. 크기가 비슷한 조립식 건물 세 동이 붙어 있었는데, 한 건물은 살림집으로 쓰는 듯 빨랫대에 빨래가 가득 널려 있었다. 마당은 차를 다섯 대는 세울 수 있을 만큼 널찍했다. 박광일은 노인이 손으로 가리킨 방향에 서 있는 남자에게 눈길을 주었다. 마른 잔디에 물을 주고 있던 그가 호스를 손에 쥔 채 마당에 들어선 택시를 의아하다는 듯 쳐다보고 있었다.

저분이세요?

응. 우리 그이.

박광일은 반신반의하며 물었고, 노인은 들뜬 목소리로 대답했다. 박광일은 노인의 애인을 다시 관찰했다. 그레고리 펙이라니? 백발에 후줄근한 러닝셔츠 차림, 불룩 튀어나온 복부와 구부정한 어깨를 가진 그는 영락없는 노인이었다. 의심의 여지 없이 평범한 노인. 아무리 사랑에 눈이 멀었대도 어떻게 그가 남진이나 그레고리 펙으로 보일 수 있을까. 박광일은 어이가 없어서 웃음이 터질 것 같았다.

선팅 때문에 바깥에서는 택시 내부가 잘 보이지 않을 텐데 그걸 모르는지 노인은 창밖을 향해 열심히 손을 흔들었다. 자기, 나야. 왜 나를 못 알아봐, 어딜 보는 거야. 아이참. 성급하게 짜증을 부리는 노인에게 박광일은 밖에서는 안이 잘 보이지 않는다고 말해주었다. 노인의 애인은 다 늦은 저녁에 갑자기 방문한 택시가 이상했는지 호스를 내려두고 어떻게 왔느냐고 외쳤다. 노인은 가방에서 서둘러 돈뭉치를 꺼내 박광일에게 내밀었다.

세어봐. 맞지? 맞을 거야.

빨리 확인하라고 채근하는 노인 때문에 박광일은 급하게 현금을 셌다. 육십오만원이었다.

잠깐만요. 금액이 안 맞는 것 같아요.

그래?

한번 더 세봤지만 역시 육십오만원이었다. 그때 노인은 루주를 입술에 바르고 있었다. 박광일은 짧게 갈등한 뒤 오만원을 노인에게 돌려주었다. 더 주셨네요. 노인은 그러거나 말거나 상관하지 않는다는 듯 받은 돈을 가방 안에 대충 쑤셔넣었다. 노인은 음마음마 소리를 내며 약지로 붉은색 루주를 펴 바른 뒤 두건을 다시 한번 질끈 동여맸다.

두고 내리는 것 없도록 잘 살피세요.

응. 기사 양반도 조심히 올라가.

언제부터인가 노인은 박광일에게 말을 편히 놓았다. 노인의 얼굴은 설렘과 흥분으로 붉게 상기되어 있었다. 서둘러 떠나기보다 늙은 연인의 해후를 잠시 지켜보는 것도 나쁘지 않겠다고 박광일은 생각했다. 장거리 운전으로 심신이 고단한 것과 별개로 아름답고 낭만적인 연인의 재회 장면을 놓칠 수야 없었다. 그때였다. 노인이 차문을 열고 내리려는 순간, 장난감 집 같은 펜션 안에서 웬 여성이 문을 열고 나오며 외쳤다.

여보. 누구셔요?

예상치 못한 전개에 박광일은 어안이 벙벙해져 눈만 끔뻑거렸다. 노인 역시 얼이 빠진 듯 문손잡이를 잡은 채 몸이 굳었다. 잘못 들은 게 아닐까? 그러나 여보라는 호칭은 이상할 정도로 선명하게 귀에 꽂혔다.

누구냐니까요.

글쎄. 오늘 예약 없었는데.

늙은 남자는 운전석 쪽으로 오더니 창을 똑똑 두드렸다.

누구시오.

서울에서 온 차인가봐요.

서울? 웬 서울?

늙은 남자의 아내가 택시 표시등을 가리키며 저것 보라고, 서울에서 온 택시라고 말했다.

서울 차가 여기는 왜. 거참 이상한 일이군. 어이, 창 좀 내려 보라구.

늙은 남자는 조금 더 세게 창을 두드렸고 박광일은 이러지도 저러지도 못한 채 노인의 눈치를 봤다. 노인이 다급한 목소리로 박광일에게 애원했다.

열지 마. 일단 그냥 돌아나갑시다.

택시를 몰다보면 이따금 아주 불편한 상황에 연루되는 경우가 있었다. 예를 들면, 앞서가는 차를 조용히 따라가달라는 요구를 받을 때. 세 번 중 한 번은 외도한 애인이나 배우자를 추적하는 경우였다. 박광일은 얼떨결에 그들과 함께 볼썽사나운 순간을 목도하곤 했다. 지금도 흡사한 상황이 아닌지 노인은 자신도 모르는 사이 치정극의 당사자가 될 모양이었다. 박광일은 노인의 안색이 하얗게 질린 것을 보고 곧장 시동을 걸었다. 그때 늙은 남자가 느닷없이 보닛을 주먹으로 꽝꽝 두드리기 시작했다. 자신이 무시당했다고 생각해 화가 난 것 같았다.

사람이 부르면 대답을 해야 할 거 아니야.

늙은 남자의 아내는 남자를 슬쩍 말리며 물었다.

그냥 손님 아닐까요?

손님? 예약은 없었는데.

그냥 간판 보고 들어왔을 수도 있지요.

늙은 남자는 그럴 가능성도 있다고 판단했는지 다시 택시 내부를 판단하기 위해 다가왔다.

박광일은 한차례 숨을 고른 후 노인에게 속삭이듯 말했다.

잠시 엎드려 계세요.

노인은 박광일의 말에 따라 납작 엎드렸다. 그리고 박광일은 창을 아주 조금만 내려서 펜션 주인 부부에게 적당히 둘러댔다.

죄송합니다, 어르신. 제가 잘못 들어왔나봅니다. 차만 돌려서 바로 나가겠습니다.

늙은 남자는 운전석 창으로 얼굴을 들이밀었다. 그는 박광일의 얼굴과 택시 안을 빠르게 훑고선 미심쩍다는 듯 추궁했다.

용건은 그게 다요?

정말 길을 잘못 들었습니다. 죄송합니다.

그러면 그렇다고 말을 하면 될 거 아니오.

박광일이 다시 한번 깍듯하게 사과하자 늙은 남자는 성급하게 화를 낸 게 민망했는지 사나운 눈초리를 거두었다. 다행히 그는 뒷자리의 노인은 못 본 듯했다. 그는 차를 돌릴 수 있도록 아내와 함께 뒤로 물러섰다. 박광일은 창문을 올린 후 엎드려 있던 노인에게 허락을 구했다.

이대로 가도 되겠습니까?

노인은 엉거주춤 일어나 맥없이 고개를 끄덕였다. 그러곤 창문에 바짝 얼굴을 붙이고 애인을 바라보았다. 눈에 담는다는 표현이 그 순간만큼은 비유가 아니었다. 그 열렬하고도 미련한 몸짓이 우스워 박광일은 고개를 절레절레 흔들었다. 펜션 주인 부부는 박광일의 차가 멀어질 때까지 감시하듯 바라보더니 동시에 등을 돌렸다. 차를 꺾기 직전, 그제야 박광일의 시야에 빨랫대에 걸려 있는 색색깔의 원피스와 여성 속옷들이 들어왔다. 얼핏 봐도 늙은 남자의 아내는 남편과 나이 차이가 있어 보였다. 노인도 그것을 눈치챘을까. 박광일은 비릿한 호기심이 일었다. 바람을 피웠다는 사실보다 저런 아내를 두고 노인 같은 여자에게 한눈을 팔 수 있다는 게 더 기가 막혔다.

택시는 좁은 길을 빠져나와 바다에 면해 있는 도로로 들어섰다. 노인의 의사를 묻지 않고 박광일이 알아서 한 일이었다. 당장은 무슨 말을 건네야 할지 알 수 없었기에 그저 천천히 달리며 노인의 결정을 기다렸다. 룸미러를 보자 노인은 그새 십 년쯤 늙어버린 얼굴로 중얼거렸다.

그래. 일이 그렇게 된 모양이지. 꼴이 우습게 됐어. 재밌네. 어디서 이런 장난을 치고 있어. 내가 우스워 보였던 모양이지. 나를 우습게 봤겠다, 어쭈.

그런 노인이 왠지 위태로워 보여 박광일은 등줄기가 서늘해졌다. 차에서 내려 애인의 뺨을 후려갈기기라도 했으면 어땠을까. 차라리 그편이 낫지 않았을까. 자세한 사정은 모르지만 지나고 보니 노인이 너무 허둥지둥 도망친 것 같았다. 박광일은 마음이 편치 않았다.

가까운 모텔에 좀 내려줘요.

한참 만에 노인이 입을 열었다.

여기 머무시려고요? 저랑 같이 올라가시죠, 어르신.

지쳤어. 더이상은 무리야.

박광일은 노인을 이곳에 혼자 두고 가는 게 맞는지 고민돼 머리가 지끈거렸다. 물론 기사는 손님의 결정에 의견을 보태거나 판단할 필요가 없었다. 그러나 이번에는 달랐다. 누구라도 마음이 쓰일 만한 상황이 아닌가.

오늘밤 전국적으로 비가 올 거랍니다. 내일도 하루종일 내릴 거래요. 서울 가는 택시는 찾기 어려울 텐데 정말 괜찮으시겠어요?

노인은 잠시 고민하더니 천천히 고개를 주억거렸다.

괜찮아.

추가 금액 없이 댁까지 모셔다드리죠. 저랑 같이 가세요.

박광일은 크게 양보하는 기분으로 노인에게 제안했다. 그러자 노인이 박광일을 바라보며 빙긋 웃었다.

내가 불쌍한가? 우스운가? 보기보다 오지랖이 넓구만.

아니요. 그런 건 아닙니다. 다만……

노인이 박광일의 말을 막았다.

내려온 김에 관광이나 할까 해. 아무 걱정 말고 올라가요. 기사 양반이 운전을 잘해서 내가 너무 편하게 왔어.

결국 박광일은 가장 가까운 호텔에 차를 세웠다. 비치 호텔. 개장한 지 얼마 되지 않은 듯 외관이 깔끔하고 세련됐다. 박광일은 노인에게 잠시 기다리라고 말한 뒤 혼자 로비로 가서 빈방이 있는지 물었다. 방이 있다는 것을 확인한 다음 박광일은 노인에게 돌아와 가방을 들어다주겠다고 말했다. 노인의 가방은 꽤 묵직했다. 오래 머물 작정으로 옷과 생필품을 가득 챙겨온 것 같았다. 가방을 로비까지 들어다준 뒤 박광일은 노인과 헤어졌다

차에 시동을 걸었을 때 아내에게서 메시지가 왔다.

—어디야? 아직 멀었어?

—태안.

—도대체 거기까지 왜 간 거야. 여긴 금방이라도 비가 쏟아질 기세란 말이야.

—이제 출발해.

—내 말은 귓등으로도 안 듣지.

성가시군. 박광일은 아주 잠깐이지만 그렇게 생각했다. 알아서 화가 가라앉을 때까지 내버려뒀다가 올라가서 설명하는 게 나을 것 같아 박광일은 답장을 미뤘다.

박광일은 오늘 하루를 곱씹으며 한 편의 이상한 시트콤을 시청한 것 같은 기분을 느꼈다. 노인을 생각하면 피식 웃음이 새어나오다가도 문득 안쓰러워졌다. 아무리 수많은 역경을 헤쳐온 노인이라도 배반당한 기억은 쉽게 털어내기 힘들 것이었다. 병마와 싸우고 있는 노인이 오늘 일로 인해 병세가 깊어지면 어쩌나 인간적인 연민이 들기도 했다. 노인은 자신을 배웅할 때 애써 환하게 웃어주었다. 나쁜 사람은 아니었어. 그만하면 경우 있는 사람이지. 돈 쓸 줄도 알고 말이야. 별일 없어야 할 텐데. 그러나 별일이 있대도 어쩌할 것인가. 박광일은 오지랖을 부리는 자신이 자기답지 않아 가소롭게 느껴졌다.

―얼마나 걸려? 배고프겠다.

아내는 어느새 화가 풀린 듯 박광일의 끼니를 걱정하는 문자를 보냈다.

그 순간 비가 한두 방울씩 내리기 시작했다. 박광일은 앞유리에 떨어지는 빗방울을 보며 어떻게 이토록 절묘할 수가 있나, 하고 자신의 운수에 감복했다. 비를 보니 문득 파전이 생각났다. 파전에 막걸리를 먹으면 더할 나위 없이 완벽한 하루가 되리라는 예감이 들었다.

―금방 가. 삼십 분 안에 도착.

마침표를 찍고 문자를 전송하려던 순간 앞에서 빵, 하는 클랙슨 소리가 울렸고 박광일은 급히 운전대를 다잡았다. 그때 휴대폰을 조수석 쪽으로 떨어뜨리고 말았다. 무슨 일이지. 앞에 사고가 났나. 박광일은 속도를 줄여 앞차와 거리를 두었다. 몸을 숙여 휴대폰을 주우려 해봤지만 어디로 갔는지 손에 닿지 않았다. 절로 한숨이 나왔다. 운전하는 사람에게 틈만 나면 문자를 보내니 이 사달이 나지. 자신에 대한 배려가 너무 부족한 게 아닌지. 박광일은 아내의 무신경함에 옅은 짜증이 올라왔다.

그때 무언가가 눈에 들어왔다. 사람인가. 길가에서 희미한 형체를 본 듯해 박광일은 눈을 찌푸리고 앞을 주시했다. 잘못 봤나 싶어 상향등을 켜 다시 확인했다. 바로 앞까지 가서야 그것의 정체를 제대로 알아차릴 수 있었다. 정말 사람이었다. 앞서가던 차는 저 사람 때문에 놀라 클랙슨을 울린 것이 분명했다. 이 시간에, 도롯가에 왜 사람이. 박광일은 등골이 오싹해지는 기분이었다.

어둠 속에서 주저주저하던 사람은 택시를 발견하자 미친듯이 손을 흔들었다. 박광일은 얼떨결에 차를 멈춰 세웠다. 비상등을 켠 채 조마조마한 기분으로 뒷좌석에 올라타는 손님을 살폈다.

덕분에 살았어요, 기사님.

손님은 박광일에게 큰 소리로 말했다. 빗줄기가 조금씩 굵어지고 있었으니 박광일은 정말 그의 은인일지도 몰랐다.

일단 출발하겠습니다.

박광일은 미터기를 켠 후 차를 출발시켰다. 손님은 입고 있던 얇은 남색 셔츠를 벗어 빗물에 젖은 머리를 닦아냈다. 박광일은 미세하게 룸미러의 각도를 조정해 뒷좌석의 손님을 훑었다. 삼십대 중반 정도의 여자였다. 여름날 오래 걸은 모양인지 몸에서 희미하게 땀냄새가 났다. 박광일은 에어컨을 조금 더 세게 틀었다. 여자는 퀭하다는 느낌이 들 정도로 눈이 깊었고 눈동자가 컸다. 자로 잰 듯한 칼단발이 눈에 띄었는데 평균 신장보다 큰 아내와 비교하면 체구가 무척 작고 가녀린 편이었다.

기사님 아니었으면 정말 죽을 뻔했어요.

여자는 다시 한번 힘주어 말했다.

손님들은 언제나 빨리 가달라고 요구했다. 박광일이 제시간에 기차역에 도착하면, 아기가 나오기 전 병원에 도착하면, 멀어지는 차를 추격해 따라잡으면, 손님들은 덕분에 살았다며 감사 인사를 전하곤 했다. 반대로 간발의 차로 기차역에 늦게 다다랐을 때, 차가 막혀 도로에 갇혔을 때, 손님들은 비난과 질타를, 때로는 저주를 퍼부었다. 간혹 돈을 낼 수 없다고 버티는 이들과 실랑이를 하기도 했다.

그에 비해 '덕분에 살았다'는 말은 얼마나 달콤한가. 언젠가 차에 탔던 손님은 말했었다.

오늘 저는 신과 함께했군요.

박광일이 삼십 분 걸리는 거리를 십오 분 만에 주파하자 한 말이었다. 박광일이 바로 알아듣지 못하니 그는 외국영화에서는 택시 기사가 신적인 존재로 상징되곤 한다고 설명했다.

그래요? 하하. 제가 영화는 잘 몰라서.

박광일이 멋쩍게 머리를 긁자 손님이 덧붙였다.

택시 기사는 길에서 방황하던 사람을 태워 목적지까지 데려다주잖아요? 이따금 신이 택시 기사의 모습을 빌려 사람들을 인도한다는 거예요. 인간은 자신이 신의 안내를 받았다는 사실을 모르는 채로 그 순간을 통과하지만 곰곰이 생각하면 그건 기적적인 일이죠. 헤매지 않고 원하는 목적지에 무사히 도착한다는 것 자체가 말이에요.

설명을 듣고 보니 꽤 근사한 말 같았다. 자신은 빠르고 안전한 길을 찾아 손님을 목적지까지 바래다주는 길잡이가 아니던가. 손님의 말은 박광일에게 큰 울림을 주었다. 요즘은 대부분이 택시를 앱으로 호출했기에 우연히 길에서 손님을 만나는 확률은 전보다 훨씬 줄어들었다. 그러나 어쩌다 한 번씩 예상치 못한 시간에 예상치 못한 손님을 태울 때, 낯설고 험한 길을 달려서 손님을 목적지에 데려다놓을 때 박광일은 잠시 자신을 신이라고 상상하곤 했다. 부끄러워 아내에게도 말하지 못한 이야기지만 그럴 때면 몸에서 솟아오르는 기이한 에너지와 전능감에 전율을 느낀 적도 있었다. 이 순간 자신은 여자에게 신과 같은 존재였으므로 박광일은 어깨에 힘이 들어갔다.

도대체 왜 거기 계셨어요? 옷도 그렇게 어두운 걸 입고요. 자칫하면 사고 날 뻔했어요.

저라고 이 시간에 거기 있고 싶었겠나요.

여자는 기다렸다는 듯이 자신이 겪은 황망한 일들을 털어놓았다.

버려졌어요.

버려지다니요.

남자친구가 저를 여기 버리고 가버렸어요.

박광일은 흠칫 놀라 여자를 돌아보았다.

아니, 어쩌다가. 어떻게 그런 일이 있어요.

한두 번이 아니에요. 나쁜 새끼죠?

나쁜 새끼고말고요.

박광일의 반응에 위로를 얻었는지 여자는 응석을 부리듯 운전석 쪽으로 고개를 들이밀었다.

저 정말 힘들었어요. 아저씨.

순식간에 여자와의 거리가 좁혀졌고 박광일은 가까이 다가온 여자에게서 풍기는 땀냄새와 희미한 단내에 저도 모르게 숨을 참았다. 박광일은 자신이 긴장했다는 사실이 수치스러워서 일부러 단호하게 여자를 나무랐다.

그런 놈이랑 상종하면 안 돼요, 아가씨.

그러려고요. 용서 안 할 거예요.

봐주면 나중에 더 큰 사고를 친다고요.

알아요. 이젠 진짜 끝이에요. 더는 안 참아요.

여자는 힘이 풀린 듯 의자에 등을 붙이고 다짐하듯 중얼거렸다. 정말 끝이에요. 박광일은 무심코 룸미러로 여자를 봤다가 순간 여자와 눈이 마주쳤다. 여자를 훔쳐본 꼴이 되어 박광일은 어설프게 웃어 보였다. 다행히 여자는 미소로 화답했다. 머쓱해진 박광일이 물었다.

얼마나 도로에 계셨던 거예요? 저기 차량 전용 도로예요. 사고 날 수도 있었어요.

이삼십 분? 정확히는 모르겠어요.

택시를 부르시죠.

내리고 보니 휴대폰만 없더라고요. 아무래도 차에 두고 내린 것 같아요. 지금쯤이면 알았을 텐데, 데리러 오지도 않네요.

박광일은 곧 폭우가 쏟아질 거라고, 호우경보가 내리면 차량도 통제될 것이고, 지대가 낮은 곳은 잠겨서 오도 가도 못하게 될 거라고, 라디오에서 들은 내용을 그대로 읊었다.

그러게요. 아무 차나 얻어 타려고 손을 흔들어댔는데 다 지나치더라고요. 귀신인 줄 알았나봐요.

박광일은 룸미러로 여자를 힐끔힐끔 뜯어보았다. 대화를 나누다보니 여자가 예상보다 좀더 어릴지도 모른다는 생각이 들었다. 삼십대 초반, 어쩌면 이십대 후반일지도 몰랐다. 사람을 그다지 경계하지 않는 듯한 여자는 눈에 총기가 없고 어리숙한 느낌이 들었다. 아내와는 영 딴판이 아닌가. 아내는 유순해도 분별력은 있는 편이었다. 박광일은 자기도 모르는 사이 또 그렇게 아내와 타인을 비교했다.

아, 목적지 말씀해주시겠어요?

우선 다음 IC에서 빠져주세요.

다음 IC에서 빠지면 서울로 가는 게 아니라 되돌아가는 꼴이었다. 박광일은 화들짝 놀라서 여자에게 물었다.

어디를 가시는데요?

산천이요.

곤란한데요. 이 차 서울 차예요, 손님. 산천으로는 못 갑니다.

네? 안 돼요. 저 가야 해요, 아저씨. 산천에 두고 온 게 있어요.

아무튼 산천으로는 못 갑니다. 삼 킬로미터만 더 가면 휴게소가 나오니까 거기에 내려드릴게요. 거기서 다른 차로 갈아타세요.

박광일은 단호한 목소리로 말했다.

안 돼요. 이대로 가주세요. 제발요.

여자가 떼를 쓰듯 매달리자 박광일은 무척 곤혹스러웠다.

못 가요. 전 오늘 열두 시간 넘게 운전했습니다. 미안하지만 무리예요. 게다가 비도 오잖아요.

마침 박광일의 말에 호응이라도 하듯 하늘에서 번쩍, 번개가 쳤다.

하지만 저를 태우셨잖아요.

산천 가는지 몰랐으니까 태운 거죠. 서울까지 같이 가시든지, 아니면 휴게소에 내리세요.

너무하신 거 아니에요? 전 휴대폰도 없어요.

빌려드릴게요. 남자친구보고 다시 오라고 하시든지요.

버리고 간 사람한테 어떻게 다시 오라고 해요.

박광일은 자신이 말해놓고도 그건 어림도 없는 일이라고 생각했다. 고속도로에서 유턴해 올 수도 없을 것이었다.

곤란하면 가족에게 전화하면 되지 않겠습니까.

가족이 없어요.

그럼 저더러 어쩌란 말입니까.

그러니까 제발 같이 가주세요.

그렇게 소모적인 입씨름을 하는 동안 차는 계속 나아가고 있었고, 여자는 점점 더 끈질기게 다음 IC에서 빠져야 한다며 닦달했다. 물에서 건져줬더니 보따리까지 내놓으라는 격이었다.

산천은 경기도와 강원도 경계 지역에 위치한 곳이었고 산과 계곡이 있어 수상 레저와 등산으로 유명한 소도시였다. 박광일도 회사에 다닐 때 그곳으로 야유회를 간 적이 있었기에 영 낯선 곳은 아니었다. 하지만 지금은 과거보다 관광객이 현저히 줄어든 쇠락한 도시였다. 여자가 무슨 이유로 산천에 간다는 건지 알 수 없었다.

고집부릴 일이 아니에요. 내가 아가씨 걱정돼서 그래. 거기 들어갔다가 비 때문에 못 나오면 어쩌려고? 내일이나 모레 가면 안 되는 거예요?

안 돼요. 오늘이 아니면 안 돼요. 같이 가주세요.

박광일은 혹시 여자가 자신에게 은근히 추파를 던지는 것은 아닐지 의심했다. 지금까지 그런 적이 아주 없었던 것도 아니까. 박광일은 나이보다 젊어 보인다는 말을 종종 들었고 아마추어 권투선수였던 아버지를 닮아 체격이 다부진 편이었다. 숱을 치지 않으면 감당이 안 될 정도로 머리숱이 풍성하다는 것은 박광일의 가장 큰 자부심이었다.

들어나봅시다. 두고 온 게 도대체 뭔데 그래요?

이 킬로미터 앞이 IC였다. 이제는 결정을 내려야 할 순간이었지만 박광일은 확답을 주지 않은 채로 최대한 건조하게 물었다.

개요.

네?

개를 두고 왔어요. 산천에 있는 산장이요. 귀엽게 생긴 페키

니즈인데 요만해요. 친구한테 분양받아 사 년을 키웠어요. 산으로 올라가야 하기는 하지만 길이 잘 닦여 있어서 불편하시진 않을 거예요. 그러니까……

아니, 잠시만. 그게 무슨 말이에요. 산장에 개를 두고 오다니요?

그렇게 됐어요.

버린 겁니까.

박광일은 여자의 말을 끊고 단도직입적으로 물었다. 그러자 여자는 풀이 죽은 채 띄엄띄엄 말했다.

네…… 뭐…… 굳이 말하자면 버린 거라고 해야겠죠. 부끄럽지만요…… 그게 결혼 조건이었어요. 개를 입양 보내는 거요. 남자친구는 개를 싫어해요. 알레르기가 있다는데, 그냥 개를 보면 소름이 끼치고 토할 것 같대요. 처음에는 잘 키워줄 사람을 수소문했어요. 그런데 친구들도, 가족들도 모두 키워줄 수 없다고 하니 차라리 자유롭게 살도록 산에 풀어주자더군요.

데리러 올 가족도 없다더니. 박광일은 여자가 짐작보다 더 구제불능이라고 생각했다.

그 산에 버려진 개들이 많다는 것도 어떻게 알아왔더라고요. 등산객들이 밥도 챙겨준다고 해서…… 설득된 거죠, 저도.

아무리 그래도 그게 말이 됩니까? 사 년 키운 개를?

어제 하루, 산장에서 개와 함께 시간을 보냈어요. 밥도 많이 주고 간식도 실컷 먹게 내버려뒀죠.

개가 안 따라오던가요?

완벽하게 속였다고 생각했는데, 무슨 낌새를 알아차렸는지 시동을 거니까 밥도 팽개치고 전속력으로 차에 따라붙더라고요. 결국 남자친구가 개를 나무에 묶어놨어요.

뭐라고요?

박광일이 질겁하니 여자는 면목없다는 듯 고개를 숙였다.

그렇게 작정하고 버렸으면서 왜 돌아가려는 건데요?

서울 오는 길에 라디오를 들은 거예요. 비가 올 거라는 일기예보를요. 정신이 번쩍 들었어요.

잘못 엮였다는 감각이 박광일을 꿰뚫었다. 그리고 자신이 크게 오판했다는 사실 또한 동시에 깨달았다. 여자의 이야기를 듣는 게 아니었다. 사연을 묻는 게 아니었다. 여자와 함께 산천으로 가지 않는다면, 박광일은 나무에 묶인 개를 시시때때로 떠올릴 수밖에 없을 것이다. 개는 폭우를 고스란히 맞고 산에서 내려오는 토사에 파묻힐지도 모른다. 한참 낑낑대다가 그렇게 서서히 숨이 멎을 것이다. 박광일은 고개를 저으며 애써 상상을 떨쳐냈다. 기분 나쁘고 찝찝했다. 그러나 이미 체력은 한계를 넘어섰고 가다가 깜빡 졸기라도 한다면 그보다 더한 낭패는 없었다. 박광일은 순간 극심한 조갈을 느꼈다.

개가 알아서 줄을 끊고 안전한 처마밑에 숨을 가능성도 있지 않을까. 비슷한 처지의 개들이 여러 마리라고 하니 한데 어울리며 잘 지낼 가능성도 충분하지 않은가. 박광일은 마음 편한 방향으로 다시 상상하기 시작했다.

IC가 오백 미터 앞으로 다가왔을 때 박광일은 마음을 단단히 먹고 여자를 설득했다.

자정이 넘어서 할증요금도 많이 붙어요. 산천까지 한 시간은 더 가야 되는데 어쩌시려고요. 빗길에 미끄러지기라도 하면 아가씨나 나나 그대로 황천길이에요. 차라리 내일 날이 밝으면 가보시죠. 산장지기에게 부탁을 하시든지요.

삼십만원 드릴게요.

박광일은 하루에 두 번이나 비슷한 제안을 받은 게 믿기지 않아 헛웃음을 터뜨렸다. 그 웃음을 어떻게 해석했는지 몰라도 여자는 다급하게 지갑을 뒤져 돈을 내밀었다.

삼십만원 먼저 드리고, 서울 가면 십만원 더 드릴게요. 제가 휴대폰이 없어서 그래요. 부탁드릴게요.

박광일은 두통을 느꼈다. 몸을 혹사시키면서까지 돈을 벌고 싶진 않았다. 그러나 … 삼십만원이라면. 삼십하고 십만원 더, 라면…… 박광일은 마음이 흔들리는 이유가 돈 때문인지 개 때문인지 헷갈리기 시작했다. 그래, 아마 개 때문일 것이다. 비 맞는 개를 떠올리자니 끔찍하고 참담했다. 그렇게 결론

을 내리니 마음이 정리됐다. 박광일이 핸들을 돌려 IC로 진입
하자 여자가 흥분해 소리쳤다.

산천으로 가는 방향 맞죠?

박광일은 말없이 미터기를 끄곤 근엄하게 말했다.

개 때문에 가는 거예요. 개가 죽을까봐.

개를 살리고 싶은 마음은 신의 마음이 아닌가? 그렇다면 이
번에도 신은 자신의 몸을 잠시 빌린 것인가. 박광일은 그렇게
생각했다.

감사해요, 정말 감사해요. 기사님 진짜 복 받으실 거예요.

여자는 울상을 지으며 호소한 게 모두 연기였나 싶을 만큼
순식간에 얼굴이 밝아졌다. 여자가 박광일에게 몸을 기울이는
바람에 그의 단발머리가 어깨에 스쳤다. 박광일은 큼, 하며 목
을 울렸다. 자신이 산천에 가기로 결심한 이유는, 오직 개 때
문이어야 했다. 사실 돈 때문이라고 해도 상관은 없었다. 하지
만 여자 때문이어서는 안 됐다. 박광일은 룸미러를 통해 여자
의 얼굴을 훔쳐본 뒤 여자가 특별히 아름다운 편은 아니라서
다행이라고 생각했다. 여자가 조금 더 요염하고 자극적인 외
모였다면 자신 쪽에서 단칼에 거절했으리라고, 분명 그랬을
거라고 확신했다.

아내에게는 또 뭐라고 설명해야 할 것인가. 결국 우리를 위
해서지, 다른 이유가 있겠어. 내가 발바닥에 땀내 나게 차를

굴리는 건 모두 우리를 위해서야. 박광일은 속으로 연습했다. 평소보다 조금 더 열심히 너스레를 떨 필요가 있었다. 그 와중에 또 집에서 멀어지고 있다는 자각이 들자 문득 박광일은 조금 슬퍼졌다.

여자는 산천으로 가는 길 내내 자기 남자친구가 얼마나 괴팍하고 비인간적인지를 성토했다.

한번은 부산의 고가도로 위에 저를 버려두고 간 적이 있거든요. 일주년 기념 여행이었는데 뭐가 마음에 안 들었는지 저보고 내리라는 거예요. 거기가 얼마나 높고 바람이 거세게 부는지 모르시죠? 안 내리겠다고 버티다가 몇 대 맞은 후에 결국 도로 한복판에 버려졌어요. 걔는 꼭 제 머리를 때리거든요. 머리는 때려봤자 티도 안 나고, 두개골이 생각보다 단단해서 잘 안 깨진다나요. 아무튼 저는 그 도로를 거의 네발로 기어서 내려왔어요. 말도 마세요. 진짜 최악이었어요. 얼마 전에 텔레비전에서 티베트 순례자들이 나오는 다큐멘터리를 본 적이 있거든요. 그 사람들이 기도하는 자세가 그때 저랑 좀 비슷하더라고요. 그걸 오체투지라고 한대요.

여자는 학대와 폭력의 경험들을 하나의 모험담처럼 떠들었다. 중간중간 웃음을 터뜨리기도 했고 은연중에 남자를 변호하기도 했다. 그래도 애인이 마음이 약한 편이라거나, 표현이 서툴러서 오해받을 행동을 한다는 식이었다. 박광일은 여자를 훈계하려 하지 않았다. 그냥 잠자코 들었고, 폭행의 수위가 지나치게 높다 싶을 때만 주변에 도움을 청해보라는 식으로 두루뭉술한 조언을 덧붙였다.

남자친구는 제가 자기 성질을 긁는다는데 저는 잘 모르겠거든요. 얼마나 화가 나면 이런 짓까지 할 수 있는지 정말 모르겠어요.

애인끼리 싸울 수야 있지만 그래도 도로에 버리고 가는 건 정말 아니에요.

저도 알아요. 이러다가 죽을 수 있다는 것도요. 물론 아저씨가 오늘 저를 살리셨다는 것도 알아요.

여자가 애교스럽게 말했다.

그런 말 듣자고 한 일이겠어요. 딸 같아서 그렇지.

박광일에게는 딸이 없었다. 아들도 마찬가지였다. 그래서 딸 타령을 한 게 약간 머쓱했다. 삼십 년 전, 박광일도 딸 아빠가 될 기회가 있었는데 아내의 부주의로 허망하게 떠나보내고 말았다. 마음 상할까봐 아내를 탓한 적은 없지만 자식 생각을 하면 아내에게 어쩔 수 없이 뾰족한 마음이 드는 게 사실이었다.

근데 아저씨도 그런 적 있어요?

그런 적이라뇨?

누군가를 버려두고 떠난 적 있느냐고요.

그럴 리가 있겠느냐고 대답하려던 순간 박광일은 말문이 막혔다. 그러고 보니 그런 적이 있긴 했다. 물론 여자의 경우와 같은 사안이라고 보기는 어렵지만, 그도 길 위에 사람을 내려두고 떠난 적이 있었다.

오래전 일이지만 박광일은 꽤 선명하게 한 여자를 기억하고 있었다. 여의도에서 평택으로 가는 손님이었다. 여자가 차에 타자마자 술냄새가 진동했다. 여자의 동료가 출발 전에 대신 박광일에게 주소를 알려주었다.

여자는 키가 크고 늘씬했는데 아내와 비교하면 훨씬 아름답고 젊어 보였다. 보기 드문 미인이라 룸미러 각도를 조정해 여자의 얼굴을 수시로 훔쳐보았다. 운이 좋군, 하고 박광일은 생각했다. 그 생각은 오래가지 않았다. 여자는 차에 탄 지 얼마 되지 않아 훌쩍훌쩍 울기 시작했다. 잠꼬대처럼 무슨 말을 중얼거리기도 했다. 다들 나한테만 뭐라 그런다는 둥, 언제까지 참아야 하냐는 둥, 내가 널 가만두나보라는 둥 회사에 무슨 일이 있는 모양이었다. 경부고속도로를 타고 가다가 중리IC를 지날 때쯤 훌쩍거리던 소리는 오열로 바뀌었다. 박광일은 여자에게 티슈를 건네며 자상한 목소리로 다독였다.

회사생활이 참 그렇죠. 드럽고 치사한데 먹고살아야 하니 때려치우지도 못하고요.

여자는 무엇이 그리도 서럽고 슬픈지 울음을 멈추지 못했다.

우세요. 울고, 다 털어버리세요.

박광일은 라디오 볼륨을 올렸다. 마침 느릿한 블루스가 흘러나오고 있었고 박광일은 노래를 따라 흥얼거렸다. 도로에 유난히 차가 없는 날이었다. 도로는 텅 비어 있고, 젊고 아름다운 여자는 눈물을 흘리고 있었으며, 서정적인 선율의 블루스가 공간을 채우고 있었다. 박광일은 어쩐지 그 순간이 낭만적이라 생각했다. 시간이 조금 지나자 여자는 진정된 듯 울음을 그치고 코를 풀었다.

이제 좀 괜찮으세요?

박광일은 글러브 박스 안에서 휴지를 꺼내 자상하게 여자에게 건넸다.

여자는 감사해요, 기사님, 하며 휴지로 젖은 얼굴을 벅벅 문질러 닦았다. 여자의 눈이 붉게 충혈되어 있었다. 그 얼굴이 몹시 처연했기에 박광일은 마음이 쓰였다.

이럴 때는 물을 가만히 바라보면서 슬픈 마음을 흘려보내는 것도 하나의 방법입니다. 가보셨는지 모르겠지만 평택호가 참 운치 있어요. 바다처럼 넓은데 산책로도 길죠.

박광일은 자신이 평소답지 않은 말과 행동을 한다고 생각했지만 그럼에도 이건 위로일 뿐이라고 여겼다. 여자는 박광일의 말을 알아듣지 못했는지 멍하게 앞만 보고 있었다. 갈피를 잡지 못하는 눈이었다.

아가씨가 서러운 게 많아 보여서 하는 말입니다. 오해는 마세요. 그냥 드라이브 한번 한다 생각하면 좋죠.

풀어서 설명했는데도 여자는 알아듣지 못하는 눈치였고, 박광일은 여자가 순진한 만큼 자신의 진의를 오해할 가능성은 적다고 판단했다.

쉬었다 가자고요. 평택호에는 물고기가 많이 살거든요. 운이 좋으면 그게 튀어오르는 모습도 볼 수 있어요. 아마 스트레스가 확 풀릴 거예요.

여자는 한참 동안 말이 없었다. 창밖을 응시하며 무슨 생각에 잠긴 듯했다. 잠시 뒤 여자가 박광일을 또렷한 눈으로 바라보았다. 룸미러를 통해 마주한 눈빛이 이상하게 살벌해, 박광일은 그 기세에 비굴한 웃음을 흘렸다. 그때 여자가 물었다.

당신도 내가 만만해?

박광일은 당황했다. 그때 여자의 손이 무지막지한 힘으로 박광일의 머리통을 강타했다. 뻑, 하는 소리와 함께 박광일은 순간 정신을 차릴 수 없었다. 반사적으로 핸들을 움켜쥐긴 했지만 차는 이미 휘청거리며 붉은색 볼라드를 받고 차선을 넘어가고 말았다. 급하게 속도를 늦추고 다시 원래 차선으로 돌아온 박광일은 왜 이러세요, 이러지 마세요, 하고 소리를 질렀다. 그는 자신에게 닥친 일을 이해할 수 없었다. 그러나 여자는 곧바로 다시 무자비하게 폭력을 휘둘렀다.

이 호로 새끼야, 왜 너 같은 놈들은 어딜 가나 있는 건데.

운전석 뒷부분이 발로 뻥뻥 차이는 바람에 몸이 앞으로 튀어나갈 것만 같았다. 생명의 위협을 느낀 박광일은 도롯가에 차를 어설프게 멈춰 세웠다. 잇따라 오던 차들이 속도를 늦추고 비켜 갔다. 어떤 차들은 클랙슨을 빵빵 울리며 주의를 주기도 했다. 박광일은 안전벨트를 풀었다. 그때까지 여자는 발길질을 멈추지 않고 있었다. 박광일은 엉성하게 폭력을 방어하며 여자에게 소리쳤다.

이러지 마세요! 내리세요! 도대체 제가 뭘 어쨌다고 이러시는 겁니까?

박광일은 쌍방 폭행이 될까봐 최대한으로 참았지만 여자는 멈추지 않았다. 박광일은 여자를 완력으로 끄집어내렸다. 분명 만취했다고 생각했는데 여자의 눈빛은 전혀 흐리멍덩하지 않았다. 이해할 수 없는 독기와 살기가 가득한 시선이었다.

다만 진심어린 위로를 하고자 했던 것뿐인데 여자가 지나치게 자신의 의도를 곡해한 듯했다. 실랑이 끝에 박광일은 여자를 길가에 세워놓고 차를 출발시켰다. 멀리 가지는 못하고 백미터쯤 가다가 갓길에 멈춘 뒤 경찰을 불렀다.

여기 평택 가는 방향의 남사진위IC인데요. 정확한 장소는 모르겠습니다. 외동천교 지난 지 얼마 안 됐어요. 택시 손님이 저를 위협하셔서 일단 내려드렸습니다. 길 위에요. 아니요. 도저히 모시고 갈 수는 없는 상탭니다. 운전하다가 죽을 수도 있을 것 같아서요. 네. 주취자입니다. 완전 만취요. 빨리 와주세요.

박광일은 호흡을 가다듬었다. 얼마나 세게 맞았는지 머리에 혹이 생긴 것 같았다. 피가 다 빠져나간 듯 현기증이 일어 핸들 위에 엎드려 눈을 감았다. 깜박 졸았던 걸까. 일 초, 혹은 이 초 정도일 것이었다. 아무리 길어도 오 초는 넘지 않았으리라. 소름이 끼칠 정도로 날카로운 굉음에 박광일은 눈을 떴다. 차가 급정거하는 소리였다. 사이드미러로 뒤를 살폈다. 칠 톤 트럭이 도로 한가운데 서 있었다.

박광일은 차에서 내리지 않고 숨죽인 채 지켜보았다. 경찰차가 도착했고, 조금 뒤에는 구급차가 나타났다. 박광일이 재판에 넘겨진 후 사고가 뉴스에 짤막하게 보도되었다. 택시 기사와 손님이 언쟁을 했고, 택시 기사는 깊은 밤 고속도로 한복판에 술에 취한 손님을 내려두고 떠났다. 무책임한 기사 때문에 손님이 참변을 당했다는 내용이었다.

저기예요. 저 장승 보이시죠? 무시무시하게 생긴 저거요. 저 뒤로 넘어가기만 하면 산장은 금방이에요.

여자는 천진난만한 목소리로 박광일의 주의를 끌었다. 박광일은 내비게이션을 다시 확인했다.

본격적이고 전면적인 장마가 시작되고 있었다. 무언가를 되갚아주겠다는 듯한, 원한과 악의가 느껴지는 무시무시한 빗소리였다. 박광일은 정신을 똑바로 차리고 앞을 바라보았다. 집중하지 않으면 사고가 날 수도 있었다. 일직선으로 펼쳐진 길 위를 달리고 있자니 앞으로 전진하는 것이 아니라 누군가가 길의 이편과 저편을 잡은 채 아주 조금씩 밀고 당기고 있는 것 같았다. 그 줄다리기는 언제까지라도 끝나지 않을 것 같았다. 그럼에도 여기까지 왔으니 전진하는 수밖에 없었다.

박광일은 왠지 여자가 개를 데리고 서울로 가서도 다시 남자를 만날 것 같다는 예감이 들었다. 인간은 원래 미련하고 몽매한 행위를 반복하는 존재가 아니던가. 여자를 설득할 수 있는 사람은 없을 것이다.

길이 난 데로 쭉 따라 올라가니 바로 산장이 보였다. 이렇게 외딴곳에 있는 산장을 여자와 여자의 애인은 어떻게 안 것일까. 불 꺼진 산장은 어둡고 고요했다. 다행히 가로등 불 하나가 희미하게 마당을 밝히고 있었기에 완전한 암흑은 아니었다.

우산 가져가요.

박광일은 하나 있는 접이식 우산을 글러브 박스에서 꺼내 여자에게 건넸다.

감사해요. 금방 올게요. 잠깐만 기다려주세요.

여자는 차문을 열고 뛰어나갔다가 갑자기 돌아와 박광일에게 말했다.

저 두고 가시면 안 돼요.

사람을 뭘로 보고.

박광일이 발끈하자 그제야 여자는 안심한 듯 미소 지었다.

금방 올게요. 오 분, 아니 삼 분 정도면 충분해요. 등산객한테 빨리 발견되었으면 해서 등산로 출입구에 묶어뒀거든요.

박광일은 여자가 돌계단을 오르는 모습을 바라보았다. 돌계단 양옆에 나무들이 울창하게 서 있어서 여자가 꼭 깊은 숲속으로 들어가는 듯한 느낌이 들었다. 그사이 박광일은 아내에게 전화를 해야겠다고 생각했다. 조수석 쪽에 떨어진 휴대폰을 겨우 찾아 꺼내보니 어느새 배터리가 닳아 꺼져 있었다. 충전기를 꽂고 전원을 켜자 아내의 문자들이 도착해 있었다.

—당신, 왜 전화기가 꺼져 있어?

—어디야? 이런 장난 재미없어.

—어서 답장해. 걱정된단 말이야.

—나 무시워.

어느 정도는 예상했지만 박광일은 당황했다. 곧 도착한다던 남편이 오지 않자 아내는 놀란 모양이었다. 박광일은 아내가 혼자 초조해하다가 분노했다가 이윽고 자신에게 애걸하는 감정의 흐름에 심취했다. 아내는 대개 차분한 모습을 유지하는 편이었고 가끔은 시시하다는 생각이 들 정도로 감정의 동요가 없는 사람이었기에, 아내가 이토록 마음을 다스리지 못하는 것은 그만큼 자신을 사랑한다는 증거가 아닌가, 박광일은 생각했다.

박광일은 아내에게 전화를 걸었다. 그러나 신호가 가지 않았다. 비 때문인지, 산중이라서인지는 알 수 없었다. 문자를 보냈는데 마찬가지로 전송되지 않았다. 이곳을 벗어난 다음에 연락해야겠군. 박광일은 여자가 사라진 방향을 바라봤다. 올 때가 됐는데, 혹시 무슨 일이 있는 걸까. 빗발이 쏟아지는 풍경 속에서 무언가가 튀어나올 듯 꿈틀거린 것 같았는데 다시 보니 그저 비바람에 흩날리는 나뭇가지일 뿐이었다. 그는 어둠을 향해 상향등을 깜빡깜빡 켰다 껐다.

그때 꽈광, 하는 천둥소리가 하늘을 찢어발기듯 울렸고 눈이 멀 듯한 밝은 빛이 산 쪽으로 내리꽂혔다. 나무에 떨어진 번개에 불꽃이 번쩍 튀었다가 금세 사그라드는 것을 박광일은 목격했다.

판사가 주문 낭독을 마쳤을 때, 박광일은 자리에서 일어나 만세를 불렀다. 블랙박스 영상은 변론에서 중요한 증거자료로 쓰였다. 택시는 차량 내부도 녹화되었기에 여자가 박광일에게 휘두른 폭력이 얼마나 극악무도했는지 증명하는 것은 어렵지 않았다. 재판 기간 동안 박광일은 분노와 치욕스러움과 억울함에 바깥출입을 하지 않았다. 유가족측이 항소를 해 2심까지 갔지만 박광일은 결국 무죄를 받았다. 이제야 모든 것이 제자리로 돌아왔다고 박광일은 생각했다. 아내는 세상의 오해와 비난에도 굴하지 않고 긴 시간 박광일의 곁을 지켜주었다.

그러나 재판 이후 아내는 국을 끓이다가도, 빨래를 널다가도 문득 서늘한 표정으로 무언가를 곰곰이 생각하곤 했다. 아내는 원래 그런 표정을 짓는 사람이 아니었다. 그것은 박광일이 아는 아내의 모습이 아니었다. 아내는 혼자서 무언가를 골똘히 생각하기보다 이런 고민이 있는데 당신 의견은 어떠냐고 물어보는 사람이었다. 고민을 하고 있으면 그 고민의 원인까지 훤히 읽히는 투명한 사람. 가장의 희생과 노고를 이해하고 동반자로서의 본분을 다하는 사람. 자신의 가정이 화목한 것은 아내의 그런 면 때문이라고 박광일은 생각했다. 그러나 아내가 낯선 얼굴로, 알 수 없고 알 필요도 없는 뭔가를 상상하며 곱씹고 있다고 생각하면 박광일은 무언가에 쫓기고 있는 듯 미음이 안달났고 차라리 아내가 자신에게 무슨 말이라도 하기를, 차라리 멱살을 잡고 비난이라도 하기를 간절히 바라게 되었다.

깜빡 존 것인가. 이런 상황에도 졸음이 오다니. 일 초, 혹은 이 초 정도. 길어봤자 오 초이고 그보다 더 길진 않을 것이다. 박광일은 직감적으로 여자가 무슨 일을 당한 게 틀림없다는 걸 깨달았다. 세찬 비가 차체를 부술 듯 두드리고 있었다. 나가봐야 하나. 그래야겠지. 그러나 두려웠다. 박광일은 앞을 바라보았다. 그러다가 불현듯 돌계단 옆 나무가 아까보다 가까워진 느낌이 들었다. 그 나무를 뚫어지게 보는데, 정말로 토사가 조금씩 쓸려내려오고 있었다. 뿌리가 약한 나무들이 움직이는 것이었다. 그것을 자각한 순간 손쓸 틈도 없이 폭포 같은 흙탕물이 택시를 덮쳤다. 엄청난 충격이 박광일을 타격했고 차가 조금씩 뒤로 밀렸다. 박광일은 이러지도 저러지도 못한 채 공포에 떨며 산사태가 지나가기를 기다렸다.

얼마의 시간이 흐른 후, 박광일은 실내등을 켰다. 흙과 나뭇가지 따위로 덮인 앞유리가 시커멨다. 빗소리는 아까보다 희미했다. 박광일은 밀봉당한 것처럼 바깥과 완벽하게 차단된 듯한 느낌을 받았다. 왠지 이렇게 될 것을 예견이라도 한 듯 이상하게 마음이 차분했고 익숙한 기분이 들었다.

아내에게는 뭐라고 해명해야 하나. 자, 이렇게 시작하자. 들어봐. 내가 나 하나 좋자고 그랬겠어? 우리를 위해서였어. 안락하고 평안한 우리의 미래를 위한 일이었지. 궁색한 변명처럼 들릴 것이 분명한 이야기를 박광일은 마음을 담아 연습했다.

박광일은 고개를 숙이고 잠시 호흡을 골랐다. 갑자기 참을 수 없는 갈증이 느껴져 컵홀더를 확인했다. 페트병에 물이 딱 한 모금 남아 있었다. 노인을 태워다주고 돌아올 때 남김없이 마신 줄 알았는데, 다행히도 한 모금이……

진종일 운전대에 앉아 있다보니 온몸이 뻐근했다. 이러다간 택시와 자신이 한몸이 될 것 같다는 생각이 들었다. 이미 오래 전 그렇게 되어버렸다는 각성까지는 가닿지 못했다. 자신이 택시의 주인인지, 택시가 자신의 주인인지 구분하지 못한 지 는 한참 되었다. 그저 길을 따라 달릴 뿐이었다. 마치 영원과 도 같이 긴 시간이었다. 영원이라니. 과장이 심하군. 박광일은 부지불식간에 자신의 뇌리를 스친 생각을 되짚으며 어림도 없 는 말이라고 스스로를 비웃었다. 여자를 조금만 더 기다려봐 야겠다고 생각했다. 딱 오 분. 오 분이 지난 후에도 여자가 나 타나지 않는다면 숲으로 들어가봐야겠다고 생각했다. 박광일 은 눈을 감았다. 흙더미에 깔린 상황에서도 졸음이 몰려왔다. 잠은 죽음에 대한 예습이자 복습 같았다.

의
탁
과

위
탁
사
이

2

"할머니, 많이 아파요?"

앓는 소리에 연수는 반짝 눈을 떴다. 얕은잠에 들었던가. 짧으면 십 분, 길면 삼십 분. 연수는 밤새 그런 식으로 잠을 끊어 잤다. 머리가 무거워 자꾸만 고개가 떨어졌지만 의식적으로 잠기운을 털어냈다. 가만히 기다려봐도 돌아오는 대답은 없었다. 보호자 침대에서 일어나 이불을 살짝 들춰보니 할머니는 웅크린 자세로 입을 앙다물고 있었다. 분명 할머니가 낸 소리라고 생각했지만 병실을 같이 쓰는 다른 환자의 신음을 잠결에 잘못 들은 것일 수도 있었다. 연수는 할머니가 답답하지 않도록 이불을 살짝 내려 덮어주었다. 틀니를 빼면 원래 작고 얇았던 입술이 더 쪼그라들어 썩은 나무의 옹이 같아졌고 가끔은 입이 아예 없는 것처럼 보이기도 했다. 삼십오 킬로그램에 불과한 앙상하고 허름한 몸은 고통과 신음을 밀어넣고 입구를 기운 포대 자루 같았다.

할머니의 몸 위에 손을 올려두었을 때 연수는 다시 한번 음, 하는 신음을 들었다. 그런데 이상하게도 입에서 새어나오는 소리를 들은 것이 아니라 할머니의 몸에 전류처럼 흐르는 소리를 진동으로 느낀 것 같았다. 피부로 흘러든 신음이 찰나의 순간 연수를 울리고 지나갔다. 기이했지만, 분명 여느 때와 달랐지만, 그 감각에 대해 깊이 파고들지는 않았다.

"많이 아파요? 간호사 불러올게요."

그게 살아 있는 할머니에게 연수가 건넨 마지막 말이었다.

그때껏 몇 번이나 할머니에게 똑같은 질문을 했을까. 많이 아프냐는 물음에 할머니는 한 번도 그렇다고 답하지 않았다.

"똑같다."

어제와도, 그제와도, 일주일 전과도, 한 달 전과도 똑같은 통증이 일관성 있게 이어진다고 말했다. 진통제 주사 외에는 더이상 해줄 수 있는 게 없다며 병원에서는 일찍부터 퇴원을 종용했다. 안락한 집에서 가족들과 대화를 나누고 좋아하는 음식을 즐기는 것만이 할머니가 마지막으로 누릴 수 있는 행복일 것이라고 했다.

"우리집으로 모시기로 했다. 그게 맞는 것 같아."

몇 달 동안 미적거리던 엄마 아빠가 마침내 대단한 결단을 내린 양 연수에게 말했다. 그 사실을 연수가 할머니에게 전했을 때 할머니는 좋지도 싫지도 않아 보였다. 집으로 간다는 게 무엇을 의미하는지 할머니는 이해하고 있을까. 연수의 집이 할머니가 마지막을 준비하기에 과연 안락한 공간인가에 대한 의문은 남았지만 다른 대안이 있는 것도 아니었다.

명절이나 제사도 할머니의 안산 집에서 지냈고, 할머니의 생신 때에도 할머니 집 근처에 있는 식당에서 가족끼리 한끼 식사를 하는 것이 전부였으므로 할머니는 연수의 집에 방문한 적이 많지 않았다. 지하철로나 버스로나 한 시간이면 충분히 갈 수 있는 거리임에도 그랬다. 할머니는 딸네 집에 자주 드나들며 반찬을 나르거나 잔소리를 해가며 손녀 양육에 관여하는 사람이 아니었다.

다가오는 주말이면 집으로 갈 수 있었지만 그날이 오기 전에 할머니는 떠났다. 장례를 치르는 동안 문상을 온 친척들과 할머니의 지인들은 연수를 치하하고 격려했다. 손녀 덕에 할머니가 편히 눈감았을 게다. 네가 키워준 은혜를 갚았구나. 마음을 추스르기 어렵더라도 딛고 일어나야 한다. 할머니도 그걸 원할 게다. 일 년 넘게 간병을 했다고? 너 같은 애가 또 있을까.

어떤 위로는 큰 상을 받았을 때나 듣는 찬사 같아서 연수는 조금 머쓱했다. 피로에 전 혼곤한 표정은 상실로 인한 아픔으로 해석되었고, 그래서 적당했다. 조문객들을 맞이하고, 상을 차리고, 엄마 아빠의 권유에 못 이기는 척 장례식장 한편에 누워 쪽잠을 자며 장례라는 의식을 견디는 동안 연수가 가장 많이 생각한 건 자신의 가방 속에 숨겨둔 할머니의 틀니였다.

*

병원에 입원한 할머니 곁을 지킬 사람이 필요한데, 잠시 와서 지낼 수 있겠느냐고 엄마가 물었을 때 연수는 선선히 그러겠다고 대답했다. 연수가 혹시나 말을 무를까 걱정됐는지 엄마는 그리 길진 않을 거라고, 도무지 차도가 없으면 집으로 모실 거라고 재차 연수를 안심시켰다.

이런 날이 오기를 벼르고 있었는지도 모르겠다고 연수는 희미하게 생각했다. 그간 일 년에 두세 번, 명절이나 할머니 생신 때 얼굴을 비치는 게 전부였다. 취업 준비를 시작하고 나서는 그마저도 쉽지 않았다. 할머니에게는 늘 부채감을 느끼고 있었고 그 불편한 감정은 연수의 마음을 오랫동안 짓눌렀다. 언젠가는 할머니를 위해 할 수 있는 일 한 가지는 무엇이라도 하겠다는 다짐이 있었기에 길게 고민하지 않고 간단한 짐을 챙겨 곧장 병원으로 갔다. 그때는 병원 생활이 이렇게까지 길어질 줄 몰랐다.

일주일에 두 번 하던 스터디를 그만둬야 할 것 같다고 단체 채팅방에 말하자 팀원들은 아쉬운 기색을 내비쳤다. 연수는 스터디 안에서 가장 나이가 많았고, 가장 오랜 기간 취업 준비를 하고 있었기 때문에 자연스럽게 스터디의 구심점 역할을 했다. 모임 시간을 조율하거나 스터디 룸을 예약하는 사소한 일들을 맡아서 하는 것은 물론, 취업 학원에서 받은 기업 인적성 검사 자료나 기업에서 주최한 취업 박람회에 참석해 얻은 노하우를 정리해 대가 없이 나누기도 했다. 그 시기의 연수는 과잉된 친절로 자신의 불안을 다스렸다.

언니, 할머니랑 되게 가까우신가봐요? 저도 외할머니가 키워주셨는데. 열 살 때까지.

누군가 물었고, 연수는 잠시 망설이다가 대답했다.

네, 저를 키워주셔서요.

한두 마디 응원의 말이 오간 후, 연수가 맡았던 일을 누가 가져갈 것이냐에 대한 이야기로 채팅방은 어수선해졌다. 지금까지 정리한 자료들은 넘겨주고 가겠다고 말하려 했지만 순식간에 역할 분담을 끝낸 후 채용 공고가 올라온 기업들에 대한 뻔하고 얕은 정보들이 공유되는 것을 보고 연수는 말없이 채팅방을 나왔다.

연수는 부모가 별거했던 초등학교 저학년 시절, 외가가 있는 안산 집에서 지냈다. 삼 년 가까운 시간이었지만 기억이 아주 선명하지는 않았다. 그러나 그때 느꼈던 감정들은 여전히 연수에게 영향을 미치고 있었다.

엄마는 서둘러 상황을 정리하겠다고, 그때까지만 연수를 맡아달라고 할머니에게 부탁했다. 주말마다 오겠다던 약속을 엄마는 자주 어겼다. 보통 이삼 주에 한 번, 바쁜 시기에는 한 달에 한 번 정도 연수를 만나러 왔다. 아빠는 얼굴이 가물가물해질 때쯤 한 번씩 찾아와 연수와 시간을 보냈다.

외갓집은 낡긴 해도 연수의 집보다 훨씬 넓은 이층 주택이었다. 일층 안방은 할머니 할아버지의 방이었고, 연수는 결혼 전 엄마가 쓰던 이층 방을 썼다. 창고처럼 쓰는 반지하방이나 다락방, 다용도실을 제외하고도 방이 세 개 더 있었는데 그 방들은 말 그대로 빈방이었다. 할머니는 지독하게 검소하고 결벽적으로 깔끔한 성격이라 불필요한 물건들을 집에 두는 법이 없었다. 화분을 키운다든가, 벽에 그림을 건다든가 하는 식으로 집을 꾸밀 줄도 몰랐기에 외갓집에는 언제나 삭막한 느낌이 감돌았다.

*

병실에서는 오직 고통만이 개인의 것이었으며 신음과 소란은 모두 공유되었다. 환자가 돌아누울 때 철제 침대가 삐걱거리는 소리, 기침하는 소리, 링거액이 매달린 폴대를 끌고 화장실에 가는 소리, 화장실 물이 내려가는 소리 등 크고 작은 기척들이 하루종일 병실을 순환했다. 하루 네 번, 간호사들은 병실을 돌며 환자의 혈압을 재고 채혈을 했고 새벽에도 어김없이 찾아와 할머니 손가락 끝에 피를 냈다.

아침 일곱시가 되면 병실의 불이 켜졌다. 연수는 희미한 두통을 느끼며 눈을 떴고 간호사에게서 식전 약과 식후 약을 받았다. 약과 함께 미지근한 물이 든 컵을 건네면 할머니는 약의 개수를 두 번 세 번 반복해서 셌다. 그리고 정확히 식전 십오 분, 식후 십오 분에 약을 먹었다. 배식판을 받으면 식사 권장 시간 이십 분에 맞춰 천천히 음식을 먹었다. 연수는 식사하는 할머니 곁에서 생선살을 발라놓거나 질긴 나물이나 고기를 아주 잘게 잘라놓았다.

할머니는 병실에서 가장 나이가 많았으며 가장 예후가 좋지 않은 환자였다. 입원 치료를 하게 된 원인은 뇌출혈 때문이었고 오랫동안 당뇨를 앓았기에 당뇨에 의한 합병증인 신부전증으로도 고생하고 있었다. 활동량이 줄어들고 몸에 근육이 빠지자 요실금과 변실금 증상이 번갈아 할머니를 괴롭혔다. 때문에 이삼일에 한 번은 환자복과 침대 시트를 모두 갈아야 했다.

"괜찮아요, 할머니. 금방 치울게요."

여러 번 겪어도 당황스럽고 번거로운 일인 건 마찬가지였지만 연수는 자신조차 놀랄 만큼 담담한 표정으로 침구를 수습했다. 병원에 상주하는 간병인과 연수가 병실을 들락날락하며 분주하게 움직일 때, 할머니는 간이침대에 누워 눈을 꼭 감고 자는 시늉을 하거나 진통제에 취해 의식이 없는 듯 몸에 힘을 빼고 침대 밖으로 팔을 늘어뜨리고 있었다. 그런 순간일수록 신경이 곤두서 잠들 수 없다는 걸 연수는 알고 있었다. 문득 연수는 어릴 때 자다가 이불에 오줌을 눈 기억이 떠올랐다. 이층에서 혼자 자던 연수는 종종 악몽을 꾸거나 가위에 눌렸다. 겁을 먹은 연수가 일층으로 내려가 할머니를 부르면 그날 밤은 할머니가 연수를 재워주었다. 같은 이불을 덮고 잤기에 할머니는 연수의 야뇨증을 금세 알아챘다. 그럴 수도 있다고, 너희 엄마도 그랬다고 할머니는 다정한 목소리로 달래주었지만 연수는 심장이 뛰고 눈물이 나 잠을 설쳤다. 아침에 화장실 변기에 앉으면 물을 가득 채운 욕조에 담긴 이불이 보였다. 할머니는 연수가 이불에 실수를 할 때마다 매번 손빨래를 했다. 연수는 지난밤 자신이 저지른 실수를 확인하며 위축되었다.

야뇨증은 엄마 아빠가 있는 집으로 돌아간 후에 거짓말처럼 사라졌다.

안산 집에서 지내던 어느 하루, 연수는 식탁에 앉아 팬케이크를 먹으며 할머니가 김치나 밑반찬을 반찬통에 담는 것을 물끄러미 바라봤다. 희미한 기억들 속에서 역시 잊히지 않는 장면이었다. 연수는 발이 바닥에 닿지 않는 높은 의자에 앉은 채 허공을 딛듯 발을 까닥거렸다. 긴장하거나 조급할 때면 하게 되는 습관이었다. 식탁 아래에서 연수의 다리가 격렬하게 흔들리고 있었지만 할머니는 눈치채지 못했다. 골목 끝 집에 사는 할아버지를 위한 반찬인 걸 뻔히 알면서도 연수는 "누구 줄 거야?" 하고 물었다. 할머니는 연수와 눈을 맞추지 않고 "할머니 친구 주려는 거야. 골목집 할아버지 알지? 어려운 사람 도와주는 거야" 하고 대답했다. 할머니는 자주 그 집에 반찬을 해다 날랐고 골목집에 사는 할아버지는 반찬통을 씻어 돌려줄 때 요구르트나 과일을 넣어주었다. 요구르트는 연수의 몫이었다. 할머니는 가끔씩 연수에게 심부름을 시키기도 했다. 왠지 그 심부름만큼은 피하고 싶어 만화에 완전히 정신을 뺏긴 척하기도 했다. 그럼에도 할머니는 텔레비전을 강제로 끄고 기어이 연수 손에 반찬통을 들려 골목집으로 보냈다.

"공손하게 인사해야 한다. 할머니가 갖다드리래요, 통은 다음에 주셔도 된대요, 하고 전해."

골목집 할아버지는 몇 년 전에 부인이 돌아가셔서 밥도 제대로 못 먹는 불쌍한 사람이라고, 몸이 불편한 것을 보지 않았느냐고, 우리는 이렇게 맛있는 것을 많이 먹고 사니까 이웃에게도 나누어줘야 한다고 할머니는 자기 자신을 설득하듯 거듭해서 말했다. 때문에 그 집에 갈 때마다 연수는 할아버지가 그정도로 불쌍한 사람이 맞는지 유심히 살피곤 했다.

할아버지는 오른손 손목 아래가 절단되어 끝이 뭉툭했다. 그렇지만 왼손 사용이 능숙해 일상생활에 불편함은 없어 보였다. 그는 그리 불쌍해 보이지도, 형편이 어려워 보이지도 않았다. 할아버지는 연수를 집안에 들여 만화를 틀어준 뒤 반찬통을 비워줄 테니 가지고 가라고 말했다. 매번 냉동실에서 아이스크림을 꺼내주었는데 냉장고 성능이 안 좋은지 아이스크림은 언제나 반쯤 녹아 있었다. 껍질을 까면 녹은 아이스크림이 금세 옷과 바닥에 후드득 떨어졌고 연수는 좋아하지도 않는 바밤바나 비비빅을 허겁지겁 먹어치워야 했다. 아무리 빠르게 핥아먹어도 손가락에 끈적하게 흘러내린 아이스크림 때문에 집에 돌아갈 때까지 찝찝함을 느꼈다. "할머니께 감사하다고 전해라." 할아버지가 연수의 머리를 쓰다듬었을 때 그 손에서 담배 냄새가 났다. 코를 찌를 듯한 스킨 냄새와 뒤섞여 그의 체취는 몹시 불결하게 느껴졌다. 집에 돌아오면 할머니는 할아버지가 뭐라 하시더냐고, 표정은 어떠시더냐고 꼬치꼬치 물었다. 연수는 할아버지가 무척 고마워했다는 말을 전하면서, 할머니의 상기된 표정을 눈에 담았다.

사실은 할머니가 할머니의 남편, 그러니까 할아버지에게 폭행을 당하고 있다는 사실을 알고 있었다. 연수는 외갓집에 맡겨진 지 얼마 안 됐을 무렵부터 유리 깨지는 날카로운 소리와 무언가를 가격하는 둔탁한 소리, 억눌린 신음소리를 자장가처럼 듣고 잤다. 가끔 자다가 계단을 내려가 거실을 두리번거리기도 했는데 할머니는 연수를 잡아채듯 품에 안고 "연수 깼구나. 할머니랑 같이 잘까?" 하며 이층으로 몸을 피했다. 하루가 멀다 하고 그런 일이 이어지자 지겹다는 생각이 들 뿐 폭력에도 무감각해졌다. 어차피 아침이면 누구도 밤에 있었던 일을 내색하지 않았다. 할아버지는 할머니가 다려준 셔츠를 입고 할머니가 차려주는 밥을 먹고 출근을 했으니 연수는 자신 역시 애써 아무렇지 않은 척했는지도 모른다고 생각했다.

골목집 할아버지와 할머니 사이의 묘한 유대감을 알아챈 연수는 불안을 느꼈다. 어린아이가 정황을 읽고 그런 추측을 했다는 게 말이 되는지, 시간이 지나 떠오른 생각을 그때 했던 것으로 오해하는 게 아닌지 잠깐 자기 자신을 의심하기도 했으나 연수는 분명 어렸을 때 그 분위기를 읽었다. 골목집 할아버지를 향한 할머니의 정성이 불온하게 느껴졌고 어떤 방식으로든 훼방을 놓아야 한다는 의무감에 시달렸다.

학교를 마치고 집에 돌아왔을 때 할머니가 없으면 이상한 긴장감에 심장이 팔딱팔딱 뛰었다. 연수는 가방을 내려놓고 골목집으로 향했다. 살금살금 그 집 앞으로 가 현관에 할머니의 신발이 놓여 있는지 살폈다. 그 집에 간 할머니를 적발할 때마다 연수는 할머니를 마음에서 밀어냈고 조금 가혹하게 대했다. 밤마다 할머니는 손녀와 영문을 알 수 없는 실랑이를 벌여야 했다.

"할머니랑 안고 자자. 응? 싫어? 왜? 그래도 안고 자자. 혼자 잘 거라고? 밤에 쉬야 하면 어떡하려고. 아야. 할머니 할퀴면 안 되지. 알았어. 미안하다."

연수는 매일 아침 학교 가는 길에 골목집에 가 현관문 앞에 놓인 우편물을 죄다 가방에 챙겨넣어 학교 앞 슈퍼 쓰레기통에 버렸다. 이따금 하교하고 집으로 온 뒤에는 곧바로 옥상에 올라가 몸을 숨기기도 했다. 높은 곳에 있으면 할머니가 골목집에서 종종걸음으로 돌아오는 게 보였다. 연수가 제때 집에 돌아오지 않으면 할머니는 동네를 돌며 연수의 이름을 애타게 불렀다. 옥상만 빼놓고 동네를 몇 바퀴나 돌며 살피는 할머니를 연수는 우습게 여겼다. 그러다 슬그머니 옥상에서 내려와 집에 들어가 만화를 봤다. 녹초가 된 할머니가 돌아와 아연한 표정을 짓는 것을 보면 기분이 조금 나아졌다.

할머니는 손녀가 알고 있다는 걸 상상이나 했을까. 완전히 아는 것은 아니었지만 그 희미한 앎이 거대한 상상력을 발휘했고 연수를 더 큰 혐오감에 휩싸이게 했다.

씻기고 입히고 밥을 먹인 것은 할머니였는데도 연수는 이따금 자신을 차 뒷좌석에 태우고 안전벨트를 매준 다음 백화점에 데리고 가서 옷을 사주거나 햄버그스테이크를 사주는 할아버지를 조금 더 따랐다. 시간이 흐른 뒤, 한 여자에게 지독하게 흉악했던 사람의 뒤를 졸졸 따라다니면서 마음을 주고, 그 사람의 무릎에 앉아 텔레비전을 보며 할머니가 깎아온 과일을 집어먹던 어린 날의 자신을 생각하면 말로 표현하기 힘든 감정에 사로잡히게 되었다.

*

아무것도 제대로 차단하지 못하는 얇은 커튼으로 가망 없음과 무기력과 불길함이 드나들었다. 병원에서는 옆 환자들과도 유기적으로 연결되어 있었으므로 연수는 잠시도 쉬지 못하고 무한정 하루하루가 연장되는 것 같았다.

노인 환자들은 아침부터 저녁까지 돌아가며 각자의 기구한 삶을 이야기했다. 경쟁하듯 신세한탄을 하면서도 자랑할 만한 피붙이가 한 명은 있다는 것을 빼놓지 않고 과시했다. 그들은 자기들이 겪은 여러 우여곡절도 자식이나 손주를 생각하면 마냥 헛된 것만은 아니라 여겼다. 연수는 20대 기업 인적성 검사 문제집을 들여다보며 자식 자랑으로 점점 과열되고 치열해지는 대화를 엿듣다가 가끔씩 비릿한 웃음이 새어나오는 것을 참을 수 없었다. 누구는 자식이, 누구는 며느리나 사위가 좋은 대학을 나와 공무원 시험에 합격하거나 의사나 변호사를 준비하고 있다는 것이었다. 자랑할 거리가 없는 할머니는 연수와의 관계를 과장해서 얘기했다. 오래전부터 친밀했고, 유독 살가웠고, 그만큼 각별했노라고. 연수는 그 이야기를 듣고 있기가 힘들었다.

노인들은 손녀가 상주하며 간병을 도맡아 하는 것을 진심으로 기특하게 여겼지만 기간이 길어지자 한편으로는 약간 의아하게 생각했다. 직장을 구할 만한 능력이 없는 것으로 여기는 듯도 했다. 한 노인은 걱정스러운 표정으로 젊은 사람은 나가서 돈을 벌어야 사람 구실을 하는 거라고 연수에게 말했다. 연수는 그녀가 좋아하는 드라마가 방영되는 시간에 리모컨을 숨겼다. 그러면서 디스크 수술을 한 그녀가 천장 높이에 설치된 텔레비전의 채널 조정 버튼을 누르려 까치발을 들고 손을 뻗는 모습을 상상했다.

할머니가 입원을 하고 한 달이 조금 지났을 무렵 전 세계적으로 전염병이 퍼졌고 병원에 있던 환자들은 공포에 휩싸였다. 아주 특별한 경우가 아닌 이상 외부인이 면회를 오는 일은 불가능했다. 상주 간병인들도 제한적으로 출입이 이뤄졌다. 보호자들 역시 외출과 면회가 제한됐고 한번 나가면 다시 들어오기가 힘들게 되었다.

할머니는 살 만큼 살았으니 이제 편해지고 싶다는 말을 습관처럼 했다. 그러나 환기를 하는 시간이면 창 틈으로 바이러스가 들어온다며 문을 닫으라고 연수에게 손짓했다. 전염병에 걸릴 수 있다며 연수에게도 병실 밖으로 나가지 말라고 했는데, 그건 연수를 걱정해서라기보다는 자신이 옮을 가능성을 차단하기 위해서인 것 같았다. 가만히 앉아 있기만 해도 숨이 찬다면서도 마스크를 꼬박꼬박 챙겨 썼다. 그런 할머니를 보면 연수는 마음이 서늘해졌다. 문득 자신이 지나치게 사나운 감정을 품고 있다는 자각이 들면 또다른 마음 한편에서는 부정적인 감정의 근거라도 된다는 듯 오랜 시간 들추지 않았던 골목집에 대한 기억들이 피어올랐다.

노인들은 전염병만 없었다면 자신을 찾아왔을, 매일 찾아오고도 남았을 소중한 자식들에 대한 이야기를 끝없이 하며 시간을 허비했다. 면회 제한이 모두를 평등하게 만들어주었다.

할머니는 식사 후 틀니를 빼서 비닐봉지에 담아 연수에게 건넸다. 틀니를 빼기 전에는 옆자리에 있는 환자가 보지 못하도록 반드시 커튼을 쳤다. 연수에게 틀니를 건네는 행동 역시 언제나 은밀하고 조심스러웠다. 어느 날 연수가 별생각 없이 커튼을 걷은 상태에서 세척한 틀니의 물기를 털자 할머니는 소스라치게 놀라며 연수의 손에서 틀니를 빼앗아갔다. 다급한 목소리로 커튼을 치라고 하고는 연수가 굉장히 큰 실수를 저지르기라도 한 것처럼 날카로운 눈빛으로 바라봤다. 연수는 할머니가 이해할 수 없는 부분에서 지나치게 수치심을 느낀다고 생각했다.

할머니는 왜 자신의 틀니를 부끄러워하는 것일까. 어쩌면 자신이 틀니를 한 몸이라는 것, 틀니를 할 만큼 노쇠했으며 몸의 기능이 제대로 작동하고 있지 않다는 것을 인정하는 일 자체를 수치스러워하는 것이리라.

연수는 화장실에서 칫솔로 틀니를 구석구석 닦아냈다. 다른 일은 모두 담담하게 할 수 있었지만 틀니에 붙어 있는 음식물 찌꺼기가 손에 묻을 때면 인내심이 바닥나는 것을 느꼈다. 틀니를 닦는 건 토사물을 치우거나 배설물을 처리하는 것보다 훨씬 쉽고 간단한 일이었지만 때때로 더 불결하게 느껴졌고 몸서리가 쳐졌다.

그렇다고 해서 틀니를 일부러 망가뜨릴 만큼 이성을 잃은 건 아니었다. 여느 때와 같이 틀니를 세척한 뒤 화장실을 나서다가 타일에 틀니를 떨어뜨렸는데 어금니 부분이 떨어져나갔다. 연수는 한참 동안 틀니 조각을 들고 화장실에 망연히 쪼그려앉아 있었다. 세면대에서 똑똑 물이 떨어지는 소리를 들었다.

*

　부모는 초등학교 3학년 겨울방학 때 연수를 데리러 왔다. 연수가 기억하는 한 두 사람이 함께 안산 집에 찾아온 건 그때가 처음이었다. 엄마가 캐리어에 연수의 옷과 책을 차곡차곡 넣을 때, 참을 수 없을 만큼 흥분되어 가슴이 터질 것 같았지만 연수는 차분하게 칫솔과 베이비로션을 챙겼다.

　엄마 아빠는 거실에 무릎을 꿇고 앉아 할아버지의 훈계를 가만히 들었다. 연수만 소파에 앉아 있었고 어른들은 모두 바닥에 앉았기 때문에 연수는 그들의 정수리를 내려다볼 수 있었다. 여느 때와 같이 연수의 다리는 물장구를 치듯 흔들렸다. 할아버지는 근엄한 표정으로, 부부란 무슨 일이 있어도 헤어지지 않는 것이며, 우리 집안에는 이혼을 한 선례가 없으니 오점을 남기지 말라고 했다. 또한 연을 맺은 이상 서로 부족한 면이 있더라도 다독이며 살아야 하고, 힘들어도 자식을 위해서 맞춰가야 힌디고 만했다. 할머니는 할아버지 곁에 앉아 고개를 주억거리며 중간중간 거들었다. "너희 아버지 말씀 틀린 것 하나도 없다. 잘 귀담아들어라." 할머니의 한쪽 볼이 홀쭉했다. 할아버지에게 뺨을 맞아 오른쪽 사랑니와 어금니 일부가 부러졌고 어쩔 수 없이 발치를 해야 했기 때문이었다. 그전부터도 할머니는 이로 고생을 많이 했고 발음이 좋지 않았다.

"연수 동생이 있으면 좀 나을 텐데. 모두에게 좋은 일 아니냐."

엄마 아빠는 할머니의 말에 웃음을 터뜨렸고, 진지하던 분위기는 덕분에 부드러워졌다. 연수의 다리는 수심이 깊은 곳에 빠진 것처럼 세차게 움직였다. 의지와는 상관없이 발버둥 치고 있었다. 이곳을 벗어나고 싶다는 양. 할머니는 정신이 없다며 연수의 다리를 결박하듯 두 손으로 붙들었다.

연수네가 집을 떠날 때 할머니는 반쯤 열린 차창으로 손을 넣어 아빠 손을 꼭 잡고 김서방만 믿는다며 눈물지었다. 할머니와 헤어질 때 연수는 조금도 슬프지 않았다.

집에 도착했을 때 느낀 묘한 위화감을 지금까지도 말로 표현할 수 없다. 일곱 살 때 살던 집이 아니어서 낯설었던 것만은 아니었다. 곰곰이 생각해봤지만 답을 찾을 수 없었고 오랜 시간에 걸쳐서야 기묘한 감정의 실체를 어렴풋이 알게 되었다.

엄마가 도어록 비밀번호를 누를 때 집안에서 개 짖는 소리가 들렸다. 연수는 깜짝 놀라 엄마 뒤로 숨었다. 몇 번 실수로 비밀번호를 잘못 누르자 흥분한 개가 앞발로 문을 긁으며 더 크게 짖었다. 마침내 문을 열고 들어가자 개가 엄마 품으로 달려들었다.

"연수야. 연두랑 인사해봐. 연수 동생. 두 살이야."

개가 연수의 발밑으로 다가와 킁킁 냄새를 맡았다. 냄새가 낯설어서인지 개는 갑자기 이빨을 드러내며 위협하듯 짖었다. 연수는 조금 놀랐을 뿐 개의 몸집이 크지 않아 겁먹진 않았다. 병이 있는지 털이 듬성듬성 빠져 있었고 색깔도 얼룩덜룩해 별로 예쁘지 않았다. 연수는 개에게 관심을 주지 않고 시선을 옮겼다. 안산 집에 비해 훨씬 좁아 모든 것이 한눈에 들어왔다. 거실 한편에 커다란 빨래 건조대가 있었는데 엄마 아빠의 옷이 널려 있었다. 발코니에는 사람이 발을 들이기 어려울 만큼 많은 화분이 놓여 있었다. 결혼사진과 연수의 돌 사진이 거실 한쪽 벽을 차지하고 있었다. 연수는 현관에 우두커니 서서 그 공간의 의미를 헤아리려 노력했다. 별거 기간은 모두 합쳐봤자 일 년 남짓이고, 그후로는 집을 옮겨 한집에 같이 살고 있었다는 걸 조금 지나서 알게 되었다. 부모는 그 사실을 연수에게 숨길 생각도 하지 않았다. 그들은 자신들의 관계가 '회복'된 과정을 이따금 추억하곤 했다. 잠시 떨어져 살던 시기가 서로에게 꼭 필요했고, 소중함을 깨달으며 신혼의 마음으로 돌아갈 수 있었냐고 믿다. 안산 집에 맡겨지기 전 엄마 아빠가 정말 사이가 나빴는지, 이혼을 결심할 정도로 위기였는지는 기억나지 않았다. 다만 엄마가 아파트 음식물 쓰레기장에서 구조했다는 연두와 아빠가 하나하나 이름표를 붙여놓은 화분들이 오래도록 마음에 남았다.

부모와 함께 살면서 다시 마음의 안정을 찾게 된 건 사실이지만 미세한 각도로 뒤틀린 마음은 제자리로 돌아오지 않았다. 이따금 부모 간에 작은 언쟁이 있으면 다시 안산 집으로 돌아갈 수도 있다는 미지근한 슬픔을 느꼈다. 때가 되면 주저 없이 손을 놓을 수 있도록 연수는 스스로 마음을 다졌고 점차 부모에게 받는 사랑에도 무감해졌다.

엄마가 평가하길 연수는 다소 '싱겁고 무던한 딸'이 되었고, 아빠에게는 '어려운 딸'이 되었다. 연수는 기숙사가 있는 고등학교에 진학했고 대학도 마찬가지로 기숙사에서 생활하며 다녔다. 대학을 졸업한 후에는 잠시 고시원에서 지내다 원룸을 구해 독립했다. 밖으로 나돌며 사서 고생을 하는 딸을 엄마 아빠는 이해하지 못했지만 연수는 그때마다 그게 편하다고만 말했다.

*

연수는 망설이다가 틀니가 깨졌다는 사실을 할머니에게 알렸다. 할머니는 신경질적이거나 공격적인 성향은 아니었지만 가끔 사소한 일에 마음이 상해 눈빛으로 노여움을 드러내곤 했다. 그래서 얼마쯤 각오는 하고 있었다. 그러나 예상외로 할머니는 틀니를 받아들어 껴본 후 이를 딱딱 맞부딪쳐볼 뿐 별다른 반응을 보이지 않았다.

그뒤로 틀니를 세척할 때마다 날카로운 면에 손이 긁혔고 큰어금니에서 시작된 균열은 작은어금니로 옮겨갔다. 연수는 엄마에게 말해야 한다고 생각했다. 자신의 실수로 틀니가 깨졌고, 새로 맞춰야 한다고. 그럼에도 연수는 전화를 미뤘다. 하루, 이틀, 사흘이 지났다.

"환자분, 요즘 자꾸 식사 남기시는데 그러면 안 돼요. 어디 불편하세요?"

"불편하기는 뭐가 불편해. 우리 손녀가 옆에서 다 시중들어주는데."

간호사의 물음에 할머니는 웃으며 대답했다. 연수는 자리를 피했다. 할머니는 엄마와 통화를 할 때도 연수 덕에 어느 때보다 마음이 편하고 식사를 잘 챙기고 있다고 말했다. 연수는 엄마에게 자신의 실책을 고백할 시기를 흘려보냈다. 충분히 수습할 수 있는 일이라는 것을 머리로는 알고 있음에도 할머니가 주도하는 분위기에 떠밀려 자기도 모르게 비밀을 만들어버렸다. 할머니는 자신과 손녀가 서로 배려를 주고받고 있다고 여기는 것 같았고 그래서 더욱 난처한 기분이 들었다.

둘만의 비밀을 유지하되, 틀니는 새로 맞춰야 한다고 연수는 생각했다. 여러 번 진지하게 할머니를 설득했지만 소용없었다. "아이고, 정말 부질없는 짓이야. 틀니가 완성될 때까지 살아 있을 자신도 없어. 지금 돈 쓰는 건 분명히 손해야." 할머니는 단언했다. 할머니의 식사량이 점점 줄고 살이 내려 할머니가 쇠약해질수록 연수는 모든 게 자신의 탓인 것 같아 괴로웠다. 할머니는 이따금 자신이 연수와 완전히 같은 편이 되어 나쁜 짓을 저지르게 된 것이 기쁘다는 듯 히죽 웃음 지었다.

미음을 식혀 입가에 가져다대면 할머니는 아랫입술을 숟가락에 살짝 부딪혀왔고, 그렇게 입술에 묻은 미음을 다시 혀끝으로 조금 맛봤다. 그리고 힘없이 고개를 저었다. 연수는 아랑곳 않고 다시 숟가락을 들이밀었고 할머니는 못 이기듯 한두 숟갈만 먹고 엉덩이를 뒤로 물려 앉았다. 연수는 할머니의 마음이 바뀔지 모른다는 생각에 바로 그릇을 치우지 않고 기다렸다. 그런 순간들이 반복될 때마다 연수는 자신이 허물어져서 액화되는 상상을 제어할 수 없었다.

모든 게 틀니로부터 비롯된 문제라고 생각지는 않았지만, 연수는 날이 갈수록 병세가 위중해지는 할머니를 견디기가 힘들었다. 웅크린 할머니의 몸에서는 무언가가 삭는 냄새가 났고 어느 날부턴가 할머니는 이지를 잃고 헛소리를 하는 경우가 잦아졌다. 정말 할머니의 임종을 보게 되겠다는 생각이 연수를 피폐하게 했다.

원룸을 정리하고 온 터라 돌아갈 곳이 없었지만 연수는 무언가에 쫓기듯 병원을 떠날 궁리를 하기 시작했다. 내가 있어야 할 곳으로 돌아가자고, 일단은 저렴한 고시원을 찾고, 더 늦기 전에 다시 취업 준비를 하자고. 스터디를 알아보되, 이번에는 정말 유능하고 쓸모 있는 팀원들과 함께할 거라고. 더는 나만의 면접 노하우를, 마인드 컨트롤 팁을, 오래도록 모은 취업 자료를 공유하지 않을 거라고 생각하며 씨근거렸다.

그러나 병원은 어떤 결심과 다짐도 순식간에 휘발되는 공간이었으므로 연수가 밤새 골똘히 하던 생각도 아침이면 슬그머니 자취를 감췄다.

*

그날 밤은 어쩐지 할머니의 정신이 또렷했다. 복도에서 병실 안으로 희붐한 빛이 새어 들어왔다. 할머니가 잠들지 않았기 때문에 연수도 누울 수 없었다.

"외팔이 영감 기억하나?"

틀니를 뺀 할머니의 발음은 정확히 알아듣기가 어려웠고 그래서 주의를 기울여야 했다. 연수는 할머니에게 다시 한번 말해달라고 했다.

"골목집 할아버지 기억하냐고 했다."

연수는 속으로 흠칫했지만 담담한 표정으로 잘 모르겠다고 대답했다.

"재작년 여름에, 그 사람한테서 전화가 왔었거든."

연수가 가만히 바라보자 할머니는 연수가 기억을 못한다고 생각했는지 이어 말했다.

"이사간 후에 한 번도 못 봤는데, 목소리를 듣자마자 그 사람이라는 걸 알았지. 시골로 훌쩍 떠난 지 십오 년쯤 됐나. 목소리가 그대로더라고. 바깥어른 돌아가셨다는 소식 들었고."

연수는 할머니의 다리를 주물렀다. 근육이 다 빠진 앙상한 다리였다. 다시는 종종거리며 걷지 못할 연약한 다리의 감각이 손끝에 느껴졌다.

"옛날에 우스갯소리로 나를 은혜씨, 하고 불렀는데 잊어버리지도 않았는지 통화를 할 때도 그렇게 부르는 거야."

"왜요? 할머니 이름은 윤옥이잖아요."

"나한테 은혜를 많이 입었다고 은혜씨라는 거야. 내가 아니면 내처 굶었을 거라고."

할머니는 웃고 있었다.

"내가 불쌍한 사람을 못 지나쳐서 가끔 들여다보고 챙겼는데 그걸 못 잊고 그렇게 전화를 했던 거야."

가끔이 아니었다. 연수는 할머니가 과거의 일에 부끄러움을 느껴 자신에게 변명을 하고 있는 게 아닌지 의심했다. 링거액이 매달린 폴대의 돌돌거리는 바퀴 소리가 가까워지고 있었다. 매일 밤 잠들지 못하고 이십 미터 남짓의 복도 끝과 끝을 오가는 노인 환자였다. 유난히 첫소리가 거슬리는 밤, 항의를 하려고 연수가 몸을 일으키는 순간이면 적의를 감지한 듯 소리가 뚝 끊기곤 했다. 바로 그 바퀴 소리가 할머니 이야기의 배경음악처럼 커졌다 작아지기를 반복했다.

"그 영감이 언제 한번 만나자고, 기왕 연락이 닿은 김에 날짜를 당장 잡자고 그래."

"그래서 만나셨어요?"

"자기가 서울에 갈 일이 있으니까 그때 보자고 하는 거야. 일주일 뒤에 이순신 동상 앞에서 만나자고 약속을 했어."

"이순신요? 광화문에 있는 거요? 누가 정한 거예요?"

"그 영감이."

"너무 먼데요."

"몰랐지, 그때는. 그 영감이 중간에서 만나자고 하니까, 중간이 거기라고 하니까 그러면 그러자고 했지. 우리는 길을 헤맬 수도 있으니까 쉬운 곳에서 만나자고 한 거지."

대화를 하면 할수록 연수는 오래전 그때와 비슷한 긴장을 느꼈다. 미궁 속으로 빠져드는 것만 같았다.

"만나셨어요?"

"못 만났지. 안 왔어."

"네? 전화도 안 해보셨어요?"

"생각을 못했지. 만나기로 했으니까 틀림없이 나는 거기에 있을 줄 알았지. 세시에 만나자고 했는데 영감이 안 나와서 여섯시까지 기다렸지."

연수는 자신이 뙤약볕 아래서 길을 잃은 것처럼 아득함을 느꼈다.

"올 사람이면 오겠지, 해서 저녁까지 기다리다가 집으로 돌아왔다. 다음날 아침에 전화를 거니까 잠결에 받더라고. 광화문에서 만나기로 하지 않았냐고 하니, 처음에는 무슨 광화문, 하다가 조금 지나니까 아이고 아버지, 하면서 소리를 지르는 거지, 놀라서. 그게 오늘이냐고 묻기에 어제였다고 하니까 더 까무러치지, 까무러쳐."

할머니는 '까무러쳐'라는 말을 하면서 재밌는 이야기를 하듯 크게 웃었다. 잠들었던 환자가 그 소리에 몸을 뒤척이자 눈치를 보며 자기 입을 막았다.

"딸이 막둥이를 낳았다고, 내내 두 살배기 손자를 봐준다고 정신이 없었대. 손자가 아파서 혼이 나갔었대. 은혜씨, 미안합니다, 미안합니다, 그러더니 다시 약속을 잡자고 해."

"그래서 잡으셨어요? 만나셨어요?"

연수는 이 이야기의 끝이 궁금했다.

"이젠 내가 안 만나주지. 세 시간을 기다렸잖아, 내가. 세 시간이 얼마나 긴 시간인데, 노인한테."

마침내 도달한 결말을 말한 할머니는 후련한 표정을 지었다.

"그 할아버지랑 지금은 연락 안 하세요?"

"요즘도 가끔 문자를 보내오는데, 내가 답을 안 하지."

할머니는 베개 밑에서 휴대폰을 꺼내 힘없는 손으로 골목집 할아버지의 메시지를 찾았다. 요즘이라기엔 스크롤을 한참 내려서야 할아버지에게서 온 메시지를 볼 수 있었다. 할머니는 내심 자랑스러운 것을 보여주듯 손으로 화면을 가리켰다.

―손자가 열이 삼십팔 도까지 올라서 전염병인 줄 알았는데 아니라네요. 새벽 기도를 했더니 밤새 나은 모양입니다. 잘 지내십니까?

―손자가 아직 할아버지 발음을 못하고 하부하부 이렇게 말하네요. 기도를 부탁합니다.

―전염병이 무섭지요. 창문으로 아래를 구경하고 있으면 똑같은 개들이 아침저녁으로 공원을 산책하는 게 보이네요. 나는 밖에 못 나가요. 자식들이 나가지 말라네요.

"얄궂지. 늙으면 다 그렇다."

마지막 문자는 오 개월 전이었다. 골목집 할아버지도 드디어 깨달은 걸까. 자신을 가엾게 여기던 은혜씨가 자신을 달가

위하지 않을 뿐만 아니라 어딘가 날이 서 있고 복잡한 감정을 품고 있다는 것을.

"애석하지?"

"네?"

연수가 되물었다.

"나 말이야."

할머니의 눈동자에 회한의 빛이 서려 있었다.

"애석해. 그날 많이 더웠는데."

할머니가 자기 자신을 애틋해하는 것이 느껴졌다. 그 순간 연수는 마음이 발밑으로 떨어지는 듯했다. 임종이 임박했다는 예감이 연수를 스쳤으나 이미 그런 '느낌'에 면역이 되어 있기도 했다. 언제나 예측을 벗어나는 생명력으로 할머니는 삶과 이어진 끈을 놓지 않았다. 더없이 미지근하고 무딘 죽음의 기운이 오랫동안 할머니와 동행했다.

"후회한다."

연수의 눈을 똑바로 마주보고 할머니가 말했다.

무엇을?

연수는 묻고 싶었다. 하지만 묻지 않고 할머니의 이불을 꼼꼼히 여몄다. 그저 그날 광화문에 간 것을 후회하는 거라고 여기고 싶었으나 어둠 속에서 본 할머니의 눈빛에는 더 이전에, 오래전에 깊고 먼 곳에 두고 온 어떤 마음에 대한 후회가 깃들어 있는 것 같았다.

*

엄마 아빠가 자신 없이 오래 함께 지냈으며, 삼 년이라는 긴
시간 동안 부모가 곧 이혼을 할지도 모른다는 불안 속에 살도
록 딸을 내버려두었다는 것, 엄마 아빠가 이혼하면 둘 중 오직
한 명을 선택해야만 하며 두 사람 모두 연수를 원하지 않으면
지금처럼 할머니와 살아야 할지도 모른다는 오해를 하고 있는
딸에게 마땅히 해야 할 해명을 하지 않았다는 것.

연수는 이러한 사실들을 아주 오랫동안 생각했고 그게 어떤
의미를 지니는지 헤아려보려 했다. 가능한 한 비약하지 않기
위해 안간힘을 썼다. 그들은 우여곡절 끝에 관계를 회복한 후,
당장 연수를 데려오고 싶었을 것이다. 마음은 굴뚝같았지만
사정이(도대체 어떤 사정이?) 여의치 않아(삼 년 동안?) 데려
오지 못했을 것이다. 객관적으로 빈약하더라도, 엄마 아빠가
변변치 못한 이유라도 댔다면 연수는 고개를 끄덕이고 이해했
을 것이다. 연수는 들을 준비가 되어 있었으나 부모는 해명할
필요성을 느끼지 못했다.

연수는 할머니를 자신에게 맡겨두고 돈을 버는 어른들에 대
해 생각했다. 오래전 자신을 할머니에게 맡겨두고 돈을 벌러

나갔던 할아버지와 주말에도 일이 있어 시간을 비우기가 곤란하다고 했던 엄마와 아빠. 그리고 지금은 할머니를 자신에게 맡겨두고 돈을 버는 부모를 생각했다. 그들은 그때 나를 찾아가지 않았듯 이번에도 나에게서 할머니를 찾아가지 않으리라.

부모가 일터에서 느낄 모멸감을 상상하기도 했다. 나이가 많고 일하는 방식이 구식이라서, 그 사실을 스스로 알면서도 애써 외면하며 끊임없이 반복되는 삶을 견뎌야 하는 절망, 보람이나 성취감과는 먼 일을 하며 어제와 오늘을 구별할 수 없는 삶을 사는 지난함 같은 것. 그러나 시간이 지난 후에는 자신의 삶을 치열했다고 평가하며 후련하게 느낄 것이라는 생각에 연수는 증오심을 느꼈다. 오랫동안 연수는 자신이 누군가에게 간절한 존재이기를 바라왔다.

한두 번 혹은 두세 번, 할머니의 부름을 외면한 적도 있었다. 자지 않으면서 자는 척했던 그 순간, 할머니는 정말 몰랐을까. 자신의 존재가 자욱한 외로움을 더 짙게 하지는 않았을까. 연수는 고통을 관망했다는 사실을 인정해야 했다. 연수는 단 한 번도 할머니를 진정으로 측은해하지도, 가여워하지도 못했다.

*

그 누구도 아쉬워하지 않고 애틋해하지 않는 삶이 세계를 스치고 지나갔다. 그런 삶이 세상에 남긴 생채기는 좀처럼 아물지 않는다.

연수와 윤옥의 공통점은 정확히 어디에서부터 비롯되었는지 알 수 없는 원한을 품고 있다는 것이었다. 윤옥은 그 원한을 끝내 발설하지 않고 재가 될 수 있었다.

깨진 틀니만이 남아 윤옥의 마음을 곱씹었다. 어둡고 좁은 연수의 가방 속에서 정처 없이 흔들리며, 할 수 있는 거라곤 오랜 세월 흡수한 윤옥의 감정을 되짚어보는 것뿐이었다.

윤옥은 제대로 씹고 싶어했다. 십오 년을 사용한 틀니를 버리고 새 틀니를 맞추고 싶어했다. 새로 틀니를 맞추는 것은 윤옥의 기준에서 노골적이고 낯부끄러운 행동이었다. 틀니를 새로 맞추기 위해 외출을 하는 것은 선언과 다름없었다. 조금 더 살아보겠다는.

그렇게까지 욕망을 드러낼 수는 없었다. 틀니는 음식을 씹을 때마다 균열이 생긴 가장자리부터 조금씩 부서졌고 윤옥의 입안에는 딱딱한 가루가 돌았다. 미음이나 죽이 아닌 밥을 씹고 싶다는 욕망, 좋아하는 고등어의 맛을 음미하고 싶다는 욕구를 드러내는 것은 모두에게 못할 짓 같았다. 아직도 환대를 기대하는 몸이라는 게 면구스러웠다.

몸은 쪼그라드는데 생에 대한 갈망은 누가 불어넣어주는 것일까. 윤옥은 마지막까지 궁금해했다.

폐수를 몰래 흘려보내는 공장처럼, 이 정도는 티가 나지 않으리라고 믿으며 연수는 띄엄띄엄 적개심을 드러냈다. 목숨이라는 건 정말 질긴 거구나, 저 몸은 아무리 봐도 정이 안 가고 징그럽다는 표정을 지으며 입으로는 할머니 고기가 참 질기네요, 면이 너무 길죠, 제가 잘게 잘라드릴게요, 천천히 꼭꼭 씹어 드세요, 하고 말했다. 티가 나지 않으리라고 생각하는 연수가 사랑스러웠다.

윤옥이 유일하게 아쉬워했던 아이가 윤옥의 흔적을 품고 어디론가 허정허정 걷고 있었다. 가방 속 틀니가 딱딱 소리를 내며 텅 빈 입에서 흘러나오는 희미한 애착을 끊어내고 있었다.

반
의
반
의

반

ㄹ

1

현진이 집에 왔을 때, 영실은 손녀를 반기기는커녕 달갑지 않은 표정으로 흘긋 쳐다볼 뿐이었다. 할머니, 하고 현진이 두 팔을 벌려 껴안으려 하자 영실은 몸을 비틀며 버럭 윽박질렀다.

"저리 가! 추워."

"추워요?"

영실은 대답 없이 소파에 걸쳐놓았던 꽃분홍색 카디건을 껴입었다. 그러고는 씨근대듯 중얼거렸다.

"네년이 냉기를 묻혀오니까 그렇지."

현진은 영실의 헛도는 손을 잡아 끌어내리고 꽃분홍색 카디
건의 단추를 하나하나 대신 잠가주었다. 이제 이런 말들에 일
일이 분개하지 않았다. 이성적이고 차분하게 속을 다스릴 수
있을 정도로는 자랐으니까. 할머니가 품위를 잃어가는 건 자
연스러운 노화의 현상이었다. 상대를 가리지 않고 입이 걸어
진 것 또한 마음에 담아둘 일이 아니었다.

"현진이 퇴근하고 전철 타고 와서 힘들 텐데, 괜히 그래."

설거지를 하다 말고 고무장갑을 낀 채 거실로 나온 윤미가
영실을 타박했다.

"저녁 아직이지? 소고기뭇국 해놨어. 데우기만 하면 돼."

윤미가 현진을 달래듯 말하곤 도로 주방으로 돌아갔다.

현진은 소파 아래에 등을 기대고 영실을 유심히 살폈다. 영
실은 미간을 잔뜩 찌푸린 채 고집스러운 얼굴로 텔레비전에
시선을 고정하고 있었다. 오늘따라 더 냉랭한 기운을 풍기는
것 같은 느낌은 기분 탓일까. 염색을 하지 않은 지 오래인 백
발의 머리는 관리하기 편하도록 짧게 다듬어져 있었다. 그럼
에도 날렵한 콧대와 깊은 눈에는 아름다움이 잔상처럼 남아
있었다. 어릴 때부터 현진은 자신의 외할머니가 남들과는 구
별되는 독특한 아름다움을 지니고 있다고 생각해왔다. 할머니
를 조금도 닮지 않은 엄마를 바라보며 줄곧 아쉬움을 느꼈고
엄마의 얼굴과 할머니의 얼굴을 번갈아 보며 자신 역시 큰 손

해를 입었다는 생각을 떨치지 못했다. 오십대 중후반까지도 할머니에게는 영화배우 같은 아우라가 있었는데, 현진은 그때 할머니를 선망하던 사람들과 시기하던 사람들, 그리고 의아하게 바라보던 사람들의 시선을 여전히 기억하고 있었다.

영실의 외모에 대한 자부심은 윤미가 현진보다 더하면 더했지, 못하지 않았다. 드라마를 보다가 누구의 어머니 역할로, 또는 누구의 시어머니 역할로 나오는 배우들이 얼굴을 비치면 으스대듯 말했다. "얼굴은 우리 엄마가 저 배우 못잖지. 옛날 배우 중에 문숙이라고 있었어. 우리 엄마가 그 문숙이랑 똑같이 생겼다고 동네 아줌마들이 다 문숙 언니 아니냐고 그랬단다." 1977년에 은퇴했던 배우 문숙이 2015년 〈뷰티 인사이드〉라는 영화로 다시 돌아왔을 때, 윤미는 마치 잃어버린 이모를 찾기라도 한 듯 들뜬 얼굴로 현진에게 말했다. 바로 저 사람이라고, 저 사람이 그 문숙이라고. 현진의 눈에도 그 배우와 할머니는 닮은 부분이 많았다. 이국적인 눈매며, 깊고 또렷한 눈동자, 오뚝한 콧대와 웃을 때 시원하게 벌어지는 입매까지 자매라고 해도 모두가 믿을 만했다. 현진이 검색해보니 배우 문숙은 1954년생, 할머니는 1947년생이었다.

영실은 현진이 도착한 지 얼마 되지 않았는데도 슬그머니 자리에서 일어났다. 현진이 시계를 보니 고작 저녁 여덟시 사십분이었다.

"벌써 주무시게요? 할머니가 좋아하는 드라마 아직 시작도 안 했어요."

"잘란다. 시끄러우니까 다들 가."

영실은 일곱 살 어린아이처럼 심술을 부리며 안방으로 들어가 문을 쾅 닫았다. 하지만 신경질을 내는 표정과 몸짓이 어쩐지 자연스럽지 않았고 현진은 할머니가 면구스러운 마음과 낭패감에 자리를 피한 게 아닐까, 짐작했다. 할머니는 지금 어느 정도로 정상이고 어느 정도로 정상이 아닐까. 인지능력에 분명 여러 문제를 보이지만, 막상 병원에 가면 정상 범위에 있다는 진단을 받는 할머니의 상태를 가늠하며 이런저런 추측을 하는 것은 어느새 현진의 버릇이 되었다.

윤미가 금세 저녁상을 차려 내왔다. 급하게 국에 밥을 말아 한술을 떠먹은 후 현진이 안방을 의식하며 속삭이듯 물었다.

"그래서, 얼마를 잃어버렸는데?"

"오천이라네."

윤미는 세 시간 전에 통화했을 때보다는 덤덤하게 대답했다.

"정말이야? 할머니가 금액을 착각한 걸 수도 있잖아."

"모르지. 너희 할머니가 진짜라고 하니까 믿을 수밖에. 이십 년을 묵혀둔 돈이란다. 틀림없이 오천이래."

현진은 속으로 뭇국이 오늘따라 싱겁다는 생각을 하면서, 윤미에게 물었다.

"엄마는 정말 몰랐어?"

"어떻게 알아? 알았으면 그걸 여태 그렇게 뒀겠니."

윤미는 고개를 절레절레 흔들며 한숨을 내쉬었다.

"나 할머니랑 십 년이나 같은 방 썼는데, 어떻게 몰랐지."

밥을 먹는 둥 마는 둥 하는 현진 앞으로 윤미가 반찬을 밀어주었다.

"작정하고 숨기는데 어떻게 알아."

현진과 윤미는 얼굴을 마주보고 잠시 허탈하게 웃었다. 하지만 웃음기는 금방 가시고 곧 깊은 침묵이 내려앉았다.

현진이 윤미에게 문자를 받은 건 퇴근을 한 시간 앞둔 시점이었다.

―할머니한테 변고가 생겼음. 끝나면 여주로.

현진은 사무실에서 나와 즉시 윤미에게 전화를 걸었다. 통화 연결음이 이어지는 중에도 불길한 상상들이 현진을 괴롭혔다. 작년 초, 영실은 길을 걷다가 빠른 속도로 인도를 침범한 킥보드와 부딪혔고 넘어지며 고관절이 부러졌다. 수술은 무사히 끝났지만 전신마취의 후유증으로 간헐적인 섬망 증세가 두 달 이상 지속되었다. 일상적으로 해내던 집안일을 할 때도 실수가 잦아졌고 종종 날짜와 시간을 착각하거나 드라마에서 본 장면을 자신이 직접 겪은 일로 혼동하기도 했다. 현진과 윤미 모두 노인성치매를 의심했지만 영실은 의사를 만나기만 하면 모든 기능이 정상 범위로 돌아왔다.

윤미는 성남에서 여주를 오가며 평일에, 현진은 출근을 하지 않는 주말에 주로 영실의 곁을 지켰다. 여성 브랜드 옷가게를 오랫동안 운영해온 윤미는 매달 월세 걱정은 하지 않아도 될 정도로 충분한 단골들을 확보하고 있었다. 그러나 간병을 하면서부터 가게 운영에 어려움이 생겼다. 현진 또한 과중한 업무로 주말 출근을 해야 할 때가 잦아 간병을 병행하기가 어려웠다. 결국 노인장기요양을 신청하게 되었고 3등급 판정을 받았다. 윤미와 현진의 빈자리를 채워주는 요양보호사 덕에, 두 사람은 한숨을 돌릴 수 있었다.

그러나 요양보호사가 상주하는 것은 아니었으므로 할머니가 혼자 지내는 동안 일어날 수 있는 사고에 대한 걱정과 염려는 여전했다. 화장실에서 넘어지기라도 하면, 가스불을 켜놓고 잠들기라도 하면, 발코니 난간에 기대어 이불을 털다가 떨어지기라도 하면 어떡하지, 발견할 때는 이미 늦었을 수도…… 온갖 가능성들이 꼬리에 꼬리를 물고 펼쳐질 때 윤미가 전화를 받았다.

"할머니가 왜? 병원이야?"

"병원은 무슨."

"다치신 거 아니야?"

"아니야."

현진은 순간 다리에 힘이 풀려 회사 비상계단에 주저앉았다.

"문자를 그렇게 보내면 어떡해? 얼마나 놀랐는지 알아? 변고라는 게 그럼 뭔데?"

말을 하면서도 현진은 치미는 두려움으로 목소리가 떨렸다. 수화기 너머에서 깊은 한숨 소리가 들렸다. 윤미는 한참이나 머뭇거리다가 간신히 말을 내뱉었다.

"돈을 잃어버리셨어, 너희 할머니가."

"뭐?"

생각지도 못한 말에 현진은 오히려 마음이 차분히 가라앉는 것을 느꼈다.

"보이스 피싱이야?"

"그건 아니고. 집에 도둑이 든 것 같아. 금액이 좀 커."

윤미는 아주 간단하게 일의 경위를 설명했고, 현진이 되묻기 전에 일단 얼굴 보고 얘기하자는 말로 통화를 마무리했다. 현진은 궁금증과 의아함을 참으며 그렇게 여주까지 온 것이었다.

엿실의 집은 오래된 복도식 아파트였다. 복도를 비추는 CCTV는 애초에 없었고, 아파트 전체를 봐도 엘리베이터 안에 하나, 일층 공동 현관에 하나, 주차장 쪽에 하나, 분리수거장에 하나 설치된 것이 전부였다. 아파트 두 동을 칠십대 경비원 세 명이 나누어서 관리했는데, 틈만 나면 경비실 창문에 '순찰중'을 써

붙이고 자리를 비우는 바람에 만나기도 쉽지 않았다. 몇 번의 헛걸음을 하고 나서야 현진은 CCTV 영상을 복사할 수 있었다.

영실은 돈을 잃어버린 정확한 날짜를 알지 못했다. 그저 설날이 가까워오던 어느 날 장판 아래와 침대 밑, 싱크대 하부장 안, 장롱 안, 할아버지 영정 사진 액자 뒷면에 숨겨두었던 현금을 가방 하나에 모두 모아 옷장에 넣어두었다고만 했다. 현진은 막막하고 답답한 감정을 누르며 할머니에게 물었다. 왜 갑자기 돈을 한데 모아 놔뒀느냐고, 정말 돈이 오천만원이었던 게 맞느냐고, 정확히 오천만원인지는 어떻게 확신하느냐고. 다그친 것이 아닌데도 영실은 현진이 자신을 괄시하고 구박한다며 도리어 노려보았다. 그러곤 토라진 듯 등을 보인 채로 대꾸했다.

"내 돈이 얼만지는 내가 제일 잘 알지. 세어봤으니까 알지. 몇 번이고 세어봤으니까."

현진은 실의에 잠긴 영실의 등을 쓸어내리며 반드시 찾아주겠다고, 너무 걱정하지 말라고 다독였다.

2

그날따라 유난히 몸이 무겁다고 느끼며 눈을 떴다. 영실은 보통 오전 여섯시에 일어났다. 아침은 간단히 사과 한 알과 요구르트, 혹은 고구마와 우유로 해결했다. 빈속을 채운 후에는 바닥을 깨끗이 쓸고 닦았다. 아침 뉴스를 보면서 발코니에 내놓은 화분에 물을 주었다. 영실은 한평생 상추와 대파는 사지 않고 키워서 먹었고, 구근초와 선인장과 알로에를 보기 좋게 가꿀 줄 알았다. 정해진 시간에 정해진 일을 하는 것. 몸이 조금 불편해졌어도 정갈한 생활을 유지하려 노력한다는 것이 영실의 자부심이었다. 그러나 그날은 창밖이 여전히 깜깜해 이상한 기분이 들었다. 기이할 정도로 고요했고, 그맘때쯤 늘 정겹게 들려오는 이웃들의 시소한 생활 소음도 들리지 않았다. 적막 속에서 잠시 우두커니 앉아 있던 영실은 힘겹게 몸을 일으켜 커튼을 걷고, 창문을 열어보았다. 가로등 불이 켜져 있는 것을 보며 영실은 아직 깊은 밤이라는 것을 깨달았다. 늙을수록 잠이 없어진다더니. 앞으로 점점 더 긴 밤을 견뎌야 할지 모른다는 생각에 와락 두려움이 몰려왔다.

시계를 보니 오후 열한시였다. 잠든 지 한 시간밖에 지나지 않았다고? 영실은 다시 확인했다. 아무리 봐도 현재 시각은 오후 열한시. 그리고 디지털시계 화면에 뜬 요일은 월요일이었다.

낮에 옆 동에 사는 이권사가 신년 첫 주일예배에 가자고 하도 조르기에 교회에 다녀왔는데. 같이 잔치국수를 먹었는데.

비누와 수건을 받아왔는데. 영실은 두근거리는 가슴을 손바닥으로 쓸어내리며 다용도실 문을 열었다. 그곳에 가지런히 정리되어 있는 비누와 수건을 확인했다. 영실은 뒤죽박죽 헝클어진 시간을 머릿속으로 정리하다, 자신이 이십사 시간 넘게 잠들어 있었다는 사실을 천천히 깨달았다. 그 순간 벨소리가 울렸고, 떨리는 손으로 전화를 받았다. 윤미였다. 윤미는 몇 시간째 연락이 안 되는 영실 때문에 밤늦게 운전을 해서 여주로 오고 있었다.

휴대폰이 소파 쿠션 틈새에 들어간 걸 여태 모르고 있었다고, 괜한 생각 하지 말고 차를 돌려 집으로 가라는 말로 딸을 달랬다. 그날 밤 영실은 결심했다. 돈을 한곳에 모아야겠다고. 언제 어떻게 이런 식으로 눈을 감고 다시는 뜰 수 없게 될지 알 수 없었으므로. 그 돈으로 자신이 할 수 있는 마지막 선택이자 최선의 선택을 하리라고 마음먹었다.

3

영실은 손녀에게 살갑지 않은 할머니였다. 다른 집 할머니를 겪어보지는 않았지만 영실이 평범하지 않다는 것을 어린 날의 현진도 알고 있었다. 그러나 그것이 이상하거나 서운하기보다는 어쩐지 할머니에게 잘 어울리는 행동 양식으로 느껴졌고, 드라마에 나오는 할머니들처럼 푸근하지도 투박하지도 않은 영실이 꽤 근사하다고 생각했다.

현진이 중학생 때, 같은 반 아이와 서로 머리채를 쥐어뜯으며 싸운 적이 있었다. 현진에게 밀려 회장 선거에서 떨어진 후속이 잔뜩 달아 있던 아이였는데, 그후로 현진을 거머리처럼 따라다니며 사사건건 시비를 걸고 괴롭혔다. 이번엔 먼저 머리채를 잡은 것도 모자라, 길게 기른 손톱으로 현진의 볼을 긁어놓았다. 두 사람은 각자의 부모님이 오실 때까지 상담실에 무릎을 꿇고 앉아 있어야 했다.

마치 학교 근처에서 대기하고 있다가 달려오기라도 한 듯 거머리의 엄마는 삼십 분도 안 되어 도착했다. 딸을 통해 현진의 집안 사정을 진작 전해들은 모양인지, 현진의 볼에 피딱지가 앉은 것을 보면서도 미안해하거나 초조해하는 기색이 없었다. 오히려 꽤 의기양양해 보이기까지 했는데, 충분히 이기고도 남을 만한 상대(집안)라는 계산을 끝내서인 것 같았다. 자신을 보자마자 훌쩍훌쩍 눈물을 흘리는 딸을 품에 안은 채로, 애가 이 지경인데 너희 엄마는 어째서 빨리 오지 않느냐고 현진을 몰아붙였다.

그때, 상담실의 문이 천천히 열렸고 단정한 검은색 투피스 차림에 구두를 신은 할머니가 또각또각 걸어왔다. 현진은 마음속에 환한 불이 들어오는 것 같았다. 영실은 손녀가 사고를 쳤다고 해서 집에 있던 차림새 그대로 허둥지둥 달려오는 사람이 아니었다. 완벽하게 갖춰진 모습으로, 예의 그 범접할 수 없는 느낌을 풍기며 나타나주었다. 어떤 아름다움은 사람들을 짓누를 수 있다는 걸 현진은 그날 알게 되었다. 영실은 예의를 갖추면서도 단호하고 명확하게 책임 소재를 분명히 했고, 현진의 볼에 난 상처에 대한 치료비까지 그 안하무인의 여자에게 받아냈다. 그 과정에서 큰소리 한번 치지 않았다. 또한 영실은 거머리를 향해 너는 다치지 않았냐고 차분한 목소리로 물었다. 거머리는 눈도 마주치지 못한 채로 괜찮다고 우물쭈물 대답했다. 현진은 인상적인 영화를 감상하는 기분으로 그 모든 장면을 마음에 새겼다. 현진의 기억 속에서, 영실은 나란히 걸을 때조차 손녀의 손을 다정하게 잡아주는 법이 없었다. 그러나 그날만은 현진이 용기를 내 먼저 할머니 손에 깍지를 꼈다. 영실은 손에 힘을 주지도 빼지도 않고, 그저 잡혀주었다.

할머니가 외로움과 고독의 냄새를 풍기며 자식들만 바라보고 사는 사람이 아니라는 것. 그 자체가 현진의 마음에 어느 정도 위안을 주었다. 본받을 만한 부모는 없어도 우아하고 강인한 할머니가 있다는 것. 그 사실을 떠올리면 세상을 강단 있게 살아갈 용기가 조금 생기곤 했다.

현진은 잠시 짬이 날 때마다 복사한 CCTV 영상을 들여다보았다. 날짜를 특정할 수 없었기 때문에 신고를 하기도 여의치 않았다. 게다가 할머니의 인지능력에 확신이 없는 상황에서 섣부르게 일을 크게 만들고 싶지 않았다.

할머니가 마지막으로 돈을 확인한 건 설날 사흘 전이었다. 그날부터 돈이 사라진 것을 깨달은 엊그제까지의 영상을 사배속으로 보았다. 장장 보름치였다. 혹시 몰라 모두가 잠든 밤 시간대까지 꼼꼼히 살폈다. 머리가 자주 멍해졌고, 눈꺼풀이 무거워졌으며, 아득함을 느꼈다. 주공 아파트에 드나드는 사람은 대부분 칠십 세 이상의 노인 입주민들이었고, 수상쩍어 보이는 인물도 딱히 없었다. 결과적으로 영실의 집에 방문한 사람은 영실을 제외하면 십오 일 동안에 단 두 명이었다. 윤미와 요양보호사.

현진은 요양보호사를 집중적으로 관찰했다. 놓친 장면이 없는지 재차 영상을 확인했을 때 그제야 현진의 눈에 수상한 장면이 포착되었다. 평일 오전 열시에 영실의 집을 방문하는 요양보호사는 평균 세 시간가량 집에 머물렀는데, 이삼일에 한 번꼴로 쓰레기봉투와 재활용 플라스틱, 종이 박스 등을 안고 나왔다. 일주일 전, 요양보호사는 커다란 박스를 안고 집을 나섰다. 그 종이 박스 안에 검은색 비닐봉투가 들어 있었다. 비닐봉투에 무엇이 들어 있는지는 알 수 없었지만 크기가 꽤 큼지막했다. 현진은 직감적으로 저 안에 할머니의 가방이 들어 있으리라는 걸 알 수 있었다. 일층 현관에서 요양보호사의 이동 방향을 체크한 뒤, 곧장 분리수거장 CCTV를 확인했다. 요양보호사는 박스 안에서 두어 개의 플라스틱병을 꺼내 버렸고 반듯하게 접어 함께 넣어놓은 자잘한 종이 박스들도 버렸다. 그런 후에 검은 비닐봉투는 그대로 손에 들고 아파트 단지를 벗어났다. 현진은 이만하면 증거를 잡았다고 생각했다. 순진하게도, 이 정도 증거라면 할머니의 돈을 돌려받을 수 있을 거라고 확신했다.

수경은 요양보호사들 중에서 젊은 축에 속했다. 화장기 없는 얼굴, 수수한 옷차림, 친절해 보이는 미소. 누구에게나 호감을 살 만한 모습이었다. 저런 얼굴에 속지 않을 도리가 있을까. 현진은 커피를 한 모금 마신 후 말했다.

"제가 지금부터 몇 가지 질문을 드릴 텐데, 불편하시면 언제든 말씀해주세요. 경찰 쪽에 수사 의뢰를 한 상황이지만 솔직한 답변만 들으면 저희는 일을 크게 만들고 싶지 않거든요. 어머니도, 저도 마음을 열어둔 상황이에요."

"네."

"그러니까, 이수경…… 여사님의 목소리를 들어드릴 준비가 되어 있다고 말씀드리는 거예요."

현진은 차마 떨어지지 않는 입을 간신히 열어 주절거렸다. 쓸데없이 말을 길게 늘인 것이 아닌지 신경이 쓰였다. '여사님'이라는 호칭이 어색하다는 느낌이 들긴 했지만 더 나은 표현이 떠오르지 않았다.

"제가 무슨 대답을 해드려야 할까요? 궁금하신 게 있으면 편하게 물어보세요. 저에게 답이 있다면 다 말씀드릴게요, 손녀분."

수경은 얼굴에서 미소를 지우지 않고 발랄하다고 느낄 만큼 편하게 대답했다. 아파트 근처에 위치한 카페에서 잠시 뵙고 싶다고 문자를 보냈을 때, 현진은 수경에게서 근무일도 아닌 날에 무슨 일이냐는 식의 답장을 받으리라고 지레짐작했다. 능구렁이 같은 인간이 이리저리 빠져나가지 않도록 잘 구슬려야겠다고 단단히 마음을 먹었는데 수경은 두말없이 한 시간 후에 보자며 답장을 보내왔다.

"일단 제가 영상을 좀 보여드릴게요. 벌써 팔 일 전이라 생각이 안 나실 수도 있지만 잘 봐주세요."

현진은 휴대폰 화면을 켜서 엘리베이터에서 촬영된 영상과 분리수거장이 찍힌 영상을 차례로 보여주었다. 그리고 그날 들고 나간 검은 비닐봉투가 무엇인지 기억나느냐고 물었다.

"글쎄요. 잘 생각이 나지 않네요."

수경은 천천히 고개를 가로저었다. 의심을 받는다는 사실이 그다지 억울해 보이지 않는다는 게 뜻밖이었다. 이런 상황이 익숙한 듯 침착했고, 질문을 버거워하는 기색 또한 없었다. 의심을 받으면, 결백을 증명하려고 목소리를 더 높이거나 흥분된 모습을 보이는 것이 정상 아닐까? 현진은 혼란스러웠다.

"그러니까 할머니께서 큰돈을 가지고 계셨는데 그걸 집에서 잃어버리셨다는 거잖아요. 손녀분도 아시다시피 제가 이집 드나든 지 올해로 이 년 차예요. 원칙적으로는 주 오 회, 세 시간씩만 근무하면 되지만 저는 저녁까지 먹고 갈 때도 많거든요? 마음속으로 정말 제 어머니다 생각하고 있기 때문에 주말에도 들르고 그래요. 누가 안 알아주면 어때요. 자녀분도 손녀분도 멀리서 따로 사시는데, 몸도 온전치 않은 분이 혼자 계시다가 큰일이라도 나면 도리가 없으니까요. 제가 돈이 탐났으면 진작 가지고 갔죠. 지금껏 드나들면서 정성을 쏟을 필요가 있었을까요? 큰일이 터지면, 보세요, 제가 제일 먼저 의심받을 게 뻔한데요? 치매 걸린 어떤 어르신들은요, 제가 쓰레기만 버려도 전 재산을 가지고 간 것처럼 때리고 그래요. 그걸 또 홀랑 믿고 어르신 가족들이 제 주머니 뒤집어 까서 돈을 가져갔는지 안 가져갔는지 확인한 적도 있고요. 저는 의심받는 게 익숙하긴 한데, 정말 아니에요."

현진은 수경이 자기 자신을 능숙하게 변호하며, 은근히 엄마와 자신을 비난하고 싶은 속내를 숨기지 않고 있다고 생각했다.

"엄마, 아니, 우리 강영실 어르신이 연세는 있으셔도 참 잘 드세요. 과자도 많이 잡수시고요. 과일도 주문해서 드시는 거 아시죠? 이 주에 한 번씩 사과나 바나나 한 상자, 고구마 한 상자를 요 앞 청과물센터에서 배달시키시거든요. 요구르트도 매일 아침저녁으로 드시고요. 그래서 쓰레기가 많이 나오는 편이에요. 혼자 사셔도요. 올 때마다 쓰레기 비워드리는 게 가장 큰 일일 정도로요. 아, 기저귀도 하루에 두세 개씩은, 아시죠?"

현진은 기습적인 질문에 말문이 막혔다. 거기까지는 미처 상상하지 못한 영역이었다. 동시에 왜 그런 부분까지 함부로 누설하는지, 설명할 수 없는 불쾌감이 전신을 강타했다. 요양보호사에겐 아주 사소하고 별스럽지 않은 사실일 수도 있었지만 할머니의 집에서 매일 발생하는 쓰레기의 목록이 오래도록 뇌리에서 떠나지 않을 것만 같았다.

"엄마는 쌓아놓는 거 안 좋아하세요. 버리는 게 제 일이고, 팔 일 전이면 그새 분리수거를 두세 번은 했을 텐데, 제가 그걸 일일이 기억할 수가 있을까요? 손녀분은 일주일 전에 쓰레기 뭐뭐 버렸는지 다 기억하세요?"

딱하다는 듯한 어투가 몹시 거슬린다는 생각을 하면서, 현진은 다시 물었다.

"이 정도로 큰 부피면 기억이 날 것 같은데요. 무거워서 잠시 내려놓기도 하셨잖아요. 그런데도 굳이 단지 밖으로 가지고 나가시네요."

수경은 현진의 손가락이 가리키는 휴대폰 화면을 잠시 물끄러미 보다가 이제야 떠올랐다는 듯이 고개를 끄덕이며 슬며시 웃음 지었다.

"아마 과일이었을 거예요. 요맘때쯤 엄마가 고구마랑 바나나, 사과, 밤 같은 걸 잔뜩 쌓아두셨었거든요. 저한테 항상 가져가라고 하셨고요. 빨리 안 먹으면 상하니까. 아, 제가 아무거나 막 집어오는 건 아니고요. 바나나 많이 익은 거 있죠? 걸이 까맣게 변한 거. 저는 그런 것만 챙겨가요. 사과도 무른 건 제가 먹어요. 엄마는 그런 거 손도 안 대시거든요. 멍든 건 도려내고 먹으면 되니까, 제가 챙기죠. 엄마가 그 연세에 참 공주 같은 면이 있으셔요. 예쁜 것만 골라 잡수셔서 그렇게 곱게 늙으셨나."

현진이 변명인지, 진짜인지 모를 수다스러운 말들을 잠자코 듣고만 있자 수경은 문득 난처한 표정을 지으며 웃음을 터뜨렸다.

"아, 제가 엄마라는 말이 입에 배서요. 둘이 있을 때는 엄마, 이렇게 부르거든요. 저희는 정말 모녀처럼 같이 앉아서 과일도 깎아 먹고 드라마 보면서 수다도 떨고 그래요. 제가 안마 해드리면 엄마는 낮잠도 곧잘 주무세요."

현진은 수경의 웃음이 달갑지 않았다. 자기보다 한참 어린 여자애의 판단을 흐리게 할 수 있다는 자신감이 느껴지는 미소였고, 그래서 조롱처럼 느껴졌다.

4

영실은 돈이 사라졌다는 사실을 알게 된 이후로 극심한 불면증에 시달렸다. 윤미는 집에 도둑이 들었다고 믿으며 두려움을 느끼는 영실을 성남으로 데려왔다. 영실은 윤미나 현진 둘 중 하나가 잠을 여주에서 자고 아침 일찍 출근하기를 바랐다. 그러나 출퇴근을 하는 입장에서는 무리하고 곤란한 요구였다.

가방 하나에 필요한 옷 몇 벌만 챙기라고 일러두었지만 영실은 날씨가 추우니 가져갈 게 많다며 거실에 옷들을 잔뜩 쌓아놓고는 화분도 챙겨야 한다고 성화였다. 어쩔 수 없이 발코니에서 키우던 대파와 상추도 좁은 경차에 실었다. 집을 비우고 가는 것이 못마땅한지 영실은 윤미가 묻는 말에 대답을 하지 않는 방식으로 언짢은 기분을 드러냈다.

윤미는 입맛이 없다고 계속 끼니를 거르는 영실을 위해 팥

죽을 끓이며 몇 번이나 크게 한숨을 내쉬었다. 오늘도 가게문을 열지 못해 마음이 어수선했다. 간병에 신경쓰느라 자주 문을 닫아걸어야 했던 윤미는 가게로 출근한 날에는 고객들에게 속죄하듯 오후 여덟시면 끄던 간판 불을 열시, 열한시까지 켜두곤 했다. 그럼에도 매출은 회복될 기미를 보이지 않았다. 무엇이 문제일까. 십 년이 넘도록 그대로인 가게 인테리어 탓일까. 한물간 브랜드 취급을 받는 탓일까. 꽤나 친밀하다고 느꼈던 단골 고객들을 한동안 챙기지 못한 탓일까. 사실은 그 모든 게 문제임을 알면서도 윤미는 어디서부터 손을 대야 할지 알 수 없어 막막하기만 했다.

다 쑨 팥죽을 그릇에 옮겨 담기만 하면 되는데 영실은 치킨을 시켜 먹자고 말했다. 달콤한 팥죽 냄새가 집안에 가득한데도 아랑곳 않고 당장 양념치킨을 시키라고 보채는 영실을 윤미는 물끄러미 바라보았다. 어머니는 원래 입이 짧고 까다로운 편이라 윤미가 애써 만들어 간 반찬과 국을 버리기 부지기수였다. 같이 외식하러 나가서 메뉴를 갑자기 바꾸는 일도 흔했다. 완고한 어머니를 상대하는 것엔 이미 적응이 됐다고 생각했는데…… 문득 이렇게 환멸이 드는 건 혹시 잃어버린 돈 때문이 아닌지 윤미는 생각에 잠겼다. 정말 그것 때문이라면 자신이 너무 천박한 것 같아. 적어도 그게 전부는 아닐 거라고, 자신도 모르는 감정이나 이유가 있을 거라고 스스로를 다독였다. 하지만 끝내 윤미의 의식을 잡아채는 것은 사라진 돈이었다. 주문한 치킨이 오기 전까지 윤미는 영실의 옷가지와 짐들을 현진의 방에 차곡차곡 정리하며 오천만원과 그 오천만원을 지금껏 숨겨온 어머니에 대해 생각했다.

윤미는 서른에 이혼했다. 현진이 초등학교에 입학하던 해였다. 윤미가 유책 배우자였기 때문에 재산 분할은 받지 못했고, 현진의 양육권을 가져오는 것으로 이혼 절차로 마무리했다. 이혼 후 윤미와 현진은 영실의 집으로 들어왔고 세 사람의 동거는 현진이 서울로 대학을 가기 전까지 이어졌다.

영실은 밥벌이로 동분서주하는 윤미 대신 현진을 묵묵히 보살펴주면서도 이따금 조목조목 윤미의 과오를 짚어내어 주눅들게 했다. 대학 재학중에 현진을 임신하고 출산해 결국 졸업장도 받지 못한 것, 신혼초부터 남편과의 잦은 다툼으로 걸핏하면 가출한 것, 남편을 피해 도피성 여행을 가느라 아버지의 임종을 지키지 못한 것, 초등학교 동창과 바람을 피워 이혼당한 것 등을 언급하며 윤미에게 그런 식으로 살아서는 안 된다고 말했다. 넌 그러다 망하고 말아. 정말 그러다 버려지고 말아. 윤미는 영실에게 반박하거나 맞서지 않았다. 전부 사실이었으니까. 충동적이고 경솔한 면이 많기는 하지만 그런 사실과는 별개로 윤미는 영실 앞에서 언제나 순종적이었다. 윤미가 고개를 떨군 채 잠자코 있으면 영실은 조금이나마 묵은 체중이 내려간 듯, 다시 차분하고 흐트러짐 없는 어머니의 모습으로 돌아왔다. 차라리 신랄하게 비난하거나 등짝을 후려주기를 바란 적도 있었다. 그런 어머니였다면 자신도 지금보다는 강한 애착이라든가 유대감을 가질 수 있었을 거라고 윤미는 생각했다.

영실에게 방과 침대를 내어준 현진은 퇴근 후 거실 소파에서 양말도 벗지 않은 채 잠들었다. 윤미는 현진의 양말을 벗기고 이불을 덮어주었다. 만약 자신이라면, 현진이 어떤 곤경에 처하는 걸 절대로 두고 보지 못할 것이다. 현진은 자신을 닮지 않아 사고 한번 치지 않은 딸이었다. 아이가 오천만원이 필요하다고 한다면, 당장 가게 보증금을 빼서라도 그 돈을 마련하기 위해 고군분투할 것이다. 자식의 일이라면 도리 없이 내주고 마는 것, 그게 엄마 아닌가? 그 당시에 자신에게 필요했던 돈은 고작 이천오백만원이었다. 가지고 있던 돈의 반만 내줬어도 그런 수모를 당할 필요는 없었을 텐데. 영실에게 무한한 희생을 요구할 수 없다는 것을 알면서도, 윤미는 십여 년 전의 일들이 떠올라 좀처럼 마음을 가라앉히기 힘들었다.

세 여자가 함께 사는 생활은 녹록지 않았다. 윤미에게는 물론이거니와 영실에게도 가난은 생경하고 트적지근한 것이었다. 윤미는 옷가게를 열기 전까지 각종 계약직을 전전했다. 가장 오래 했던 일은 마트 캐셔였고 틈틈이 식당 서빙과 건물 청소를 하기도 했다. 영실은 이른 나이에 지병으로 죽은 남편의 공무원 연금으로 살고 있었는데, 혼자 지내기에는 부족하지 않았지만 두 사람이 갑자기 집으로 들어오면서 살림은 나날이 빠듯해지기만 했다.

윤미는 이혼 후에도 동창과 사 년을 더 만났다. 동창은 사정상 서류만 정리하지 않았을 뿐, 처와 자신 사이에 남은 것은 아무것도 없다고 했다. 그 말을 곧이곧대로 믿은 게 잘못이었다. 고소인, 즉 동창의 부인은 윤미에게 합의금 삼천만원을 요구했다. 몰던 차를 중고로 팔아 오백만원을 간신히 마련했다. 그리고 나머지는 영실에게 빌려달라고 간곡히 부탁했다. 어머니에게 그런 호소를 하는 마음은 이루 말할 수 없을 정도로 비참했지만, 그렇게 큰 돈이 어디 있느냐고 당황해하는 목소리에 차마 집 보증금을 빼자는 말까지는 꺼내볼 수도 없었다.

"현진이는 내가 돌볼 테니 죗값을 잘 치르고 와라."

영실은 그렇게 말했고, 윤미는 그 말을 따랐다. 간통죄로 징역 십 개월의 실형을 선고받았고, 팔 개월가량 살다가 가석방을 받고 출소했다.

동창은 다시 제 아내에게로 돌아갔지만 윤미로서는 사랑인지 의리인지 죄책감인지 구별할 수 없는 마음으로 퇴직금을 미리 당겨 받아 윤미에게 몰래 건넸다. 그 돈으로 옷가게를 열었다. 사업을 하기 전까지 딸이 얼마나 궁핍하고 누추하게 살아갔는지 알고도 남았을 텐데, 어머니는 침대 밑에 돈을 숨긴 채로 외면하기를 택했다. 그것이 어머니의 선택이었다. 윤미는 마음이 자꾸만 차가워졌다. 잃어버린 돈이 아깝다는 마음보다, 오한처럼 다가오는 원망이라는 감정 때문에 자꾸만 몸서리가 쳐졌다.

어머니에게 모성이라는 게 있을까. 그것은 자신이 짐작하는 것보다 더 얄팍한 감정임이 분명하다고 윤미는 생각했다. 모성이라는 단어를 떠올리자 윤미는 오십이 넘는 세월 동안 자신이 그것을 기대할 수 없었다는 사실을 천천히 깨달았다. 살뜰한 보살핌을 갈망했다가도 어머니라는 사람과 함께하기 위해서는 어쩐지 이 정도의 허전함은 감수해야 할 것 같았고, 인색한 사랑에 서운해하는 것도 부질없는 일로 느껴졌다.

윤미가 간병을 위해 몇 개월간 성남에서 여주를 오가며 고생했을 때 영실은 윤미에게 현금 오백만원을 건넸다. 어디서 이런 목돈이 났느냐 물으니 여태 모아온 돈이라고 했다. 윤미는 감격했다. 연금만 가지고 사는 노인이 이 정도 돈을 모으기까지 얼마나 허리띠를 졸라맸을까 싶어 마음이 아팠지만 그간 가게를 못 열어 손해가 막심했기에 그 돈을 받아들 수밖에 없었다.

"내가 너를 공으로 굴려 먹진 않는다."

그 말에 감동했던 자신이 이제는 바보 같았다. 돈을 건네받은 후에 어머니가 이전보다 더 편하게 자신을 부린 것 같다는 느낌이 드는 건 과한 피해의식이겠지. 윤미는 어머니의 의도를 곡해하지 않으려 최대한의 노력을 쏟아야만 했다.

영실은 성남으로 온 지 나흘도 안 되어 집으로 돌아가겠다고 고집을 부렸다. 윤미가 며칠만 더 있으라고 권해도 완강히 거절했다. 그녀는 이 집에서 자신이 해야 할 일이나 할 수 있는 일 같은 건 전혀 없다고 생각하는 듯했고, 오로지 텔레비전 속 연예인들의 사소한 습관과 시시껄렁한 농담에만 반응했다. 남을 지적하고 평가하면서 하루를 다 보내는 그녀에게서 품위라곤 찾아볼 수 없었다. 윤미는 어머니의 말투와 습관을 하나하나 재단하려 하는 자신이 불경하다고 느끼면서도, 어머니는 대접받고 존중받기엔 자격 미달이라는 생각을 하며 그녀의 옷을 도로 가방에 집어넣었다.

5

그 돈은 남편의 사망보험금이었다. 영실은 오래전 그 돈을 현금으로 찾은 뒤, 가장 필요한 순간에 쓰겠다고 다짐했다. 본

래는 윤미가 재혼을 하면 결혼 자금으로 주려고 했다. 새로운 시작을 할 때 밉보이지 않도록, 큰소리치면서 살 수 있도록 지원해줄 생각이었다. 하지만 윤미는 재혼하지 않았고, 이십 년간 그 돈은 묵은 돈으로 장판 밑과 침대 밑에 깔려 있었다.

윤미는 이상하게 어릴 때부터 눈치를 많이 보았다. 그러면서도 충동을 못 이기고 여러 사고를 저질러 영실을 당혹스럽게 했다. 일을 쳐놓고 쭈뼛쭈뼛 찾아와 도움을 청하는 윤미를 볼 때면, 한없이 낙담이 되고 망연해졌다. 영실은 윤미를 위해 끝없이 인내하고 정신을 다잡았다. 홀씨처럼 가볍고 희끄무레한 영혼이 손이 닿지 않는 아득한 곳으로 건너갈까봐 돌을 눌러두듯 잠든 윤미의 이마에 자신의 손을 올려둔 적도 있었다.

아이가 자신의 훈계를 듣기는 한다는 것이 유일한 위안이 되기도 했지만 시간이 지나면서 그렇게 비굴한 자세를 취하며 당면한 상황을 모면하려고만 한다는 것을 알게 되었다. 그래서 영실은 윤미가 애원할 때마다 우선은 두고 보기로 했고, 마음이 아파도 일단은 잠자코 지켜보았다. 윤미가 겪은 일들은 고난이기는 해도 영실이 보기에는 금방 지나갈 파란이었다. 젊음이 있다면 충분히 이겨내고도 남을 만한 시련 같은 것. 영실이 묵은 돈을 쓸 만한 날은 쉽게 오지 않았다.

영실은 줄곧 순응해왔다. 부모가 사라진 세상에, 책임질 생명이 탄생한 세상에, 더이상 자기 자신이 아름답지 않은 세상에, 덜컥 할머니가 된 세상에, 그리고 남편이 사라진 세상에도. 그러나 자신의 몸을 스스로 제어할 수 없는 세상에는 적응하기가 쉽지 않았다. 이곳에서 저곳으로 몸을 움직이는 게 산을 옮기는 것만큼 버겁다는 생각이 들 정도였다. 그런 상황에서도 놓고 싶지 않은 것들이 있었다.

병원에 입원해 있을 때 영실이 윤미와 현진에게 당부한 것은 하나였다. 집 발코니에 있는 스무 개의 화분에 일주일에 한 번씩 물을 주라는 것. 그러나 퇴원 후 발코니 문을 열었을 때, 식물은 반 이상 말라죽어 있었다. 영실은 자신이 가꿔오던 것들을 대부분 놓아버리게 되었다.

이십사 시간 넘게 잠들어 있었던 그날 이후, 영실은 삶을 잘 마무리할 방법에 골몰했다. 최대한 빨리 들어갈 수 있는 실버타운을 알아보았다. 윤미와 현진이 오기에 너무 멀지 않은, 그렇지만 너무 가깝지도 않아서 한 달에 한 번 정도 오기에 적당한 거리에 위치한 곳이 있었다. 옆 동에 사는 이권사가 유튜브에 올라온 실버타운 홍보 영상을 휴대폰으로 보여주었다. 이권사 역시 손주를 다 키워놓으면 그곳으로 들어갈 것이라고 말했다.

십 분짜리 실버타운 홍보 영상을 영실은 백 번 넘게 반복해서 보았다. 영상에는 실버타운의 외부부터 내부의 모습까지 자세히 담겨 있었다. 전원 속에 있는 실버타운은 하나의 마을처럼 조성되어 있었고 정문을 열고 들어가면 관리가 잘된 나무와 꽃들이 펼쳐졌다. 울창한 은행나무 밑에 자신과 비슷하거나 조금 더 나이가 많아 보이는 노인들이 둘러앉아 이야기를 나누고 있었다. 벤치에 앉아서 숄을 두르고 책을 읽는 노인은 참 고상해 보였다.

그들은 노쇠했는데도 누추해 보이지 않았다. 모두가 교양 있고, 품위 있어 보였다. 그중 한 명은 카메라 앞에서 실버타운에 들어온 것이 자신이 내린 최고의 선택이라고까지 얘기했다. 영실은 실버타운에 전화를 걸었다. 입소하기 위해서는 보증금이 필요했고, 자산 규모를 확인할 수 있는 통장 사본도 제출해야 했다. 최소 금액이 공교롭게도 오천만원이었다. 저 세계에 편입되고 싶다는 소망, 조금이나마 더 대접받다가 죽음에 이르고 싶다는 마음이 영실을 흥분되게 했다. 영실은 자신에게 욕망이나 야망이라는 게 남아 있다는 것이 신기하면서도, 한편으로는 느리고 엉성한 걸음으로 실버타운의 은행나무 길을 거닐 날이 기다려졌다.

6

"왜 범인이 뻔히 보이는데도 잡지 못하죠?"

"일단 범인이 뻔히 보인다는 건 선생님 생각이고요. 저 비닐봉투 안에 무엇이 들어 있었는지는 아무도 몰라요. 이수경 씨는 지금 그게 뭐였는지 정확히 기억이 안 난다고 주장하시거든요. 쓰레기거나 과일일 거라는데, 확인이 불가능한 사항이죠."

현진은 캡처한 화면을 형사의 코앞에 들이밀었다.

"이렇게 큰 비닐봉투 안에 뭐가 들어 있었는지 기억이 안 난다는 게 말이 돼요? 형사님이 보시기에는 어때요? 보세요. 걸어가다가 무거워서 두 팔로 안아 들고 가잖아요. 쓰레기나 과일을 이렇게 신줏단지 모시듯 들고 갈 것 같으세요? 딱 봐도 이상하지 않으세요?"

현진은 최대한 논리적으로 말하려고 노력했지만 자꾸만 목소리가 커지는 것을 통제하기가 어려웠다. 형사의 태도가 지극히 정중하고 상식적이라서 더욱 화가 났다. 골치 아픈 민원인을 대하듯 건성으로 대꾸한다면 경찰서를 한바탕 소란스럽게 만들 각오까지 하고 왔지만 형사는 심증이 있어도 물증이 명확하지 않아서 해결하지 못하는 사건들의 사례를 차근차근 설명했다.

"그러니까 이게, 전부 정황증거뿐이라서 어려운 거죠. 일단 집에 그 돈이 있었는지 없었는지조차 저희는 알 수 없으니까요."

"돈이 없었는데 허위 신고를 했다는 말씀이신가요?"

"아 뭐, 저희도 사건이라고 생각했기 때문에 탐문 수사도 한 것 아닙니까. 하지만 할머니 기억이 오락가락하시고, 그 큰 돈이 이십 년 동안 집에 있었다는 사실을 증명할 길이 없으니 저희로서도 해드릴 수 있는 게 많지 않네요. 정황증거만 가지고 요양보호사분을 강제로 소환해서 조사할 수도 없는 상황입니다. 그분은 참고인 조사도 거부하고 계시고요."

형사가 그렇게 말하자 현진도 말문이 막혔다.

금방 해결될 것 같았던 사건이 해결되지 않고 답보 상태에 놓이자, 현진은 차갑고 어두운 바다를 표류하고 있는 기분이 들었다. 열기가 얼마쯤 식은 후에야 자신이 그간 돈을 찾는 일에 지나칠 정도로 열성적이었다는 것을 깨달았다. 이렇게 집요하고 그악스럽게 무언가를 물고늘어진 적이 있었던가.

오천만원은 현진에게 있어 자꾸만 어떤 가능성이 되었다. 스무 살 현진의 대학 등록금이 되기도 했다가, 스물두 살 때 사정이 어려워 포기한 교환학생 프로그램의 유학비가 되기도 했다. 그 돈을 보태 작은 원룸 전세를 얻어 독립할 수도 있었을 것이다. 도둑맞은 금액의 반의반만 있어도 지금보다는 행복할 텐데. 대학생 때 열 시간씩 아르바이트를 했던 일이나 취준생 시절 용돈벌이를 위해 갔던 물류 창고에서 박스가 떨어져 발등에 금이 갔던 일이 차례로 떠올랐다. 산재 처리가 되어 보상금으로 이백만원을 받았을 때, 현진은 공돈이 생긴 것처럼 기뻤다. 그 돈으로 할머니와 엄마를 데리고 외식을 하면서 뿌듯함을 느꼈던 기억이 자꾸만 소환되었다.

왜 나의 필요를 채워주려 할머니는 희생하지 않았을까. 궁극적으로 현진이 궁금해진 부분은 그것이었다. 할머니는 마땅히 그런 역할을 수행해야 하는 존재가 아닌가. 그러기 위해 지금껏 부지한 목숨이라고 해도 그리 어색하지 않은, 그런 존재. 현진은 억지를 써가며 영실을 열렬히 원망해보았다.

7

영실은 사람을 믿지 않았다. 스스로도 잘 알아채지 못하는 냉혹한 면모였지만 인간이 인간 옆에 붙어 있는 이유는 기본적으로 피를 빨아먹기 위함이라고 생각하며 살아왔다. 그러나 수경이라는 아이는 암만해도 빨아먹을 것 없는 자신의 주위를 맴돌면서 모성반을 바라는 듯했다.

"엄마가 문숙을 닮은 게 아니라, 문숙이 엄마를 닮은 거죠. 말은 바로 해야죠. 그리고 문숙은 배우라서 평생을 관리받았을 텐데요? 엄마는 밖에 나갈 때 선크림도 안 바르는데, 이렇게 피부가 곱잖아요. 댈 게 아니죠."

주책맞게 그 말에 홀렸다고 한다면 모두가 비웃겠지만, 시작은 그것이 맞았다.

그날 이후로 수경에게 조금씩 마음이 갔다. 수경은 직접 산에 가서 따온 두릅을 맛보여주었고 봄에 쑥을 캐서 쑥떡을 만들어왔다. 가을에는 도토리묵을 해왔고, 밤을 삶아 가져오기도 했다. 그리고 겨울에는 군고구마를 사와 직접 입에 넣어주는 것이었다.

영실은 그런 수경의 꾸준함에 감격했고 속수무책으로 마음이 기울었다는 사실을 인정할 수밖에 없었다. 살면서 누구에게도 걸어본 적 없는 수작을 수경에게만은 서슴없이 걸었다. 수경아, 비가 그칠 때까지 같이 있자. 과일이 많으니 바나나 좀 가져가. 날이 추우니 수제비 한 그릇씩 시켜 먹자. 날이 더우니 냉면 한 그릇씩 시켜 먹자. 영실은 수경과 음식을 나눠 먹을 때 가장 행복했고, 수경은 영실이 하는 모든 말들에 기뻐하며 호응해주었다.

수경이 아무렇지도 않게 엄마, 엄마 하고 부를 때 영실은 마음이 충만해지는 것을 느꼈다. 집에 올 때마다 "이렇게 제가 오기 전에 다 해치워버리면 저는 뭘 해요, 놀고먹나요?" 불평 아닌 불평을 늘어놓으며 툴툴거리는가 하면, 어느 날은 발코니에 놓인 화분들을 빤히 보기에 가지고 싶은 것이 있으면 가져가라고 했더니 손사래를 치며 말했다.

"딱 봐도 엄마가 정성 들여 키우신 건데 어떻게 그래요."

그러더니 며칠 후 모종삽과 화분을 가지고 와서 알로에 새 끼를 번식시켰다. 뿌리가 상하지 않도록 칼로 깔끔하게 도려 낸 후 자갈과 마사토를 깐 화분에 조심스럽게 옮겨 심는 손길 이 예쁘고 단정했다.

근무가 끝났는데도 그렇게 오래 집에 있을 이유가 뭐냐며, 보험을 팔려고 그러는 거라는 둥, 다단계에 가입시키려는 거 아니냐는 둥 모르는 소리만 해대는 윤미보다 수경을 더 의지 하게 되었다.

그러므로 영실이 실버타운에 들어갈 계획을 가장 먼저 알린 대상은 수경이었다. 수경에게만은 미리 일러두어야겠다는 생 각이 들었다. 그애도 마음을 추스를 시간이 필요할 테니까. 분 명 어머니를 잃은 상실의 아픔으로 오래 괴로워할 테니까. 수 경은 영실이 계획을 일러둔 그날부터 열심히 뜨개질을 하더니 보름 만에 꽃분홍색 카디건을 만들어서 가져왔다. 날이 아직 추우니 입고 계세요, 하고 그 아이가 옷을 여며주었을 때 영실 은 마음이 울렁거려 참기가 힘들었다. 거칠한 손으로 수경의 볼을 쓰다듬으며 속으로 말했다. 나는 살면서 행복했던 순간 이 없었는데, 이제야 좀 행복한 것 같구나.

영실은 설을 앞두고 옷장에 있던 가방 속에서 돈을 꺼내 삼

십만원을 봉투에 넣었다. 제수 비용에 보태라고 봉투를 건네
니 수경은 손사래를 치며 그 돈으로 엄마 한약이라도 한 제 지
어 드시라고 말했다. 영실은 마다하는 수경의 주머니에 아무
말 없이 봉투를 쑤셔넣었다.

8

범인을 잡아서 당당하게 내려가고 싶었지만 결국 아무런 소
득 없이 현진은 퇴근길에 여주로 향했다. 영실이 좋아하는 전
복죽을 사다 함께 먹은 후, 현진은 돈을 가져간 건 요양보호사
가 맞는 것 같다고 영실에게 말했다. 수경은 현진과의 대화 후
집에 사정이 생겼다며 일을 그만두었다. 요즘은 다른 요양보
호사가 주 삼 일, 하루 여섯 시간씩 머물다 간다고 했다. 영실
은 새로 온 사람이 자꾸 꾀를 부리고 손버릇이 나쁘다고 불만
스러워했다.

영실은 현진의 말을 듣고는 코웃음을 치며 그애는 돈 같은
것에는 관심이 없으며, 오히려 이권사나 너희 엄마가 의심스
럽다는 식으로 말들을 주워섬겼다. 현진은 오기가 생겼다.

"할머니, 그 여자가 가져간 거 맞아요. 이수경 그 여자요.
할머니가 좋아하는 그 요양보호사."

"걔는 아니라니까."

영실은 단호하게 말했다. 그리고 무언가를 깨달은 듯 둥그런 눈을 번뜩이며 현진을 뚫어지게 쳐다보았다. 현진이 왜 그러냐고 물으니 드디어 모든 것을 간파했다는 듯 히죽 웃는 것이었다.

"너랑 니 애미가 짜고 수경이한테 뒤집어씌우려 그러는구나?"

현진은 울화가 치밀어 잠시 숨을 몰아쉬었다. 영실과 더는 입씨름을 하기가 싫었다. 언제 저런 검버섯이 생겼지. 눈가의 물사마귀는 언제 생긴 걸까. 할머니는 노골적으로 초라하게 늙고 말았다. 백내장 때문에 탁하게 변한 영실의 눈동자를 현진은 그저 맥없이 바라보았다. 한때는 맑고 투명한 갈색 눈동자에 자신이 비치는 것이 좋아서 할머니, 하고 괜히 불러보곤 했다. 시리도록 총명했던 그 영혼이 어디로 갔는지 이제는 도무지 알 수 없었다. 현진은 할머니가 고관절 수술을 받은 후로 어느 정도는 자신과 엄마에게 위악을 부린다고 생각했다. 그러니까 발음이 어눌해질 때, 괄약근에 힘이 들어가지 않을 때, 다리에 힘이 없어서 손녀의 작은 등에 억지로라도 업혀야 할 때, 그럴 때마저 정신이 온전한 건 너무 괴로우니까. 자기 자신이 초라해질수록 말을 함부로 하고 노망을 가장한다고 이해했다. 할머니는 천부적으로 연극적이고 자기중심적인 사람이라는 것을 어느 순간 깨달았으니까. 그런데 지금의 태도는 어떻게 받아들여야 하지? 어디까지가 위악이고 어디까지가 노망인지 알 수 없어졌다.

현진이 눈으로 직접 확인하라며 CCTV 영상을 보여주자, 영실은 갑자기 시야가 흐릿해 보이지 않는다고 딴청을 피우더니 허기가 진다며 고구마를 까먹었다. 현진에게도 하나를 권했지만 거절하자 그것도 마저 자신의 입에 넣었다. 꾸역꾸역 넘기는 모습이, 저러다 체할 것 같은 느낌이 들어 불안했지만 현진은 말리지 않았다.

현진이 안방에 영실의 이부자리를 본 뒤, 자신은 이만 돌아가겠다고 말하자 영실은 눈을 부릅뜨며 신경질적으로 소리쳤다.

"네 엄마도 없는데, 너라도 자고 가야지!"

"내일 일찍 출근해야 돼요."

"일찍 깨워줄 테니까 자고 가!"

실은 이 시간에 성남까지 돌아가는 것이 훨씬 고된 일이었지만 현진은 할머니 곁에 눕고 싶지 않았다. 그것이 솔직한 심정이었다. 그러나 할머니가 자신을 좀더 간절하게 붙잡는다면 못 이기는 척 남을 생각도 있었다. 사실은 혼자 있는 게 무서우니 같이 자자고 간곡하고 절절하게 말한다면, 그럴 생각이었다. 그러나 엉뚱하게도 영실은 중얼거리듯 말했다. 처음부터 오천만원 같은 건 없었다고. 자신은 오래전부터 빈털터리였다고. 현진은 무작정 택시를 잡아타고 집으로 돌아왔다.

9

영실은 안방에서 이불을 끌고 나와 거실에 누웠다. 으스스한 기분에 텔레비전을 틀어놓았지만 아무것도 눈에 들어오지 않았다. 고요하고 잠잠한 밤이었다. 늙어버린 사람들만 사는 아파트에는 적막이 가득했다. 수경이 정말 돈을 가지고 갔을까? 영실은 그 아이의 마음을 헤아리려 노력했다. 왜인지 그 애가 자신을 여기에 붙들어두려고 그런 것만 같았다. 지금으로서는 그것이 유력했다. 실버타운에 가지 말라고 그렇게 나를 말리더니, 바보 같은 것.

수경은 영실을 순도 높은 모성에 이르게 했다. 내일은 수경에게 전화를 해보아야겠다고 생각했다. 당분간은 현진도, 윤미도 나를 괴롭히지 않을 테니까.

그렇게 생각하니 왠지 오늘밤은 편안하게 두 다리를 뻗고 잠들 수 있을 것 같았다. 영실은 잘 때도 꽃분홍색 카디건을 벗지 않았다. 깊은 잠에 빠져들며 잠꼬대처럼 중얼거렸다. 수경이 오면 실값을 줄 것이다. 섭섭하지 않을 만큼 정말 비싸게 쳐줄 것이다.

회
생

ㄹ

1

수영은 손톱 밑의 거스러미를 뜯었다. 이렇게 이른 아침에 외출한 게 오랜만이라 약간 몽롱했지만 피곤한 기색을 드러내고 싶지는 않았다. 아니, 드러내고 싶었던 것일까. 카페에 앉아 연지를 기다리는 동안 에스프레소 한 잔과 아이스 아메리카노 한 잔, 얼음물 한 잔을 마셨다. 테이블 위에 빈 잔들과 흘린 커피를 닦은 티슈가 이지럽게 놓여 있었다.

반갑게 인사해야지. 그 어느 때보다 반갑게. 입을 크게 벌리고 아에이오우, 아에이오우, 하고 근육을 풀었다. 건조한 피부가 갈라지는 느낌이 들었다. 시계를 보니 약속 시간이 오 분

지나 있었다. 휴대폰을 확인했다. 어젯밤 열시 십오분, 연지는 자기 동네의 카페 주소를 공유한 이후로 카톡이 없었다.

　―난 카페 도착! 창가 쪽에 자리 맡아뒀어. 어디쯤 왔

　카톡을 보내려다가 괜히 재촉하는 느낌이 들어 그만두었다. 연지를 위해 준비한 선물을 다시 한번 점검하려고 바닥에 내려둔 쇼핑백을 테이블로 올렸다. 그런데 쇼핑백 바닥이 약간 젖어 있었다. 수영은 오픈 시간에 맞춰 카페에 도착했다. 물걸레로 바닥을 닦은 지 얼마 안 되어 바닥에 아직 물기가 남아 있던 모양이었다. 다행히 선물 박스는 괜찮았다. 어차피 겹겹이 포장되어 있으니 상관없을 것이었다. 박스 안에 든 것은 삼개월 할부로 구매한 접시 세트였다. 살면서 들어본 적도 없는 고가의 브랜드였는데 왠지 연지라면 자신이 무리해서 준비한 선물이라는 걸 알아봐줄 것 같았다. 가격을 검색해본다면 더없이 좋으리라. 연지가 '이거 현백에만 들어온 브랜드 아니니? 내가 이런 걸 받아도 되는지 모르겠다' 하고 말하면 수영은 '그냥 받아주라. 너 이사했는데 화분 하나 못해줬잖아. 내내 마음에 걸렸어. 너한테는 가장 좋은 것으로 주고 싶었어'라고 대답할 생각이었다.

　연지는 선물에 크게 기뻐하지 않을 것이다. 엄청나게 감동하지도 않을 것이다. 진심을 다해 잠깐 고마워했다가 금세 잊을 것이다. 연지의 눈에 비쳤다가 순식간에 휘발되는 그 감정

에 수영은 집착했다. 필요 이상으로 무리했다. 무리한 지출을 했고, 무리하게 감정 소모를 했다. 접시 세트는 연지가 이사했다는 소식을 듣고 집들이에 초대받으면 가져가려고 사둔 선물이었다. 하지만 한 달이 지나도록 아무 연락이 없었다. 준희가 어린이집에 들어갔으니 경황이 없겠지, 새 동네에 적응하려면 시간이 필요하겠지, 이해하려고 노력하니 충분히 이해가 되고도 남았다.

그렇게 계절이 지났다. 그동안 연락을 아예 안 하고 지낸 것은 아니었다. 연지는 SNS에 일상적인 사진을 자주 올리는 편이었고 수영은 꼬박꼬박 하트를 눌렀다. 연지가 울상을 짓는 셀카와 함께 '독박 육아는 힘들어'라고 올리면 수영은 카톡으로 종합 비타민 선물 세트를 보냈다.

—뭐 이런 걸 자꾸 보내! 잘 먹을게. 너도 건강 잘 챙겨!

연지는 다행히 선물을 거절하지 않았다. 그네를 타고 있는 준희의 뒷모습 사진을 올렸을 때 수영은 '잘생긴 아들 앞모습도 찍어주세요~ 이모가 보고 싶어♥'라고 댓글을 달았다. 그리고 조마조마하며 기다렸지만 연지는 그 댓글에 답글을 달지 않았다.

화장실에 한 번 다녀온 후 얼그레이 티를 또 한 잔 주문했다. 자꾸만 입이 말랐다.

—미안해. 거의 다 왔어. 준희 어린이집 차 놓쳐서 데려다

주고 오느라 정신이 없었네.

약속 시간보다 십오 분이 더 지나서야 연지에게서 카톡이
왔다.

—괜찮아. 천천히 와. 나도 방금 왔

수영은 조금 망설이다가 방금 왔다는 말은 지웠다.

—괜찮아. 천천히 와. 운전 조심하고.

오래전, 준희가 걸음마를 뗐다는 소식을 듣고 운동화를 보
냈는데 운동화를 신은 모습은 보지 못했다. 준희가 벌써 어린
이집에 다닌다니, 빠르게 흘러버린 시간에 새삼 마음이 서늘
했다.

2

수영과 연지는 같은 대학 같은 학과에 다녔다. 오가며 인사
를 하고 학생식당에서 우연히 몇 번 식사를 함께하긴 했지만
친하다고는 할 수 없었다. 겹치는 수업이 두세 개 있었지만 그
뿐이었다. 수영은 대학 생활 내내 학업과 아르바이트를 병행
하느라 동아리는커녕 과 활동에도 적극적으로 참여하지 못했
다. 휴학률이 높은 과에서 둘 다 휴학 없이 졸업했기 때문에
학기중에 계속 얼굴을 봤다는 점이 가장 큰 연결고리라고 할

수 있었다. 연지를 다시 만난 건 수영이 지금 살고 있는 동네로 이사온 후였다.

수영은 졸업 후 노량진에서 공무원 시험을 준비하고 있었다. 아니, 공무원 준비를 하고 있다고 말하고 다녔다. 실제로는 시험을 거의 포기하다시피 한 상태였고 늘 불안하고 빈곤했다. 일 년여간 준비한 시험은 몇 과목 빼고는 대부분 과락이었다. 아르바이트와 공부를 같이 하려니 그 어느 것에도 집중할 수가 없었다. 부모님에게 반년만이라도 지원을 받아볼까 고민하고 있을 때 뜻밖의 전화가 걸려왔다. 아버지는 혹시 모아둔 돈이 있냐 물었다. 웬만해서는 딸에게 그런 부탁을 할 사람이 아니라서 수영은 당황했고 저도 모르게 몇백 정도는 마련할 수 있을 것 같다고 대답해버렸다. 아버지는 사정을 구체적으로 설명하지 않은 채 그럼 가능한 만큼만 우선 보내달라고 말한 후 전화를 끊었다.

수영은 노량진 원룸의 월세 보증금을 빼 절반을 보낸 다음 보증금이 훨씬 싼 지금의 동네로 이사했다. 그후로는 보증금을 까먹으며 공부를 하지도, 일을 하지도 않고 멍하니 시간을 흘려보냈다. 이사온 동네에는 아무런 흥미도 없었지만 곧 소소한 장점을 발견하게 되었다. 부동산 정보나 맛집, 세일 정보를 공유하는 동네 카페에 가입했는데, '나눔방'이 유독 활발하게 운영되고 있었던 것이다.

나눔방에는 집에서 키운 상추와 깻잎, 고추, 방울토마토 등을 무료 나눔 하는 글이 자주 올라왔다. 운이 좋으면 명절에 선물로 들어온 통조림 세트를 얻을 수 있었고 햇고구마를 받을 수도 있었다. 통장 잔고가 바닥나 끼니 걱정을 해야 하는 지경이었으므로 수영은 카페에 상주하며 글이 올라오면 바로 '안녕하세요! 저 가능할까요?' 하고 댓글을 달았다. 댓글을 다는 순서대로 나눔을 받을 수 있었다. 간발의 차로 멸균우유 한 박스와 쌀 한 포대를 놓치기도 했기에 수영은 '안녕하세요! 저 가능할까요?'를 미리 복사해놓고 게시 글이 올라오면 내용을 제대로 읽지도 않고 일단 댓글난에 붙여넣었다. 일 순위로 댓글을 다는 바람에 얼떨결에 메주 한 덩이를 받아와 집 한편에 놓고 퀴퀴한 냄새를 맡으며 지낸 적도 있었다. 오십 회 넘게 나눔을 받다보니 나눔방 이용자들의 닉네임과 패턴이 어느 정도 읽혔는데 유독 나눔의 질이 좋은 이용자가 있었다. 닉네임 '요술램프'였다. 작성 글 조회를 해보니 지금까지 나눔을 받은 적은 없고 나눔을 한 횟수만 오십 회가 넘었다.

수영은 요술램프에게 여섯 번 정도 나눔을 받았는데, 올리브유, 포도씨유 세트, 스팸 세트, 선풍기와 토스트기……처럼 죄다 괜찮은 것들이었다. 그래서인지 요술램프의 게시 글에는 유독 댓글이 많이 달렸다. 댓글이 여러 개 달려 있으면 아무리 물건이 탐나도 포기하기 마련인데 요술램프의 글에는 '줄 서

봅니다' '성사 안 되면 연락 주실 수 있을까요' '작성자님 계신 곳으로 갈 수 있습니다' 등의 댓글이 줄줄이 달렸다. 요술램프가 사는 더퍼스트로얄펠리스파크뷰1차는 근방에서 가장 높은 아파트였고, 팔 차선 도로를 사이에 두고 빌라촌과 아파트 단지의 분위기가 사뭇 달라 수영은 도로를 건너 나눔을 받으러 갈 때마다 위축되는 것을 느꼈다. 일층에서 십구층 벨을 누른 뒤 기다리면 요술램프가 아파트 공동 현관문을 열어주었다.

"올라오셔서 문 앞에 있는 거 가져가시면 돼요."

"네. 감사합니다."

요술램프와는 그렇게 인터폰으로 짧은 대화를 주고받았다. 처음 방문해 엘리베이터에서 내렸을 때, 수영은 한 층 전체를 한 가구가 사용한다는 사실에 깜짝 놀랐다. 요술램프는 항상 수영이 도착하기 전 미리 물건을 문밖에 내놓았다. 그래서 여섯 번이나 나눔을 받는 동안에도 얼굴을 본 적이 없었다. 대면하지 않고 나눔을 받을 수 있다는 것은 마음 편하고 좋은 일이었다. 그리 대단치도 않은 육수용 멸치 따위를 나눔하면서 온갖 생색을 내는 사람들에게 수영은 질려 있었다.

그날 요술램프가 올린 나눔 물건은 곡물 효소 육십 포였다. 수영은 효소가 뭔지도 모르면서 습관처럼 '안녕하세요! 저 가능할까요?' 하고 댓글을 달았다. 수영과 거의 동시에 댓글을 달았지만 이 순위로 밀린 닉네임 '재광초총동문회장'은 수영만

큼이나 나눔방을 자주 이용했기 때문에 익히 알고 있었는데 그
날따라 곡물 효소에 꽂혔는지 수영의 댓글에 댓글을 남겼다.

―거의 동시에 댓글 단 것 같은데 삼십 포씩 나누는 거 어
떠신지요.

수영은 뭐라고 댓글을 달아야 이 버러지가 단념할지 고민했
다. 수영이 댓글을 썼다 지웠다 하는 사이, 재광초총동문회장
은 대댓글 하나를 더 남겼다.

―내가 올해 환갑인데 사 년 전에 위암 수술을 해서 소화
기능이 많이 떨어져 있는 상탭니다. 소화에 도움이 된다고 해
서 먹어보려고 해요. 양해 바랍니다.

수영은 그제야 곡물 효소가 무엇인지 검색해보았다. 평소라
면 수영은 양보했을 것이다. 곡물 효소는 먹어봤자 배가 부르
는 것도 아니고, 당장 필요한 생필품도 아니니까. 사실 그것의
효과도 잘 몰랐으니까. 탐욕을 부릴 일이 전혀 아니었다. 그러
나 수영은 그날따라 양보하기가 싫었다. 자신이 노력해서 쟁
취한 무언가를 재광초총동문회장이 동정심을 유발해 손쉽게
강탈해가려는 것만 같았다. 어디에 그런 고약한 마음이 숨어
있었던 것인지 모르겠지만 수영은 재광초총동문회장에게 무
안을 주고 싶었다. 호흡을 고르고 한 자 한 자 차분하게 댓글
을 달았다.

―임신을 하니 소화도 안 되고 변비도 심해져서 효소 도움

이라도 받아보려고 했습니다. 인터넷을 찾아보니 효과를 보려면 적어도 한 달 이상 꾸준히 섭취하는 게 좋다고 하네요.

맥락을 파악할 수 있는 성인이라면 충분히 거절로 받아들이리라 여겨졌지만 재광초총동문회장은 이해하지 못한 듯했다.

—아이고, 임신 축하드립니다. 저도 자식이 셋입니다. 막내 낳을 때는 아내 산바라지한다고 육아휴직도 했고요. 우리 때는 흔한 일이 아니었지요. 별나다고 주위에서 시샘도 많이 받았고요. 제 경험상 임신을 하셨다면 효소보다는 키위를 자주 섭취하시길 추천합니다. 키위에는 엽산이 많고 비타민과 미네랄이 다량 함유되어 있습니다.

어쩌라고. 그래서 효소 내놔라 이거 아니야. 수영은 신경질적으로 휴대폰을 집어던졌다가 금방 다시 주워 들었다. 액정이 깨지지 않았는지 확인하고는 멀쩡한 화면을 쓰다듬으며 안도의 한숨을 내쉬었다. 그때 갑자기 제삼자가 수영의 댓글에 댓글을 달았다.

—보물섬님은 나눔방 자주 이용하시는 듯한데 나눔을 행하시는 모습은 못 본 것 같습니다. 우연히 보물섬님 작성 글 목록을 보니 게시한 글은 없고 댓글을 단 기록만 남아 있네요. 재광초총동문회장님이 병력을 밝히고 양해를 구했음에도 물건을 나눔할 생각이 없으신 것 같습니다. 우선적으로 댓글을 단 분께 나눔하는 것이 카페의 룰이니 제가 참견할 부분은 아

니지만 보물섬님께서 명심하셨으면 좋겠습니다. 우리 카페는 이웃간에 정을 나누고 화합하기 위해 모이는 곳이지 일부 회원들이 물품을 독점하는 곳이 아니라는 것을요.

어떻게 해야 '우연히' 타인의 작성 글 목록을 확인할 수 있는지 모르겠지만 닉네임 체게바라가 댓글을 달자마자 기다렸다는 듯이 동조하는 댓글들이 달리기 시작했다. 카페 회원들은 저도 두고 보고 있었는데 말 잘해주셨다, 소수가 나눔 물품을 독점하는 현상이 갈수록 심해지고 있다, 예전에는 놀이터 앞에 상추나 귤을 두면 모두 조금씩 가져가서 여러 사람이 먹을 수 있었는데 언제부턴가 상자째로 들고 가버리니 나눔하기도 꺼려진다, 카페에 상주하는 분들 때문에 새 게시물이 부쩍 줄었다, 댓글 횟수를 하루에 한 번으로 제한하자, 하루에 한 번도 많다, 일주일에 한 번으로 제한하자 등의 의견이 정신없이 이어졌다.

상추와 방울토마토, 귤 박스를 통째로 들고 간 건 수영이었다. 먹으라고 내놓은 걸 가져간 것뿐인데 모두가 자신을 비난하는 듯해 수영은 눈물이 날 것 같았다.

여기서 이러지 말고 새로운 게시 글부터 본격적으로 규칙을 정하는 게 어떨까요, 권하는 대댓글이 올라오기도 했으나 기하급수적으로 몰려드는 사람들에 의해 묵살되었다. 수영의 댓글 밑으로 수십 명의 사람이 조롱하는 댓글을 달았다. 그리고 몇 시간도 안 되어, 회원 중 누군가가 지금까지 수영이 달았던 댓글들을 일자별로 정리해 '우리 동네 이모저모' 게시판에 올렸다. 제목은 '나눔방 거지 구걸 목록'이었다.

새벽녘에야 효소 나눔 글은 지워졌다. 진작 지웠으면 몇 시간 동안 댓글에 시달리는 일은 없었을 텐데, 수영은 요술램프가 원망스러웠다. 일부러 흥미롭게 관망하다가 사태가 잠잠해지자 발을 뺀 것 같아 분노가 치밀었다. 그런데 수영에게 쪽지 한 통이 와 있었다.

—안녕하세요, 보물섬님. 저 요술램프입니다. 외출했다가 방금 귀가해서 카페 글을 뒤늦게 확인했어요. 상황을 파악하고 저도 당황했는데, 보물섬님은 오죽하셨을까요. 제가 빨리 정리를 해드렸어야 했는데, 자리를 비운 사이 곤란한 상황에 처하신 것 같아 죄송하다는 말씀 드리고 싶습니다. 재광초총동문회장님께 곡물 효소를 양보하기로 하시고 마무리된 건 알지만 제 마음이 편치 않아서요. 보물섬님께도 육십 포 한 박스 드리고 싶습니다. 그리고 임신 진심으로 축하드려요. 집에 석류즙이 있는데 함께 드리겠습니다. 백 프로 원액이니 건강에도 괜찮으실 거예요. (재광초총동문회장님께는 다른 날 따로 전달하기로 쪽지 드렸습니다. 염려 마세요.)

수영은 다음날 팔 차선 도로를 건너 더퍼스트로얄팰리스파크뷰1차로 갔다. 날씨가 더워 얇은 반팔 티셔츠를 입고 집을 나섰다가 일층 상가 유리문에 비친 제 모습을 보고 도로 집으로 돌아가 도톰한 후드 집업을 걸쳤다. 임신부라기에는 푹 꺼진 배가 자신이 보기에도 수상해 보였기 때문이었다. 요술램프는 늘 문 앞에 물건을 두었기에 대면할 일은 없겠지만 혹시 모르니 몸을 최대한 가려야겠다고 생각했다.

아파트 공동 현관에 도착해 십구층 벨을 눌렀으나 응답이 없었다. 벨을 한번 더 눌렀지만 묵묵부답이었다. 수영은 이러지도 저러지도 못하고 단지를 서성거렸다. 십 분 정도 지났을까. 요술램프에게서 쪽지가 왔다.

─보물섬님. 혹시 도착하셨을까요? 제가 아침에 분주하다 보니 정신이 없었네요. 지금 문 열어드릴 테니 올라오시겠어요?

─아, 네! 올라갈게요.

무슨 예감이었는지 모르겠지만 수영은 십구층으로 올라가는 엘리베이터 거울 앞에서 자신의 모습을 점검했다. 밤에 머리를 감은 뒤 말리지 않고 자는 바람에 머리가 뻗쳐 있었다. 최대한 단정해 보이기 위해 잔머리를 귀 뒤로 넘겼다. 넓은 이마, 다듬지 않아 지저분한 송충이눈썹, 생기 없는 눈빛, 눈 밑에 넓게 퍼진 주근깨. 자신이 몇 살로 보일지 궁금했다. 그리고 요술램프는 과연 몇 살일지 궁금했다. 수영은 요술램프의 게시 글 전부를 밤새 다시 살폈다. 나눔 물품 중 대다수는 식료품과 주방 용품이었고, 테스트 후 쓰지 않을 것 같아 나눔한다는 화장품과 유행이 지나 정리하려 한다는 가방은 상당히 고가의 제품이었기 때문에 그가 삼십대 후반에서 사십대 후반의 여성일 거라고 짐작했다. 만약 그를 마주하게 된다면 좋은 인상을 남기고 싶었다. 그건 거의 본능처럼 스친 생각이었다.

그런데 문 앞에 물건이 없었다. 수영은 어쩔 수 없이 초인종을 눌렀다. 십 초 정도 기다렸으나 인기척이 없었다. 한번 더 초인종을 누르자 먼 곳에서부터 발소리가 타닥타닥 가까워졌다. 그리고 벌컥 문이 열렸다.

"어……"

"제가 방금 머리를 감아서요. 잠깐만 기다려주실래요?"

"아, 기다릴게요."

"오 분, 아니 삼 분만요! 죄송해요!"

수건으로 대강 머리를 감싼 여자는 금세 다시 문을 닫고 들어갔다. 수영은 한눈에 알아봤는데 연지는 전혀 알아보지 못한 듯했다. 시간이 지난 후 정말 몰랐냐고 물어보았을 때 연지는 경황이 없어서 얼굴을 제대로 보지 못했다고 말했다. 수영은 당장 그 자리에서 벗어나야 한다는 걸 머리로는 알면서도 몸이 움직여지시 않았다. 그것은 정말 이상한 경험이었다. 효소가 그리 탐났던 것도 아닌데 그저 연지가 시킨 대로 문 앞에 얌전히 서서 기다렸다. 삼 분만 기다리라고 했던 연지는 오 분이 훌쩍 지나서야 나왔다. 연지가 문을 열고 나왔을 때 수영은 고여 있던 시간이 마침내 정상적으로 흐르는 것 같은 느낌을 받았다.

"어? 맞지?"

연지는 수영을 한참 뚫어지게 쳐다보더니 그제야 손뼉을 마주쳤다.

"수영이 아니야? 이수영, 맞지? 너 나 알아보겠어? 나, 연지."

"연지구나. 반가워."

"네가 보물섬이었어? 무슨 이런 일이 있지? 잠깐 들어와."

"아니야. 나 그냥 받기로 한 물건만 받아서 가려고."

수영은 연지의 발밑에 놓인 에코 백을 바라보며 말했다.

"그냥 이렇게 간다고? 잠깐 들어와. 점심 아직이지? 밥 먹고 가."

더 버티는 것도 우스워 수영은 어쩔 수 없이 연지의 집에 들어섰다. 현관에서 거실로 이어지는 복도가 지나치게 길어서 수영은 세상에 이런 집도 있네, 하고 순수하게 놀라워했다. 거실에 들어섰을 때, 실례되는 행동이라는 걸 알면서도 저도 모르게 집안을 훑어보게 되었다. 너무 넓어 구석구석 시선이 닿지도 않았다. 의외로 인테리어에는 크게 신경을 쓰지 않은 것 같았다. 큼직큼직한 가구―소파와 식탁―를 빼고는 드라마에서 본 장식장이나 샹들리에처럼 비싸 보이는 것은 없었다.

곳곳에 쌓인 택배 박스가 눈길을 끌 뿐이었다.

"이사온 지 얼마 안 됐어?"

"아니. 곧 이 년 돼. 집이 좀 휑하지."

연지는 수영을 식탁에 앉힌 후 얼려놓은 밥을 꺼내 전자레인지에 돌렸다. 그리고 김치와 소고기장조림, 더덕무침 등 몇 가지 반찬을 예쁜 접시에 덜어서 차려냈다. 얼떨결에 마주앉아 함께 아침 겸 점심을 먹게 된 상황이 수영은 난처하고 겸연쩍었다.

"근데 난 너 결혼했는지도 몰랐어. 하긴 노는 무리가 안 겹쳤으니까."

대학 때 같이 강의를 듣고 학식을 먹던 친구들이 두어 명 있긴 했지만 수영은 깊은 관계를 맺지 못했다. 졸업 후에 그들과는 당연하다는 듯 연락이 끊겼다.

"언제 했어? 어디서 만난 사람이야?"

"결혼…… 안 했는데."

"아. 혼인신고만 했구나. 요즘 그렇게 많이 하더라."

수영이 더 대답하지 않자 연지는 분위기를 살피며 눈치를 봤다.

"아, 내 정신 좀 봐. 밥 먹기 전에 물어봤어야 했는데. 입덧은 안 해?"

"안 해."

"겉으로는 아직 별로 티 안 나네. 참, 나한테 오메가3 영양제 있는데 그거 줄게. 좋은 거래."

연지의 시선이 배로 향하자 수영은 더욱 곤란한 기분에 휩싸였다.

"아니야. 너 먹지, 왜."

"나랑은 잘 안 맞는 것 같아. 집에 루이보스 티도 있어. 그게 노폐물 빼는 데 좋아서 임신부들 많이 마신다더라. 너 오렌지 좋아해? 오렌지도 좀 싸줄게."

수영은 연지가 원래 이렇게 살가운 애였나 의아해졌다. 밥을 먹다 말고 일어난 연지가 영양제와 보디 크림, 루이보스 티를 가지고 나와 커다란 에코 백에 차곡차곡 담았다. 수영은 연지가 그렇게 친하지도 않았던 동기에게 뭐라도 더 챙겨주려고 하는 모습이 낯설면서도 고마웠지만 그보다는 낭패스러운 마음이 훨씬 더 컸다.

"너 혼자 들고 가기 힘들 것 같은데, 혹시 남편 이쪽으로 오라고 할 수 있어? 내가 차가 있으면 데려다줄 텐데, 없어서."

임신했다는 거짓말은 도대체 왜 한 걸까. 연지를 속이려고 한 건 아닌데. 수영이 속이고자 한 건 재광초총동문회장이었다. 그때는 효소를 지키는 게 우선이어서 거짓말을 하면서도 전혀 껄끄럽지 않았다. 이제 와서 거짓이라고 말하면 연지가 자신을 뭐라고 생각할지 수영은 아찔해졌다. 어디 소문이라도 나는 날에는 어떻게 살아야 할지 막막했다. 사실 연지가 소문을 낸다고 해봤자 대학교 친구들 정도일 테고 수영은 대학 생활 내내 존재감 없이 다녔으니 별 파급력이 없을 테지만 수영은 자괴감과 스스로에 대한 한심함에 마음이 타들어갔다. 소고기장조림을 씹으면서도 아무 맛을 못 느낄 만큼.

"저기 있잖아. 음, 그게,"

"편하게 얘기해."

"나, 남편이 없는데."

에코 백을 어깨에 메고 무게를 가늠해보던 연지는 당황한 듯 가방을 내려놓았다. 그리고 수영에게 다가왔다. 연지는 곰곰이 생각하더니 조심스럽게 물었다.

"그럼 아이 아빠는?"

전부 거짓말이었어! 효소 때문이었어. 효소를 뺏기기 싫어서 어쩔 수 없이…… 하지만 수영은 왜인지 입이 떨어지지 않았고 자포자기하듯 고개를 숙였다.

"없어? 아니, 너, 혹시, 누군지 모르는 거야?"

수영이 대답을 피하자 연지는 설마 했는데 진짜였구나, 하며 난감한 표정을 짓더니 수영의 옆자리로 옮겨 앉았다. 그리고 수영의 손을 두 손으로 꼭 감싸쥐었다.

"그동안 너 많이 힘들었겠네."

그러고는 사정이 있겠지, 하더니 더이상의 설명을 요구하지 않았다.

"내가 도울 수 있는 게 있으면 도울게."

그제야 수영은 고개를 들어 연지를 자세히 살폈다. 연지는 연보랏빛이 도는 짧은 커트 머리였다. 아직 다 마르지 않아 머리끝이 촉촉했다. 대학을 졸업한 지 삼 년이 지났는데 별로 달라진 게 없는 것 같았다. 연지는 늘 머리색이 휘황찬란했다. 사 년 내내 금발이었다가 은발이었다가 봄에는 벚꽃색이었다가 애시그레이였다가 했다. 백 미터 앞에서도 연지는 구분이 됐고 그 발랄한 모습을 보며 수영은 연지 강의 들으러 가나보다, 연지 밥 먹으러 가나보다, 연지도 이 강의 듣나보다, 하고 생각했었다.

"고마워. 나 여기 몇 번 왔었는데 진짜 몰랐어?"

인터폰으로 혹시 자신을 알아보진 않았는지 수영은 궁금했다.

"몰랐지. 여러 번 왔었다니 세상 진짜 좁다. 진작 알았으면 좋았을걸."

수영은 요술램프의 작성 글을 하나하나 조회하고 왔는데 연지는 자신이 누구에게 어떤 물건을 나눠줬는지 기억도 못하는 게 기분을 오묘하게 했다. 오묘하다는 단어 외에 어떤 말로 감정을 표현할 수 있을지 알 수 없었다. 대부분의 사람이라면 이런 순간에 수치심을 느끼겠지? 같은 학교 같은 과를 다녔고 같은 해에 졸업을 했는데 둘의 처지는, 뭐 속사정까지 자세히 알지는 못하지만 경제 규모만큼은 확연히 차이 나는 게 사실이니까. 연지가 오십 회 넘게 나눔을 해온 반면 수영은 누군가의 베풂을 받아왔다. 그러지 않고서는 삶을 연명하기가 어려웠다. 하지만 이상하게도 그렇게까지 치욕스럽지는 않았다. 오히려, 잘됐다는 생각도 들었다. 어쩌면 처음으로 자신에게 도움이 되는 인맥을 만든 것일지도 몰랐다. 연지를 부러워하고 시기해봤자 그 질투심이 현재의 삶에 변화를 가져올 리 없으니, 마음 깊은 한구석에서 필사적으로 그 감정을 밀어낸 것일지도.

3

그날 이후 수영은 연지가 줄 게 있다며 부를 때마다 사양하지 않고 달려갔다. 연지의 집에 한 번 다녀오면 수영은 일주일은 거뜬히 버틸 수 있을 만큼의 식료품을 얻었다. 연지는 골드키위와 망고, 멜론과 한라봉 같은 비싸고 귀한 과일도 수영에게 나눠주었다. 연지기 튼살 크림을 선물해주며 아끼지 말고 골고루 바르라고 했을 때는 잠깐 울컥할 뻔했는데 마음을 추스르고 간신히 고맙다고 말했다. 그저 시혜적인 마음으로 자신을 돕는 건지, 가난을 감출 생각 없이 드러내는 자신을 연민하는 건지, 단도직입적으로 묻고 싶은 충동이 불쑥 고개를 든 적도 있었지만 한편으로는 그게 그렇게 중요한가 싶어 관두었다. 설사 그렇다고 해도 연지의 동정은 값싸지 않았으니까.

연지는 자기 얘기 하는 것을 그다지 즐기지 않았다. 수영이 실례가 되는 질문이 아닌지 고민하다가 물으면 아주 담백하게 대답해주었다. 부모에게 미리 재산을 물려받았다는 것, 외동딸이라는 것, 부모님은 바닷가가 있는 도시에 산다는 것(그곳이 어딘지는 말하지 않았다), 대학을 졸업한 후 무역 쪽 대기업에 입사하기 위해 무역영어와 유통관리사 자격증을 땄다는 것, 취업 스터디를 하며 바쁘게 살다가 공황장애를 겪고 잠시 모든 것을 쉬게 되었다는 것. 그 밖에 수영이 파악한 것은 연지가 꽤 심각한 쇼핑 중독이라는 것이었다.

연지의 집에는 항상 택배 박스가 가득했다. 외출을 거의 하지 않아 모든 생필품을 배달 주문하는 탓도 있지만 목적이 불분명한 소비가 대부분인 게 사실이었다. 예를 들어 연지는 요리에 필요하다는 이유로 참기름 열 병을 한 번에 구입했고, 천연 수세미를 만들어서 쓰겠다며 수세미 씨앗을 오백 립이나 산 뒤 그 씨앗을 파종하기 위한 배양토 이십 킬로그램과 화분, 모종삽과 물조리개를 샀다. 어디에서 좋다는 소리를 들었는지 차전자피 분말을 이 킬로그램이나 샀지만 입맛에 맞지 않아 카페를 통해 나눔했다. 그놈의 효소도, 올리브유도, 다 그런 식으로 사서 그런 식으로 이웃에게 나눴을 게 머릿속에 그려졌다. 연지는 종종 책을 한 박스씩이나 주문하기도 했는데 죄다 필수 도서, 권장 도서 마크가 박혀 있는 것들이었다. 노벨상 수상작, 백만 부 기념 리커버도 빠뜨리지 않았다. 책에는 도통 흥미가 없으면서 그렇게 쌓아두는 이유를 알 수 없었다. 수영은 연지 대신 그 책을 한 권 한 권 펼쳐보았다. 문제집보다야 훨씬 재미있었고 시간도 잘 갔다.

최근 들어 연지는 충동적으로 물건을 사놓고 너에게 필요할 것 같아서 샀다는 식으로 수영의 핑계를 대기 시작했다. 불필요한 물건들임에도 수영은 고맙게 받았다. 그 소비로 스트레스를 해소하는 걸까. 그게 어떤 의미든 수영이 참견할 권리는 없었다. 쌓아둔 물건 중에 한두 개를 몰래 가방 안에 넣어가도 연지는 몰랐다. 수영은 죄책감 없이 참기름과 휴지와 클렌징폼을 챙겼다.

연지는 수세미를 심을 만반의 준비를 해놓고 정작 파종은 기약 없이 미루고 있었다. 수영이 대신 두 손을 걷어붙이고 발코니 한구석에서 화분에 배양토를 붓자 그제야 연지가 슬금슬금 다가왔다. 수영이 연지를 보며 물었다.

"스무 개만 심어볼까?"

"오백 개 샀는데?"

"인터넷 찾아보니까 이게 자라면 꽤 커지던데? 일단 키워보고 더 심는 게 낫지 않아?"

연지는 수세미 씨앗을 손에 올려두고 가만히 들여다봤다.

"친환경 수세미 만드는 거 말고도 꽤 쓸모가 있더라. 몰랐는데 볶아 먹기도 하고, 튀겨 먹기도 하고, 데쳐 먹기도 하고 그런대. 다 해보자."

"오백 개 다?"

"먹다보면 금방 없어지겠지, 뭐."

연지가 푸핫, 하고 크게 웃음을 터뜨렸다.

"말도 안 돼. 이걸 언제 심어서 언제 키워서 언제 따서 껍질 벗기고 요리해."

"내가 다 하지, 뭐."

수영과 연지는 나란히 앉아 흙을 조몰락거리면서 장난을 쳤다. 아무런 근심이 없었고, 소꿉장난을 하는 것처럼 마냥 좋았다. 화분 너비에 맞춰 씨앗을 심고 흙이 흠뻑 머금을 때까지 물을 주었다. 창밖을 보니 벌써 어둑어둑했다. 더퍼스트로얄팰리스파크뷰1차 지하 주차장으로 자동차들이 꼬리에 꼬리를 물고 들어가고 있었다. 수영은 그 광경을 물끄러미 바라보았다.

연지는 흙 묻은 손을 씻고 카페에 수세미 씨앗 나눔 글을 올린 후 몇 분 뒤 드럼 세탁기 세제 나눔 글도 올렸다. 수영은 얼린 밥을 꺼내 전자레인지에 돌리고 레토르트 곰탕을 간단히 조리했다. 반찬 몇 가지를 접시에 덜어 식탁에 올리자 연지가 와서 앉았다. 단 몇 주 만에 연지의 주방까지 들어와 요리를 하고 익숙하게 마주앉아 밥을 먹게 된 일상이 수영은 믿기지가 않았다. 연지의 집은 안락하고 쾌적했다. 수영은 이곳이 마음에 들었다.

4

"생각해봤는데 말이야. 너 그냥 여기로 들어오는 건 어때?"

연지는 저녁은 피자로 하는 게 어때, 라고 묻는 것처럼 평이한 투로 물었다. 수영이 귀를 의심하며 발코니로 걸어갔을 때 연지는 수세미에 시선을 고정한 채 돌아보지 않았다. 싹이 난 후로 연지는 틈만 나면 화분 앞에 앉아 수세미를 들여다봤다. 얼핏 보면 잡초 같기도 하지만 줄기가 자라 벌써 작은 덩굴손을 내민 모습이 앙증맞았다.

"무슨 뜻이야?"

"말 그대로지 뭐. 어차피 요즘 우리 거의 같이 있으니까. 그리고……"

연지가 수영을 돌아보았다.

"너 좀 이상해."

"뭐가?"

수영은 가슴이 덜컥 내려앉았다. 연지는 물끄러미 바라보다가 수영의 배에 가만히 손을 댔다. 후드 집업을 입고 있어서 손이 배에 직접적으로 닿진 않았지만 수영은 심장박동이 빨라지는 것이 느껴졌다.

"이제 오 개월 차 아니야? 티가 하나도 안 나잖아. 너, 너무 말라서 그래."

연지가 걱정스럽다는 듯 중얼거렸다. 수영은 연지 덕분에 무위도식하면서 섭생에 대한 부담을 내려놓을 수 있었다. 그러나 순간순간 불안과 후회가 마음을 짓눌렀다. 시간을 돌릴 수만 있다면 절대로 바보 같은 거짓말을 하지 않으리라 다짐했지만 이미 너무 오래 연지를 속이고 있었다. 불안과 후회와는 별개로 수영에게는 현실적인 문제들이 닥쳐와 있었다. 월세가 밀려 제해지던 보증금마저 바닥이었다. 단기 아르바이트라도 하면 마련할 수 있겠지만 임신부는 무리하면 안 된다는 게 연지의 의견이니까…… 수영은 주저앉아 연지의 어깨에 머리를 기댔다.

"정말 그래도 되는 거야?"

"응."

"마음에 안 든다고 쫓아내고 그러지는 않을 거지?"

"뭐? 안 그래. 그냥…… 여기에서 컸으면 좋겠어, 네 아기."

연지는 다시 수세미의 자그마한 덩굴손에 집중했다. 수영은 연지의 고요하고 초연해 보이는 얼굴을 바라보며, 말할 거야, 곧이야, 내일은 꼭, 하고 마음을 다잡았다.

월세방은 기본적인 가전이 옵션이어서 수영의 짐은 거의 없었다. 연지의 집에 거의 모든 것들이 갖추어져 있었기에 수영은 선풍기와 에어프라이어를 동네 카페에 올려 나눔했다. 효소 사건 이후로 카페 활동을 하지 않아 오랜만에 접속하는 것이었다. 수영은 나눔방에 처음 게시 글을 올려보았다. 곧 댓글이 달렸다. '보물섬님 계신 곳으로 제가 가겠습니다.' 기분이 썩 괜찮았다. 나눔을 끝내자 옷을 담은 캐리어 하나, 공무원 시험 문제집 몇 권이 수영의 짐 전부였다. 수영은 빠르게 월세방을 정리하고 더퍼스트로얄팰리스파크뷰1차로 들어갔다. 캐리어를 끌고 팔 차선 도로를 지나며 수영은 자신이 뻔뻔하고 모질어졌다는 느낌을 받았다.

수영과 연지는 서로의 미래 계획에 대해 묻지 않았다. 두 사람 다 어느 정도 대책 없이 지냈으므로 무슨 말에 고통을 느낄지 알고 있었다. 같이 있으면 안심이 되었다. 수영은 연지가 뭘 하든 훼방을 놓지 않았고 연지는 수영이 뭘 하든 다그치지 않았다. 수영으로서는 빌붙어 살면서 미래를 대비하지 않는 자신을 연지가 비난하지 않고 한심해하지도 않는 것이 마냥 고마웠다. 시간이 지날수록 수영은 자신도 연지의 외로움을 달래주는 존재로서 충분히 기능하고 있으므로 서로가 서로를 보완하고 있는 것이 분명하다는 생각에 도달했다. 그렇게 생각하니 신세를 지고 있다는 부채감을 좀 덜 수 있었다.

"저 방 치우고 아기방으로 꾸밀까."

수영이 낮잠을 자고 일어나니 연지가 기다렸다는 듯 물어왔다. 연지가 아무리 자주 나눔을 한다 해도 쇼핑을 하는 속도를 따라잡을 수는 없었다. 빈방에는 택배 박스가 산더미처럼 쌓여 있었다. 연지는 그 방을 정리해 아기방으로 꾸미자는 것이었다. 수영은 사실 조금 놀랐지만 겉으로는 티내지 않았다.

"가끔 나보다 네가 더 아기를 기다리는 것 같아."

수영의 말에 연지가 피식 웃었다.

"그러는 너는 왜 그러는데? 기대가 별로 없어 보여. 아니면 일부러 티내지 않는 건가? 두려워서?"

수영은 직감적으로, 잘못을 고백할 마지막 기회가 있다면 바로 지금이라는 것을 알았다. 물론 이미 많이 늦었지만 지금이야말로 마지노선이라고, 양심이 속삭였다.

"넌 좋은 엄마가 될 거야. 좋은 이모도 있으니 안심해도 돼."

그 말에 수영은 또다시 입을 다물고 말았다.

그날 후 연지의 쇼핑 목록은 아기방을 꾸밀 물건들로 편중

되었다. 처치 곤란인 물건들은 빠르게 나눔해서 없애기로 했다. 연지가 열 개 넘는 품목을 카페에 올리니 관심이 쏟아졌다. 하루종일 초인종 누르는 소리가 거의 한 시간 간격으로 이어졌는데, 문득 수영은 연지의 독특한 버릇을 발견했다. 연지는 인터폰에 시선을 고정하고 있었다. 나눔을 받으러 온 이웃이 문 앞에 다가오는 모습과 물건을 확인하는 모습, 물건을 챙겨 엘리베이터로 돌아가는 모습을 물끄러미 지켜보았다. 연지와 함께 생활하며 그가 무언가에 꽂히면 넋을 놓고 바라볼 때가 있다는 걸 알게 됐지만 수영은 연지가 그 정도로 집중하는 모습은 처음 보았다. 나눔받는 사람을 관찰하는 것, 그게 넋을 놓을 만큼 흥미로운 일인가. 수영은 그 행위가 연지에게 정신적인 포만감을 주는 것처럼 느껴졌다.

방에 있던 나머지 물건들은 발코니와 다용도실로 적절히 분배해 옮겼다. 연지는 깨끗해진 방에 노란색 커튼과 모빌을 달았다.

수영은 모빌을 손으로 툭 쳤다. 반짝거리는 노란 꿀벌과 나비, 꽃 들이 빙그르르 돌았다. 수영은 거울에 몸을 비춰보았다. 몸피가 드러나지 않도록 집에서두 헐렁한 옷만 입고 있기는 했지만 연지가 심각하게 눈치가 없는 게 아닌가, 하고 생각했다. 주방으로 가니 연지는 처음 수확한 수세미로 수세미전을 부치고 된장찌개를 끓이고 있었다.

현관 앞에는 연지가 근래에 산 물건들이 수십 박스나 쌓여 있었다. 안으로 들여놓을 시간이 모자랄 정도로 택배가 밀려 들어오는 것 같았다. 왜인지 모르겠지만 더욱 고삐가 풀린 것처럼 연지는 사치하고 있었다.

"어서 와서 먹어."

"응."

"집이 박스로 가득차겠어, 그치? 좀 치워야겠다."

박스를 힐긋거리는 수영을 보고 연지가 조금 멋쩍게 말했다.

"난 상관없어. 네 집이잖아. 아직도 이렇게나 넓고."

수영이 얼른 말했고, 그제야 연지는 표정이 풀렸다.

"있잖아. 나는 뭔가 탕진하고 싶은 것 같아. 돈이든, 시간이든, 마음이든 말이야. 빨리빨리 쓰고 싶어. 나에게 주어진 걸 다 소진하고 나면 뭔가 달라지지 않을까, 이 지루함도 끝나지 않을까, 그런 마음이 들어."

연지가 이런 속내를 이야기한 것은 처음이었다. 수영은 마음이 초조해졌다. 연지가 마음을 쏟을 대상을 벌써 정했으면 어쩌지. 그게 아기라면 어떡하지. 연지가 수영의 뱃속에 있다고 철석같이 믿고 있는 그 아기. 수영은 정말 두려워졌다. 거짓말의 무게에 짓눌려 압사당할 것만 같은 날이었다.

*

　수영은 거실에서 공무원 시험 문제집을 오랜만에 보고 있었다. 예전에 풀었던 문제가 맞나 싶을 정도로 가물가물했고 치열하게 살았던 시간이 전생의 기억처럼 아득하게 느껴졌다. 몸이 무겁고 가슴이 답답했다. 진짜 임신부라도 된 것처럼 몸이 늘어졌다. 거실 소파에서 깜빡 졸다 일어나 방으로 들어가려 했을 때, 수세미를 다듬고 있던 연지가 다급하게 수영을 불러 세웠다.

　"수영아! 너!"

　"왜 그래?"

　연지의 얼굴이 새하얗게 질려 있어서 수영은 덩달아 오싹해졌다.

　"가만히 앉아 있어. 119 부를게. 당황하지 마. 괜찮을 거야. 너도, 아기도 괜찮을 거야. 걱정하지 마."

　연지는 주문을 걸듯 괜찮을 거야, 하고 연신 중얼거리며 휴대폰을 들었다. 번호를 누르는 손이 덜덜 떨렸다. 무슨 일인데, 말을 해줘야 알지, 소리치는 순간 수영은 자신에게 무슨 일이 일어났는지 깨달았다. 자신이 자다 일어난 소파에 생리혈이 묻어 있던 것이었다. 그제야 바지를 확인하니 아랫부분이 젖어 있었다.

"빨리 와주셔야 될 것 같아요. 임신부가 하혈을……"

수영은 연지의 휴대폰을 뺏어 침착하게 말했다.

"아니요. 괜찮아요. 안 오셔도 됩니다. 착각한 거예요. 네. 정말 안 오셔도 돼요."

전화를 끊고 수영이 연지의 손을 잡아끌자 연지는 혼란스러운 표정으로 끌려왔다. 수영은 연지를 소파에 앉히고 가죽에 묻은 피를 물티슈로 닦았다. 새빨간 피가 묻어나오자 연지는 아연실색했다.

"이거 생리혈이야."

수영의 말에 연지는 영문을 알 수 없다는 듯 어수룩한 표정을 짓더니 곰곰이 생각에 잠겼다. 사실을 알게 되었을 때 연지를 덮칠 절대적인 감정은 무엇일까. 수영은 상상해본 적이 있었다. 황당함일지, 기만당했다는 좌절감일지, 무력감일지. 제각기 다른 온도로 분노를 표출하는 연지를 상상하며 어떻게 사죄할지 준비해왔지만 막상 사실이 밝혀지니 수영은 머릿속이 텅 비어버렸다. 연지 또한 마찬가지인 듯했다. 지독히 차분한 연지의 반응에 수영은 더욱 두려워졌다. 아랫배에 통증이 퍼져나가며 다리가 후들후들 떨려왔고 제대로 서 있기도 힘들 지경이었다.

"거짓말이었어?"

"응."

"처음부터?"

"응."

"그래서 배가 안 나왔던 거구나."

"미안해."

"일단 씻고 옷부터 갈아입어."

수영은 연지의 말대로 했다. 씻고 옷을 갈아입고 나오니 연지가 아까 자세 그대로 소파에 앉아 있었다. 수영은 거실 한가운데 무릎을 꿇고 앉았다. 연지는 높낮이 없는 목소리로 수영에게 물었다.

"왜 그런 거짓말을 했던 거야?"

"지금 와서 설명해봤자 너는 이해 못할 거야. 그냥 그때, 잠깐 내가 미쳤었나봐."

"아니야. 설명해봐, 한번."

한참 머뭇거리다가 결국 수영은 연지가 하라는 대로 설명이라는 것을 했다. 거슬러올라가니 그동안 잊고 있던 효소가 나왔다. 결국 다 먹지도 못하고 버린 곡물 효소. 그리고 재광초 총동문회장. 카페에서 나눔 거지로 통하던 자신. 궁핍한 생활을 하게 된 계기. 그리고 연지를 만난 후 달라진 생활. 시간이 가면 갈수록 고백하기가 더욱 어려워졌다는 얘기.

"그러면 적어도 아기방을 만들기 전에는 말해줬어야지. 언제까지 속이려고 했니?"

사실이 밝혀진 후 생각해보니 수영은 어제의 자신조차 이해가 되지 않았다. 그러게나 말이야. 어쩌려고 그랬을까. 어쩌려고 연지가 모빌을 고를 때 곰돌이보다는 꿀벌이 예쁘다고 했을까. 어쩌려고 아기 침대를 같이 고르고, 어쩌려고 연지가 의자에 올라가 커튼을 달 때 아래에서 나사를 하나하나 건네주었을까. 주문 제작한 아기 침대는 다음주에 올 것이었다.

"나가줘. 가능하면 이번주 내로."

"지금 나갈게. 어차피 짐도 별로 없으니까."

"그래."

연지는 무표정한 얼굴로 수영을 잠시 응시하더니 방으로 들어가 수영이 집을 나설 때까지 나오지 않았다.

5

수영은 아버지에게 사정을 말하고 삼 개월 치 고시원비를 받았다. 오전 베이커리 아르바이트를 구해 일을 하면서 다시 공무원 시험 준비를 했다. 쉬었다가 오랜만에 공부를 해서 그런지 열의가 불타올랐고 금방이라도 시험에 합격할 수 있을 것 같았다. 시간 관리만 잘하면 못할 것도 없겠다는 생각이 들었다.

그렇게 이 년을 도전하면서 9급 국가직 시험 두 번, 7급 시험 두 번을 쳐 총 네 번 시험에 낙방한 후 시험을 포기했다. 아버지는 고향으로 내려오라고 했지만 수영은 가지 않았다. 대신 수영은 독서지도사 자격증을 따 방과후 교실에서 아이들을 가르치기 시작했다. 고등학생 때도, 대학생 때도 독서를 즐기지 않았던 터라 자격증을 취득하기 전까지도 확신이 없었다. 그러나 일을 성실히 하자 수영을 좋게 보는 사람들이 조금씩 생겨났고 지역 문화센터와 도서관에서도 일을 할 수 있게 되었다.

그리고, 그사이, 수영은 연지를 종종 찾아갔다. 처음에 연지는 문도 열어주지 않고 냉대했지만 시간이 지나자 조금씩 마음을 여는 것 같았다.

하지만 무언가 달랐다. 뭔가 달라졌는데, 그게 뭔지는 정확하게 알 수 없어서 답답했다. 솔직히 말하면, 수영은 연지에게 잘 사는 모습을 보여주고 싶어서 안달이 나 있었다. 과시욕은 아니었다. 그저 건실하게 사는 모습을 연지가 봤으면 했다. 자신의 질 나쁜 거짓말을 오랜 시간 후회했고 심하게 자책했다. 변명할 여지가 없있다. 왜 히필, 삶에서 가장 건강하지 않았던 시기에 연지를 만난 걸까. 그건 내가 아니었어. 그렇게 의뭉스러운 건 본래의 내 모습이 아니야. 연지에게 번듯한 모습을 보여주겠다는 목표가 있어 포기하지 않을 수 있었다고 수영은 속으로 생각했다.

약속 시간으로부터 삼십 분이 지난 후, 연지가 카페 문을 열고 들어왔다. 두리번거리는 연지 쪽으로 수영은 벌떡 일어나 달려갔다. 연지가 수영을 보며 활짝 웃었다.

"주차장을 못 찾아서 이 근처 빙빙 돌았어. 저기 시청 주차장에 대놓고 걸어왔어. 이 동네는 다 좋은데 주차가 진짜 문제야."

"괜찮아. 뭐 마실래?"

"내가 사야지. 너 케이크 좋아하잖아. 골라봐. 여기 직접 만들어."

수영은 바스크 치즈케이크를 골랐다. 자리에 놓인 빈 컵들을 보고 연지는 깜짝 놀라며 언제 도착했느냐고 물었다.

"오픈 시간 맞춰서."

"그럼 두 시간 넘게 기다린 거네. 왜 그랬어."

"헤맬까봐 일찍 나왔어. 책 읽고, 수업 준비하고. 구경도 하고, 좋았어."

두 사람은 밀린 이야기를 몰아서 했다. 수영은 내년부터 대안학교 교사로 일하게 됐다는 소식을 전했다. 사실 아직 제안만 받은 상황이었지만 확정이 된 것처럼 말했다. 대안학교 교사는 이 년 단위로 계약을 하게 되고, 수업 일수도 보장되어서 상황이 훨씬 나아지리라는 기대가 있었고 연지에게도 자랑하고 싶었다. 연지는 정말 잘됐다, 하고 자기 일처럼 기뻐해주었다. 그사이 결혼을 해 아이도 낳고 운전도 시작한 연지는 준희가 반 아이들 중에서 언어 구사 능력이 가장 좋다는 이야기, 영재 테스트를 해보라는 권유를 여러 차례 받았지만 자신은 아이가 평범한 삶을 누리길 바랄 따름이라는 이야기, 남편이 승진했다는 이야기를 전했다.

"너무 잘됐네. 축하 파티 해야 되는 거 아니야?"

"파티는 무슨."

수영은 이참에 연지의 결혼식 이후로 한 번도 보지 못한 남편과도 인사를 나누고, 준희도 만나고 싶었다. 그러나 연지는 대수롭지 않게 웃어넘겼다. 조금 가까워졌다고 느끼면 연지 쪽에서 그만큼 의식적으로 거리를 벌리는 것 같았다. 수영은 그게 착각이 아니라고 생각했다.

"연지야, 내가……"

"아, 잠깐만. 어린이집에서 전화 왔어. 미안."

자리에서 받아도 될 것 같은데 연지는 굳이 밖으로 나가서 통화를 했다. 한참 심각한 표정으로 대화를 주고받더니 굳은 표정으로 돌아왔다.

"여기까지 왔는데 미안해. 준희가 미열이 있다고 선생님한테 전화가 와서 가봐야 할 것 같아. 아침부터 컨디션이 안 좋긴 했어. 다음에 진짜 내가 맛있는 밥 살게."

"난 괜찮으니까 어서 가봐."

"너는 딱 지금처럼 살아. 애 낳을 생각 하지 말고."

수영은 말없이 웃었다.

"선물 고마워. 집 가서 풀어볼게."

"응. 별거 아니니까 너무 기대는 하지 말고!"

연지는 수영이 건넨 쇼핑백을 받아들고 서둘러서 카페를 벗어났다. 별거 아니라는 말은 왜 덧붙였지. 충분히 별건데. 너를 위해 준비한 거라고 말했어야 했는데. 수영은 한숨을 내쉬며 후회했다.

카페 유리창을 통해 멀어지는 연지의 뒷모습을 보았다. 서둘러 일어난 것치고 발걸음이 느릿했다. 바람이 불자 낙엽이 우수수 떨어졌다. 그 순간 연지가 들고 있던 쇼핑백에서 선물 상자가 떨어졌다. 젖은 바닥이 찢긴 모양이었다. 연지는 떨어진 상자를 보고 어쩔 줄 몰라했다. 그럴 리 없는데도, 유리 깨지는 날카로운 소리가 환청처럼 수영의 귓가에 울린 듯했다.

수영은 문득, 자신이 훼손한 것이 정확히 무엇일까 궁금해졌다.

수영은 가만히 연지를 보았다. 접시가 그리 쉽게 깨질 리는 없었다. 포장을 그렇게 대충 하지는 않았을 것이었다. 연지는 쪼그려앉아서 상자를 내려다보다가 몸을 일으키더니 선물 상

232

자를 그대로 두고 다시 가던 방향으로 걸어갔다. 사람들이 지나다니는 인도 한복판에 떨어진 그 상자는 한참 동안이나 그렇게 우두커니 놓여 있었다.

사
망
권
세

이
기
셨
네

2

0

세주는 반년 만에 다시 나타났다. 그애가 신용카드를 훔쳐 달아난 후 내가 분실신고를 하기까지는 반나절밖에 걸리지 않았지만 그사이에 세주는 삼백칠십만원을 사용했다. 그 돈을 지금까지 분할로 갚고 있는 내게 이번에는 현금 오백만원을 빌려달라 찾아온 것이었다. 세주는 오만원권이 아닌 만원권으로 준비해달라고 문자를 보냈고, 나는 퇴근하는 길에 ATM이 있는 편의점에 들러 백만원을 인출했다. 세주는 현관 앞 화분 밑에 있던 열쇠를 용케 찾아내 나보다 먼저 집에 들어와 있었다.

"지금 당장 가능한 건 이 정도야. 더이상은 나도 힘들어. 미안해."

내 눈앞에서 돈을 세어본 세주는 피식 웃더니 서늘하게 뇌까렸다.

"이럴 줄 알았어. 너는 항상 말로 때우려 하지."

미안하다는 얘기 말고 너에게 무슨 말을 할 수 있겠니, 그렇게 하나 마나 한 말을 건넨 후에 처분을 기다리겠다는 듯 눈을 내리깔았다. 세주는 내 얼굴에 돈을 던지며 악을 썼다. 미안하지도 않으면서 미안해하는 척하지 마. 정말 미안하면 네가 나한테 이러면 안 되지. 무책임한 건 네 엄마를 닮은 거지? 네가 멀쩡하게 사는 건 다 내가 봐줘서야. 세주는 그렇게 신랄하게 나를 모욕하다가 어느 순간 퓨즈가 나간 것처럼 잠잠해졌다. 감정의 낙차가 너무 큰 세주의 모습이 당혹스러울 때가 많았지만 이번에도 동요해서는 안 된다고 되뇌었다. 최대한 몸을 웅크린 채 표정을 일관되게 유지하는 게 최선이라는 걸 나는 알고 있었다.

잠시 혼자서 눈을 감고 호흡을 고르던 세주는 곧 이성을 되찾았는지 침착한 목소리로 묻지도 않은 근황을 얘기했다. 돈은 한 장 한 장 다시 주워 담아 가방에 잘 챙겨넣은 뒤였다. 오늘 알코올중독 집중치료센터에서 퇴원했다고.

"사실 강제 퇴소 당한 거지. 내가 샴푸 통에 몰래 술을 넣어

갔거든. 정말 필요할 때 한 모금 마시려고. 안 들킬 수 있었는데…… 거기까지 검사할 줄이야. 이번에는 정말 잘해보기로 아빠랑 약속했는데 실망이 컸나봐. 내 전화를 안 받아. 이제 아빠도 포기한 거겠지, 나를."

나는 세주가 오늘도 술을 마시고 온 게 아닌지 의심했다. 언젠가부터 세주는 취했을 때보다 취하지 않았을 때 더 횡설수설했다. 오늘 세주는 발음도 또렷한 편이었고 나를 마주보는 눈빛도 멍하지 않았다.

"아빠 입장도 이해돼. 아빠는 인내심이 강한 사람이었어. 그때 그 꼴을 보고도 나랑 엄마를 놓지 않으려고 최선을 다했었으니까. 너희 엄마랑 너만 아니었어도 우리 가족이 이렇게 되지는 않았겠지."

삶에 위독한 순간이 찾아올 때마다 그 근원을 나와 내 어머니로 지목하는 세주의 주장은 받아들이기 어려웠다. 그러나 내가 작정하고 조목조목 반박한다면 어떻게 될까. 세주의 화를 돋울수록 분노는 강도가 세지고 힐난의 시간만 길어질 뿐이었다. 세주는 무엇이 저렇게 서럽고 사무치는 걸까. 잠자코 귀를 기울이려 해봤지만 시간이 흐를수록 나는 집중력이 약해졌다.

머릿속으로는 오늘 저녁으로 뭘 먹으면 좋을지 생각하다가 이미 시간이 늦었으니 차라리 굶고 아침을 맛있게 먹는 게 낫겠다는 판단을 내렸다. 냉동시켜놓은 바지락과 고등어를 냉장실로 옮겨놔야겠다는 생각, 무와 당근 등 채소들이 무르기 전에 얼른 먹어치워야겠다는 생각으로 마음이 분주해졌다. 나는 바지락된장국의 구수한 냄새를 떠올리면서도 어깨를 떨며 낮게 흐느끼는 연기를 할 수 있었다. 내가 약간이라도 배우 일에 흥미가 있었다면 어땠을까. 꽤나 주목을 받았을지도. 하지만 세주는 절대로 내가 많은 사람에게 주목받는 삶을 살도록 내버려두지 않았을 거라는 생각이 들었다.

오늘 하루치의 화를 모두 쏟아냈는지 세주가 소파에 벌러덩 드러누웠다. 나는 배가 고프다고 투정을 부리는 세주를 위해 가스레인지에 물을 올리고 숙주를 많이 넣어 라면을 끓였다. 세주는 아무 일 없었다는 듯 텔레비전을 틀어 요즘 인기 있다는 드라마를 보기 시작했다.

"나 자고 간다."

밤 열한시. 나는 보통 열시에 자고 다섯시에 일어나 출근 준비를 했다. 공장은 지하철을 두 번 갈아타며 한 시간 반을 가야 하는 거리에 있었다. 나의 내일을 엉망으로 만들겠다는 심보가 보였지만 선선히 그러라고 말했다. 이번에는 며칠이나 머물며 내 공간을 얼마나 난장판으로 만들지 짐작해보았다. 라면을 그릇에 담아 내간 뒤, 새 속옷과 편한 옷을 꺼내 그애 옆에 두었다.

욕실에 들어가 이를 닦았다. 거울에 비친 내 얼굴에는 지친 기색이 역력했다. 집을 얻었을 때부터 화장실 거울 모서리가 깨져 있었다. 거울을 바꿔달라고 집주인에게 말했지만 모서리만 살짝 금간 것뿐이니 그냥 쓰라는 대답을 들었다. 얼굴을 비춰보는 데에는 분명 문제가 없었지만 나는 모서리가 금간 거울이 무척 거슬렀다. 매번 미세하게 일그러진 얼굴이 내게 알려주는 듯했다. 이미 망가진 지 오래이니 애쓸 필요 없다고.

거실에서 세주의 웃음소리가 들려왔다. 텔레비전 소리도 크게 올려놔 집안이 시끌벅적했다.

"최미리. 빨리 씻어. 빨리 씻고 나와서 나랑 같이 드라마 봐."

나는 얼른 칫솔질을 끝내고 세수를 했다. 거울 속 나를 다시 점검했다. 사흘 연속으로 초과근무를 한 터라 눈에 핏발이 서 있었다. 이만하면 충분히 초췌한 거 아닌가. 세주와 함께 있을 때 나는 명랑해지지 않으려 노력했다. 하지만 세주는 자꾸만 내게 여유가 넘쳐 보인다고 했고, 여전히 팔자가 좋아 보인다고 말하곤 했다.

내 일상이 순조로우면 깊은 내상을 입는 세주를 위해 나는 억지로 좋지 않은 기억을 떠올려봤다. 좋지 않은 기억들, 그런 것을 불러내는 건 어렵지 않았다. 구차하고 거북하고 겸연쩍은 기억들은 얼마든지 있으니까. 기억을 더듬어보면 그곳엔 어김없이 세주도 함께 있었다. 나는 거실로 나가 세주 옆자리에 앉았다. 입으로는 웃고 있지만 드라마를 보는 세주의 눈에는 흥미라곤 없었다. 어쩐지 주눅든 표정. 세주가 저런 얼굴을 할 때 나는 내가 알던 세주가 맞긴 맞는 모양이라고 생각한다.

세주가 열 번, 스무 번도 넘게 나를 추궁하며 반복해서 물었던 질문은 정말 단 한순간도 우리가 몸담고 있던 종교가 이상하다는 것을 눈치챈 적이 없느냐는 것이었다.

"솔직히 말해. 넌 알고 있었지? 진리가 아니라는 것 말이야."

1

세주 어머니의 직분은 경기 남부 지역 제1구역의 장으로 통칭 1원장으로 불렸다. 경기 남부는 총 다섯 개의 권역으로 나뉘었는데 세주 어머니는 안산, 군포, 안양이 포함되는 1구역의 신도들을 관리했다. 입교한 지 삼 년 만에 구역장이 되었다는 점과 한때 배우로 활동했다는 점 때문에 그녀는 한동안 신도들의 주목을 받았다. 1원장은 공식적으로 제1구역 지성전의 원장으로 재직하고 있었지만 경기 남부 사도의 비서이기도 했다. 사도는 신의 대리인이었으므로 그들을 지근거리에서 보필하는 것은 그 자체로 큰 영광이었다.

1원장은 편식이 심한 나를 위해 아침마다 다양한 요리를 선보였다. 탕수육 맛이 나는 가지와 닭강정 맛이 나는 새송이버섯, 타코야키 맛이 나는 감자볼을 먹으며 나는 먹는 즐거움을 알아갔다. 어머니가 식사를 끝내면 1원장은 내 어머니의 생신 기념으로 자신이 선물했던 다구를 조용히 식탁으로 가져왔다. 다관에서 우려낸 녹차를 숙우에 붓고 한 김 식힌 후, 작은 잔에 부어 기미를 하듯 한 모금 먼저 맛보았다. 그리고 잘 우러난 차를 찻자에 따랐다. 귀해 보이는 옥색 찻잔을 차탁에 얹어 조심스레 어머니에게 건넸다. 그 모습이 너무나 정갈하고 정성스러워 나는 1원장의 다도를 구경하는 걸 좋아했다. 나중에 알게 된 사실이지만, 배우로 활동할 때 1원장은 한복을 차려입는 전통 사극의 영의정 댁 첩실이나 기방에서 일하는 기생 역할을 자주 맡았다. 어머니는 녹차를 후룩후룩 마시며 1원장의 스케줄 브리핑을 들었다.

1원장은 한 해 동안 혼자서 무려 서른두 명을 전도해 교인 등록까지 시킨 공로를 인정받아 이례적으로 빠른 승급을 이루었다. 지성전의 원장으로 임명된 후에도 그녀는 어머니의 아침 식사만큼은 반드시 손수 챙겼다. 혹시라도 그 역할을 다른 이에게 뺏기기라도 할까 염려하는 것처럼 늘 한발 앞서 어머니의 필요를 채우려 노력했다. 어머니에게 보이는 충성심과는 결이 달랐지만 그녀는 나와 아버지에게도 꽤나 정성을 쏟았다.

내 어머니는 재림역전교 총재 강필성의 수족이었다. 역전교는 교주가 예수 다음으로 강림한 선지자라고 주장하는 종교 중 1960년대에 크게 번영을 누린 '천주장막'에서 파생되었으나 강필성 스스로가 진짜 재림 메시아라고 주장한다는 점에서 분파가 아닌 개별적인 사이비로 평가되었다. 강필성은 천주장막에서 흡수한 교리와 자신이 직통 계시를 받았다고 주장하는 교리로 『천국강론』이라는 새로운 경전을 만들어냈다. 그리고 성경의 구약과 신약을 임의로 편집한 후 『요한계시록』 뒤에 자신이 쓴 『빛의 약속』 1권에서 5권까지를 추가해 수찬했다.

총재는 전국을 열두 지역으로 나누어 열두 사도를 파견했는데 다스리는 지역을 정하면서 차등을 두었다. 기여도와 충성도를 따져 인구수가 많은 지역을 가까운 수족에게 먼저 분배한 것이었다. 어머니는 열여덟에 우연히 거리에서 강필성의 설교를 듣고 다음날 학교를 자퇴했다는 간증을 경배 때마다 반복해 말했다. 그렇게 어머니는 강남과 강북 다음 세번째로 큰 권역인 경기 남부를 다스렸는데 열두 사도 중에서 가장 젊은 것은 물론 사도 중 유일한 여성이었기 때문에 막달라 마리아라는 별칭이 붙었다. 2000년대 초반은 재림역전교의 교세가 크게 확장되던 시기였고 위세가 정점에 이르렀을 때는 십일조를 꼬박꼬박 내는 신도가 전국에서 십만 명에 가까웠다. 어머니는 그 십만 명 중 오분의 일을 맡는 권세 있는 사도였다.

역전교는 헌신도와 기여도(가장 중요하게 작용하는 것은 봉헌한 금액이었다)에 따라 전체 신도를 5등급으로 나누었다. 경배를 드릴 때(개신교에서는 예배, 천주교에서는 미사라고 부르는 그것) 착석하는 자리까지 지정할 정도로 등급별로 대우가 달랐다. 새로 입교한 이들은 자동적으로 1분위에 속했는데 그들은 성전 입구에서 기립한 채로 경배에 참여해야 했다. 모두가 등급을 올리기 위해 무리해서 봉헌했고, 직장과 학교를 그만두면서까지 포교에 몰두했다.

나는 사도의 딸이었기 때문에 제5분위 시민권자라는 지위를 얻은 채로 태어나 자랐으며 파문당하기 전까지 단 한 번도 성전의 첫번째 줄에서 밀려난 적이 없었다. 첫번째 줄에는 나와 우리 가족을 제외하면 모두 육십대 이상의 장로들과 권사들이 앉아 있었다. 그들은 역전교가 창시될 때부터 함께해온 개국공신들이거나 이십 년 이상 역전교를 지켜온 이들이었다. 두번째 줄에는 장로, 권사들의 친족들이 앉을 수 있었다. 여기까지가 5분위였고 세번째 줄은 4분위였다. 전 재산을 역전교에 봉헌하고 일 년 삼백육십오 일 포교만을 위해 살기로 맹약한 이른바 '전도 천사'들이 이곳에 앉을 수 있었다. 이들은 불교에서 세인이 속세의 인연을 모두 끊고 출가하듯이 가족과 친구들과의 인연을 끊어내야 했다. 맹약한 다음날부터 지정된 기숙사에서 단체생활을 해야 했으며 전국으로 포교 활동을 나갔다. 그다음 줄은 3분위였는데 구역장과 집사들이 이곳에 속했다. 사실상 일반 신도들이 올라갈 수 있는 가장 높은 곳은 3분위라고 보아야 했다.

5분위로 살 때 뭐가 가장 좋았어. 세주가 내게 질문한 적 있었다. 나는 모두가 나를 우러러 보는 게 좋았다고 대답했으나 사실 이렇게 말하고 싶었다. 겁날 게 없었지. 내게 보장된 미래. 보장된 천국. 보장된 사랑. 불안이라는 게 뭔지 모르던 시절이었지. 모두가 내게 호의적이었기에 풍요를 원 없이 누리며 자랄 수 있었어. 그때의 나는 쉽게 좌절하지도 사소한 일로 고통을 느끼지도 않았다.

나는 세주의 어머니가 내 어머니의 어깨와 다리를 주무르고 내가 먹은 밥상을 치우고 설거지를 하고 체험학습 때 내 도시락을 싸고 우리집 변기를 뚫고 내 교복을 다리는 모습을 당연하다 여기며 자랐다.

내가 초등학교 4학년 때 펫 숍에서 작은 강아지를 보고 한눈에 반해 어머니에게 생일 선물로 강아지를 주면 안 되냐고 물었을 때 어머니는 집에서 개를 키우면 개털이 날리고 시끄러우니 절대로 안 된다고 말했다. 상심해 저녁을 먹지 않는 내가 안쓰러웠던지, 1원장은 어머니를 설득해 펫 숍에서 내가 점찍은 개를 데리고 왔다.

강아지의 이름은 돌돌이였다. 아무데나 발라당 드러누워 복슬복슬한 하얀 털로 바닥 청소를 한다고 지어준 이름이었다. 약 두 달이 지나자 강아지는 몸집이 커졌고 힘도 좋아졌다. 산책을 나가고 싶으면 문을 긁으며 깽깽 짖었다. 어머니가 개 짖는 소리에 잠을 설친다며 개를 다른 사람에게 주겠다고 통보했다. 내가 드러누워 데굴데굴 구르니 1원장이 자기집에 데려가서 키우겠다고 나를 달랬다.

"니리가 강아지 보고 싶을 때 말하면, 언제든 원장 아줌마가 강아지를 데려올 거야."

1원장은 약속을 지켰다. 내가 돌돌이를 보고 싶다고 할 때마다 개를 차에 태워와 마당에 내려놓고 강아지와 함께 놀 수 있도록 배려해주었다. 자질구레한 우리 가정의 일들을 처리하기도 벅찬 그녀에게 가족이 있을 거라는 걸 나는 세주를 만나기 전까진 상상하지 못했다.

1원장의 딸인 세주와 만난 건 총재의 칠순 잔치를 앞두고서였다. 강필성의 칠순을 맞아 역전교에서는 유례없이 큰 규모의 탄일 축전을 준비했다. 잠실 주경기장을 빌려 전국의 신도들을 한자리에 집결시키는 것이 목표였다. 수도권 지역에 있는 만여 명의 청년들이 동원되어 카드섹션과 무술 시범, 군무, 사물놀이 등을 준비했다. 그리고 나는 비슷한 또래 여자아이들 열두 명과 함께 합창을 하게 되었다.

중학교 1, 2학년으로 구성된 우리는 학교를 마치고 성전에 모여서 세 달 내내 〈기쁘다 재림 예수 나의 왕 필성주〉를 연습했다. 우리가 뽑힌 기준이 초경을 하기 전의 여자아이들이라는 건 나중에 알게 되었다.

그전까지 세주는 경기 남부 본성전이 아닌 1구역 지성전에서 경배에 참여했기에 우리가 만날 일은 없었다. 1원장은 나와 같은 팀이 된 세주를 소개시켜주며, 자신의 딸이 아직 믿음이 부족하니 많이 가르쳐달라는 식으로 내게 부탁을 하고 갔다. 세주는 뼈대가 가늘고 마른데다 나보다 키가 한 뼘 정도 작아 동생처럼 느껴졌다. 그애의 쭈뼛거리는 태도나 모깃소리처럼 작은 목소리 역시 그애를 한껏 작아 보이게 만들었다. 성전에 모인 아이들은 나를 빼면 거의 구역장이나 장로 혹은 권사의 딸, 손녀들이었다. 사도의 딸은 나뿐이었기에 자연스럽게 나를 중심으로 모든 연습이 진행되었다. 고운 색동 한복을 입은 나를 둘러싸고 흰색 한복을 입은 나머지 아이들이 부채춤을 추며 〈기쁘다 재림 예수 나의 왕 필성주〉를 불렀다. 우리는 아이돌처럼 헤드셋 마이크를 차고 라이브로 노래를 부르며 동선이 복잡한 안무를 소화해야 했기에 매일 비지땀을 흘리며 연습에 매진했다.

고된 일정을 소화하면서도 누구 하나 불평하지 않았다. 십만 신도들 앞에서 총재의 탄일을 축하드릴 수 있는 기회를 얻은 것에 우리는 진심으로 감격했다. 하지만 세주는 찬양을 올리는 목소리가 작고 행동이 굼떠서 지적을 자주 받았다. 탄일 축전 총감독은 세주의 노래에서는 감정이 느껴지지 않고 열정도 없다고, 개선이 안 되면 교체할 수밖에 없다고 심하게 닦아세우곤 했다. 마음에 감동이 부족한 것 같으니 새벽에 일어나 히니님께 회개하고 기도를 올리라는 총감독의 말에 세주는 발개진 얼굴로 "죄송합니다"만 연발했다.

1원장이 내게 세주를 부탁한 이상 그대로 두고 볼 수만은 없었다. 쉬는 시간, 벽에 기댄 채 호흡을 고르는 세주에게 나는 말을 걸었다.

"많이 힘들어?"

세주는 낯을 가리는지 나를 보지도 않고 더듬더듬 말했다.

"그냥, 조금. 나는 이런 게 처음이거든. 그래서 너무 어렵고, 따라가기 힘든 것 같아."

나는 상냥하게 웃으며 그애를 달래는 투로 말했다.

"그래도 하고 싶어서 온 거잖아. 맞지? 우리 모두 선택된 자들이니 얼마나 감사해."

세주는 그제야 나와 눈을 맞췄다. 눈을 끔뻑거리더니 멋쩍게 웃으며 속삭였다.

"실은…… 나는 엄마가 시켜서 온 건데."

세주의 말을 듣고 나는 황당한 기분이 들었다. 그제야 그애의 난감한 표정들이 이해가 되었다. 나는 영유아부의 보조교사이기도 했기에 눈높이 대화에는 자신이 있었다. 부끄러운 듯 자꾸만 고개를 숙이는 세주의 몸을 내 쪽으로 돌려 억지로 눈을 맞춘 건 그 때문이었다.

"우리가 찬양을 올리는 순간만큼은 총재님께서 우리만 보시잖아. 예수님의 옷에 잠시 손을 댔던 사람도 죽을병을 고쳤는데 총재님의 축복을 듬뿍 받을 우리에게 어떤 일이 일어날지 기대되지 않아?"

답이 정해진 물음에 세주는 어물어물 대답했다.

"응…… 기대돼."

"그럼 이런 태도로 임해서야 되겠어? 교체될까봐 내가 다 불안해. 조금만 더 힘내보자. 네가 최선을 다하면 하나님과 총재님이 앞으로도 너를 분명 귀히 쓰실 거야."

나는 미소를 거두지 않고 어리석은 어린양을 어루만진다는 기분으로 희망을 속삭였다. 조금 마음이 놓였는지 그애는 내 귓가에 소곤소곤 물었다.

"미리야, 뭐 하나만 물어봐도 돼?"

"그럼, 물어봐."

"넌 보이지 않는 걸 어떻게 믿어?"

"그게 무슨 말이야?"

순간 나도 모르게 뜨악한 표정으로 되묻자 세주는 실수했다는 듯 고개를 휙 돌렸다. 그리고 아니라고, 잘못 말했다고, 어설프게 둘러댔다. 새 신자나 다름없는 세주의 합창단 합류는 사도인 어머니의 추천이 없었으면 불가능한 일이라는 것쯤은 어린 나도 알 수 있었다. 그애의 불안과 산만함의 원인을 알아버린 나는 어떤 책임감과 의무감에 휩싸였다.

"괜찮아. 나한테는 그냥 편하게 말해도 돼. 비슷한 고민 하는 사람들…… 많이 봤으니까."

그제야 세주는 표정이 조금 펴지더니 자신의 고민을 털어놓았다.

"너는 총재님이…… 재림하신 예수님……이라는 걸 어떻게 믿을 수 있었어? 그게, 바로 믿어졌어? 그리고 총재님……이 땅에서 죽지 않고 영생불멸하신다는 것도 믿을 수 있어? 그게 말이 돼?"

나는 이렇게 불순한 종자는 그때껏 한 번도 본 적이 없었다. 합창단 아이들 대부분이 모태신앙이었고, 모태신앙이 아닌 아이들 또한 교주의 영생불멸이라는 진리만큼은 공고하게 믿고 있었기 때문이었다. 그러나 먼저 깨달음을 얻은 자로서 뒤에

오는 이들의 신실한 마중물 역할을 해야 한다는 가르침을 어릴 때부터 들었기에 나는 실망한 기색을 보이지 않고 세주에게 말했다.

"보이는 건 누구나 다 믿지. 보이지 않는 것을 믿을 수 있어야 천국 백성 자격이 주어지는 거야. 총재님께서는 어리석은 우리를 위해 수많은 이적과 표적을 보여주셨어. 그건 총재님의 사랑이고 배려야. 말기 암에 걸린 신도가 총재님 기도를 듣고 병이 깨끗이 나은 적도 있고, 눈이 보이지 않는 신도가 눈을 뜬 적도 있어. 꼭 그걸 봐야만 믿을 수 있다면, 창으로 찢긴 예수님의 상처를 만져보고서야 부활을 믿은 제자들과 우리가 별반 다르지 않은 존재라는 걸 인정해야겠지. 그래도 네가 정 믿기 어려우면 차라리 총재님이 행하시는 이적을 이번에 눈으로 확인해."

사실 치유된 말기 암 환자를 내 눈으로 본 건 아니었지만 일주일에 한 번 발간되는 교회 소식지에서 접한 내용을 나는 직접 본 것처럼 전달했다.

총재는 일 년에 한두 번 자신의 탄일이나 개교開敎 기념일마다 '나사로의 기적'을 보여주었다. 죽은 지 나흘 된 나사로를 살린 예수와 동일한 이적을 보일 수 있다는 걸 증명하기 위한 쇼였다. 죽은 지 나흘이 된 송아지나 양, 비둘기 위에 총재가 손을 얹고 기도하면 동물들은 찬송가 한 곡이 끝나기 전에 몸을 떨며 일어났다.

죽은 송아지가 몸을 푸드덕 떨다가 비틀거리며 일어나는 것을 내가 처음 목격한 건 초등학교 1학년 때였다. 그날의 감동과 충격은 몇 년이 지나서도 생생했으니 세주 역시 나사로의 기적을 직접 보면 총재를 믿지 않을 수 없으리라고 확신했다. 총재는 탄일 축전 때 죽은 지 나흘 된 어린양을 살리겠다고 미리 예고한 참이었다.

그날 이후 세주는 내게 마음속 내밀한 불안과 상처를 꺼내놓기를 주저하지 않았다. 믿음을 가지라고 다그치는 어머니보다는 또래인 내가 편했던 모양이었다. 세주의 집은 어머니가 입교하기 전까진 꽤 부유했다. 그러나 세주의 어머니가 부동산을 팔아 봉헌한 후, 부부의 불화는 끊이지 않았다. 세주가 중학교에 입학한 해에 결국 세주의 부모님은 이혼을 했다고 했다. 1원장은 이혼 절차를 밟으면서도 하루도 빠짐없이 우리집에 들러 내 밥을 챙긴 것이었다. 내가 그것에 죄책감을 느꼈는지는 기억나지 않는다.

역전교는 총재에 대한 무조건적인 사랑과 헌신을 강조했다. '역전'이라는 말은 이 땅에서의 신분이 보잘것없더라도 총재가 주인이 될 새천국에서는 언제든 인생 역전이 가능하다는 의미였다. 총재는 누가복음 13장 30절의 '보라 나중 된 자로서 먼저 될 자도 있고 먼저 된 자로서 나중 될 자도 있느니라 하시니라'라는 말씀을 들어 헌신도와 기여도에 따라 승급이 될 수도 감급이 될 수도 있기에 오랫동안 역전교에 몸담은 사람도 절대로 긴장을 풀어서는 안 된다고 말했다.

나는 세주와 함께 더운 여름을 보내며 그애를 향한 이상한 애틋함과 책임감에 사로잡히게 되었다. 그애가 이따금 갈피를 잡지 못하고 어리석은 질문을 할 때면 가슴이 답답했다. 십 년 전과 지금의 모습을 비교해보면 총재만 하나도 늙지 않았다는 게 사실이야? 정말 신도를 많이 모으면 이 세상이 역전되는 거야? 대통령도, 장관들도 우리 앞에 무릎 꿇는다는 게 진짜야? 구원받으면 정말 우리는 늙지도 죽지도 않아?

세주가 반쪽짜리 믿음을 가지고 살다가 갑자기 사고라도 당해 목숨을 잃으면 영락없이 지옥으로 떨어질 거라는 참담한 생각에 나는 자다가도 벌떡 일어나 무릎을 꿇고 제발 세주가 굳건한 믿음을 갖게 해달라고 눈물로 기도했다. 또 한편으로는 내가 세주와 다르다는 것에 안도했다. 내겐 믿음이 당연한 것이었으니까. 나의 평안은 내가 타인들보다 나은 위치와 상황에 있다는 생각을 전제로 했다. 나는 총재가 불로불사할 것이라는 것, 그리고 총재의 새천국에서 내가 5분위 천국 백성으로 대접받으며 살 것이라는 것에 한 치의 의심도 품지 않았다.

세주의 어머니는 입교가 늦었다는 것에 대한 자책과 두려움과 후회로 과거를 상쇄하기 위해 더욱더 헌신하고 봉사했다. 세주 역시 그런 믿음을 가지고 싶어했고 때로는 절박해 보였다. 믿음이 아예 없는 것은 아니었지만 긴가민가하는 마음이 세주를 고통스럽게 한다는 것을 나는 알고 있었다.

"이게 진리가 아니면 안 돼. 나랑 엄마는 이걸 지키기 위해서 모든 걸 다 걸었어."

세주는 자주 무언가에 취한 듯 중얼거렸고, 그럴 때마다 나는 세주의 손을 잡아주었다.

2

마지막 가사를 외치며 두 손을 하늘로 뻗는 순간, 카메라가 내 표정을 클로즈업하기로 되어 있었다. 끝까지 미소 지어야 한다. 밝게. 더 밝게. 나는 총감독의 지시를 되뇌었다. 리허설을 할 때까지만 해도 나는 전혀 떨리지 않았다. 모든 것이 순조로웠다. 행사가 시작되기 진 이머니가 합창단원들에게 다가와 용기를 북돋웠다. 어머니 곁에는 언제나처럼 1원장이 붙어 있었다.

행사가 시작되었다. 총재 부부가 흰색 말이 모는 마차를 타고 입장해 주경기장을 한 바퀴 돌았다. 이어서 정치인들과 유명 연예인의 축전이 이어졌고 이후에는 무술 시범단이 수십 장의 송판을 격파했다. 우리 순서는 후반부였다.

우리의 찬양이 끝나면 행사의 메인 이벤트라고 할 수 있는 부활 쇼가 진행될 예정이었다. 합창단이 대기하고 있을 때 총재의 단상 앞에 거대한 테이블과 어린양, 그리고 포도주가 담긴 항아리가 세팅되었다. 성건이라 불리는 흰색 천으로 어린양이 덮여 있었다. 죽은 지 사 일 된 사체라고 했다.

우리 합창단은 준비한 모든 것을 쏟아냈다. 온몸의 땀구멍이 열린 듯 땀이 비 오듯 쏟아졌지만 나는 밝은 미소를 잃지 않고 목이 터져라 노래를 불렀다. 내가 노래의 절정부에 총재의 단상 밑까지 달려가 두 손을 높이 쳐들자 총재가 내 눈을 마주보고 환하게 웃음 지었다. 총재와 눈이 마주친 순간 몸에 전율이 흐르는 것을 느꼈다. 총재는 어깨가 매우 좁고 심각하게 깡마른 체형이었다. 모두 그가 가발을 쓴 대머리라는 것을 알고 있었지만 쉬쉬했다. 경배를 드릴 때마다 매번 다른 색깔, 다른 스타일의 가발을 쓰고 나오는 그를 패셔너블하다며 칭송하는 신자들도 있었다. 그날 그는 화려한 금발 가발을 쓰고 있었는데 무거운 왕관까지 머리에 얹은 탓인지 가발이 밀려 반정도 민머리가 드러나 있었다. 그렇게 우스꽝스러운 모습을 보면서도 나는 감격하며 눈물을 찔끔했던 것이다.

폭죽이 일제히 터졌고 사람들의 환호 소리가 점점 더 커졌다. 모두가 '강필성'을 연호하던 그 순간, 나는 죽은 줄 알았던 양이 미세하게 꿈틀거리는 것을 목격했다. 심장이 발밑으로, 발밑보다 더 아래로, 심연 속으로 가라앉는 것을 느꼈다. 손끝이 떨렸지만 그 상황을 최대한 객관적으로 이해해보려 노력했다. 우레와 같은 함성에 휩싸인 와중에도 내 세계는 고요하고 차분하게 흐르고 있었다. 나는 깨닫게 되었다. 총재가 아직 부활 기도를 올리지 않았음에도 양은 분명히 살아 숨쉬고 있었던 것이다. 내 시선은 다시 총재를 향했다. 그때 총재가 뚜벅뚜벅 계단을 내려와 내게 손을 내밀었다. 리허설에는 없던 내용이었던지라 당황했으면서도 나는 자연스럽게 그 손을 맞잡고 총재가 이끄는 대로 단상에 올랐다. 강필성은 내 손을 놓지 않고 수많은 신도들을 향해 말했다. 이 아이처럼 순전하고 정결한 마음으로 하나님을 사랑해야 한다고.

나는 총재의 말에 집중할 수가 없었다. 눈이 자꾸 아래로 떨어졌다. 그건 불가항력이었다. 어린양이 방금 전보다 더 꿈틀거리는 것 같았다.

총재는 곧 내 손을 놓아주었고 나는 공손하게 인사한 후 합창단이 도열해 있는 곳으로 돌아왔다. 우리가 일렬로 퇴장할 때 신도들은 다시 한번 환호를 보냈다.

총재는 예정대로 어린양 위에 손을 갖다대고 기도를 올렸다. 우리는 힘을 보태듯 〈생명의 근원 되신 만유의 필성주〉를 큰 목소리로 불렀고 4절이 끝나기 전 마침내 양이 눈에 띄게 움직이기 시작했다. 총재가 성건을 벗겼고 카메라가 그것을 확대해 비추었다. 거대한 전광판에 비몽사몽한 양의 모습이 보였다.

나는 할 수 있는 한 크게 환호하며 박수를 쳤다. 그러면서도 내 곁에 서 있는 합창단원들을 의식하며 힐끔거렸다. 아이들은 감동한 얼굴로 환호성을 내질렀고, 일부는 오열하기까지 했다. 그 와중에도 나는 세주의 표정을 가장 신경쓰고 있었다. 세주는 다른 아이들과 달리 조금 얼어 있었다. 분위기에 휩쓸려 박수를 치면서도 자신이 본 것을 완전하게 마음으로 받아들이지 못한 얼굴이었다.

"총재님을 가까이에서 보니 어땠어?"

우리는 대절한 버스를 함께 타고 집으로 돌아갔다. 버스 안에서 세주가 내게 물었다.

"영광이었지."

"너는 총재님 가까이에서 많이 뵀지."

물론 그랬다. 어릴 때는 어머니를 따라 총재의 자택에서 밥을 먹은 적도 있었다. 그는 열두 사도가 모두 모인 자리에서 나를 무릎에 올려두고 일장 연설을 하기도 했다. 교세가 확장

되면서 총재를 개인적으로 만날 기회는 줄어들었다. 듣기로는 그에게 축복기도를 받기 위해 기다리고 있는 인원이 수천 명이라 헌금을 많이 낸 순으로 알현할 수 있다고 했다. 그럼에도 나는 총재와의 안면을 과시하고 싶었다.

"총재님 자택에 초대받은 적도 있어. 아무래도 우리 어머니가 사도시니까."

"근데 총재님은 결혼을 하신 거지?"

"응, 하셨지."

"자식도 있으신 거고."

세주는 혼잣말을 하며 무언가를 곰곰 생각하는 것 같았다. 나는 또다시 인간적인 시선으로 총재를 판단하려 하는 세주가 답답했다.

"너는 그런 게 왜 궁금해? 아직도야? 아직도 뭔가가 마음에 걸리니? 여기까지 와서 의심을 해? 도대체 뭐가 문제야?"

나는 인상을 찌푸리며 세주를 윽박질렀다. 실은 내 마음에 피어난 불안과 의심을 다스리기 위해 괜히 세주를 비난한 것이었다. 그러자 세주는 화들짝 놀라 손사래 치며 말했다.

"아니, 신기해서 그래, 신기해서. 예수님께서는 결혼도 안 하시고 자녀도 없으셨는데 총재님은 가정이 있으신 게 신기해서. 이상하다는 건 아니고, 그냥 역시 예수님보다 우리 총재님이 더 뛰어난 분이시구나 그런 생각이 들어서."

나는 이상하게 그 말에 안심이 되어서 네 말이 맞다고, 신약의 예수님은 미완의 삶을 살고 떠나가셨지만 새롭게 오신 재림 예수는 모든 걸 완성하고 이루시는 분이라고, 내가 수년간 들은 가르침을 앵무새처럼 반복했다.

세주는 고개를 끄덕이며 내 말에 선선히 수긍했다. 그러나 버스에서 내리기 전에 다시 한번 확인하듯이 내게 물었다.

"미리야. 정말, 양이 죽어 있었던 거지? 눈으로 확인한 거지?"

그때 나는 심장에 통증을 느꼈다. 그리고 내 신앙에 미묘한 유격이 생겼다는 것을 곧바로 깨달았다. 눈물이 날 것 같아서 창밖으로 시선을 돌렸다. 지금 생각해보면, 차라리 적당한 말로 둘러댔다면 좋았을 것이다. 그러니까 나중에 책임을 회피할 수 있을 만큼, 그렇게 애매모호하게 표현했다면 말이다. 그러나 나는 다시 고개를 돌려 내 마음과 전혀 반대되는 말을 늘어놓았다.

"가까이에서 보니까 천이 얇은 재질이라 어린양의 실루엣이 선명하게 보였어. 양은 혀를 길게 빼물고 죽어 있었어. 눈이 돌아가 있었고, 살짝 상한 냄새도 났어."

"정말?"

"그래. 여름이잖아."

내 간증을 들은 그날 이후 세주는 얼굴이 눈에 띄게 밝아졌다.

나는 5분위 약속 세대라는 이유로 역전교가 세계의 주인이 되었을 때를 대비해 일찍부터 통치자 교육을 받았다. 약속의 날이 오면 전 세계 사람들이 총재의 가르침을 받기 위해 한국으로 몰려올 것이고 그때 예비 사도들은 나라를 분배받아 치리治理하게 될 거라고 했기 때문이었다. 치리라는 단어를 풀면 임금이 마을을 질서에 맞게 다스린다는 의미가 된다. 나는 훌륭한 왕이자 좋은 백성이 되고 싶었다. 내 안의 넘쳐흐르는 사랑과 자비를 그들에게 나눠주고 싶었다.

중학교를 졸업한 후에 나는 고등학교에 진학하지 않기로 결정했다. 어머니의 권유도 있었지만 내 의지가 더 강했다. 예비 사도로서 나는 역전교에 정말 필요한 인재가 되고 싶었다. 그 무렵 우리 또래의 새 신자가 늘고 있었기에 그들을 이끌 인재가 절실하다며 어머니는 내 역할을 강조했다. 고등학교에 입학한 세주는 중간에 학교를 자퇴하려고 했지만 고등학교를 마치지 않을 시 세주의 아버지가 양육권 소송을 벌이겠다고 엄포를 놓는 바람에 겨우 고등학교를 졸업했다.

세주는 수업이 끝나면 교복을 벗지도 않고 성전에 와서 남들보다 더 긴 시간 동안 봉사했고 경전 공부도 게을리하지 않았다. 나는 세주의 신앙생활을 보며 진심으로 뿌듯함을 느꼈다. 세주가 얼마나 내게 감사를 표현했던가. 세주는 나를 자주 은인이라고 표현했다.

나는 아무에게도 양에 대한 이야기를 털어놓지 않았다. 다만 홀로 신앙을 회복하기 위해 무진 애를 썼다. 경전을 공부하며, 내가 잠깐 마귀의 시험에 빠진 게 분명하다는 결론을 내렸다. 마음이 안온해지자 의심을 품은 적이 있었나 싶게 의문들은 쓸려내려갔다.

3

그 세계가 무너진 후에 달라진 점이라면.

글쎄, 거대한 박탈감이 나를 덮쳐야 마땅했겠지만 생각보다는 아니었다. 실감을 못했기 때문일 것이다. 내 영혼은 현실의 나와 거리를 둔 채 무너지는 내 삶을 무책임하게 관망했다. 5분위로서 어딜 가나 도드라졌던 내가 짓밟혀 평평해졌다는 것. 짓이겨져 납작해졌다는 것. 나는 그런 내가 낯설었다. 스물다섯 살이 되도록 상상해본 적 없었다. 천국의 왕이 아닌 평범한 나라는 사람은.

역전교의 몰락은 초라하고 허무했다. 총재인 강필성은 팔순잔치를 앞두고 배임 혐의로 조사를 받았다. 엎친 데 덮친 격으로 서해안에 있는 팔만 평 규모의 무인도를 사들여 별궁을 짓

262

고 여자 신도 열 명을 불러들여 난교 파티를 했다는 탐사 보도가 공중파 방송에서 방영되었다. 상황을 모르고 불려간 여신도 두 명이 총재를 성폭행 혐의로 고소했고, 역전교 포교 활동에 동원되어 전국에 파견된 전도 천사들의 비참하고 궁핍한노예 생활이 후속 보도되며 강필성과 범죄에 깊이 가담한 사도 두 명이 함께 구속되었다. 이쯤에서 대부분의 신도들이 역전교를 떠났지만 남은 이들은 전보다 더 결속력이 강해졌다.지성전에서 흩어져 보던 경배를 본성전 한곳에서 볼 수 있게되면서부터 신도들은 광신도의 행동을 보이기 시작했다. 혁명투사라도 된 양 구치소를 습격해 핍박받는 총재님과 사도들을구출해야 한다고 하거나, 대통령을 인질로 삼아 총재와 맞교환해야 된다는 식의 주장을 진지하게 펼치는 이들도 있었다.강필성과 함께 강북, 강남 사도가 동시에 구속되었기 때문에역전교의 총재 권한 대행자는 내 어머니가 되었다. 신도들은전향적인 방식으로 이 상황을 타개하길 바랐다. 공권력에 대항하여 물리력을 행사할 각오도 한 상태였다. 어머니는 최후의 결정을 기다리는 사람들에게 나흘만 더 기도해보자고 말했다. 하늘의 응답이 올 때까지 금식 기도를 하겠다고 선언한 어머니를 나도, 아버지도, 1원장도 말리지 못했다.

금식한 지 나흘째 되던 날, 불러도 대답하지 않고 화장실도 가지 않는 어머니를 수상히 여겨 기도실을 강제로 개방한 1원장이 쓰러져 있는 어머니를 발견했다. 어머니는 짧은 유서를 남기고 떠났다.

진리를 찾았다고 여겼는데 아니었나봅니다. 모두에게 죄송합니다.

부검 결과, 어머니는 기도실에 들어간 첫날에 목숨을 끊었다는 소견이 나왔다.

어머니의 죽음을 알게 된 신도들은 우왕좌왕했고, 장례가 끝나자마자 꽤 많은 수가 우리집으로 쳐들어오기까지 했다. 신도들은 어머니가 은닉한 재산이 없는지 확인하기 위해 집을 샅샅이 뒤졌으며 부동산 등기부등본과 어머니 아버지의 통장까지 요구했다. 어머니가 그 흔한 청약이나 보험에도 가입하지 않았다는 사실을 확인한 후에야 그들은 물러났다. 그 과정에서 나 또한 몰랐던 사실을 차례차례 확인할 수 있었다. 내가 내 것이라고 생각했던 모든 것, 우리의 집과 우리의 차, 거실에 걸린 거대한 그림과 진열장에 놓여 있던 청자와 백자 들은 전부 우리 것이 아니었다. 모두 역전교의 것이었고, 어머니 명의로 된 건 단 하나도 없었다. 어머니가 내게 남긴 유일한 유산은 어머니가 고의로 사람들을 속인 것이 아니라는 사실, 그뿐이었다.

내가 탈교한 과정은 지나칠 정도로 시시하다. 나는 스스로 탈교한 것이라 생각하지만 역전교 간부들은 나를 파문했다고 공표했다. 아버지와 나는 작은 원룸을 얻어 같이 살다가, 아버지가 4분위 전도 천사들의 기숙사로 들어가면서부터 거의 만나지 않게 되었다. 아버지는 5분위에서 2분위로 한순간에 떨어졌으니 다시 승급하기 위해서는 그 길밖에 없다고 판단한 듯했다. 고등학교 검정고시에 두 번이나 낙방한 끝에 겨우 합격한 나는 새 삶을 살고 싶어졌다. 그러나 나에게 주어진 선택의 폭은 너무나 좁았다.

내가 파문당한 뒤 삼 년이 지나서야 세주도 탈교했다. 그것이 이 년 전이었다. 세주는 현재 1원장이 경기 지역을 통합해 사도가 되어 경배를 진행하고 있다고 했다. 세주 또한 1원장, 아니 사도를 따라서 매주 교주 면회를 따라갔으며 세주가 한 일은 빠르게 총재의 말씀을 받아 적는 것이었다고 말했다. 전성기에 비해 신도 수는 이십분의 일도 채 남지 않았다. 그럼에도 세주의 어머니는 지금까지 기쁘게 직분을 수행하고 있었다. 교주는 작년에 감옥에서 심장마비로 급사했다. 세주의 어머니는 여전히 교주가 부활할 것을 굳게 믿고 있었다.

4

세주는 백만원을 가져간 후로 일주일에 한 번, 혹은 보름에
한 번씩 나를 찾아왔다. 나는 그애를 깨우지 않기 위해 새벽마
다 최대한 조용히 씻고 소리 없이 움직였다. 퇴근을 하고 돌아
오면 세주가 있을 때도 있었고 말도 없이 사라져버렸을 때도
있었다. 세주는 내게 일할 곳을 알아보고 있다고 했다가, 일단
은 치료부터 받아야 할 것 같다고 했다가, 뭔가를 시작하려면
돈이 필요하니 다시 얼마쯤 보내달라고 말했다. 돈이 없다고
말하면 나와 내 어머니를 저주했다. 모든 대화가 그런 식으로
흘러갔다. 나는 최소한의 생활비를 빼놓고 세주에게 돈을 건
넸다. 세주는 삶을 살아가고자 하는 열망만 가득했을 뿐, 무엇
을 어떻게 어디서부터 시작해야 할지 몰라 헤매고 있었다. 세
주의 무능력함, 세주의 무기력함, 세주의 무용함을 차분히 곱
씹으며 나는 그때 내가 진실을 말했든 거짓을 말했든 결국은
이렇게 되었을 것이라고 혼자 판단하고 수긍하곤 했다. 세주
를 폄하하면 할수록 내 마음은 단순하고 가벼워졌다.

열흘 전 세주가 나를 찾아왔다. 무슨 바람이 불었는지 술에
취해 있지도 않았고 케이크와 꽃다발까지 손에 든 채였다. 이
번에는 뭘 요구하려고 하나 싶어 미심쩍은 눈길을 거두지 않
으니 세주가 볼멘소리로 내가 생일을 혼자 보낼 게 뻔하니 온

거라고 말했다. 그제서야 나는 그날이 내 생일인 것을 알았다. 나는 누군가에게 탄생을 축하받는 게 너무 오랜만이라 무척 멋쩍었고 심지어 창피하다는 생각마저 들었다.

"돈 아깝게 꽃다발은 뭘 이렇게 큰 걸 샀니."

그러자 세주가 나를 한심하다는 듯, 가련하다는 듯 바라보며 피식 웃었다.

"넌 이깟 게 아깝다는 생각이 드니. 진짜 아깝고 아쉬운 게 뭔데."

5

장마가 사흘째 이어지는 밤이었다. 며칠 동안 초과근무를 해서 몸이 피곤해 일찍 잠자리에 들었다. 얼핏 창을 두드리는 소리를 들은 것 같았지만 거센 빗줄기 소리라 생각하고 무시했다. 그때, 세주의 목소리가 들렸다.

"미리야, 최미리."

나는 벌떡 일어나 방문을 열고 거실로 나왔다. 누군가 현관문을 두드리고 있었다. 순간 잠이 확 달아났다. 문을 열자 세주가 버럭 화를 냈다.

"왜 문을 이제 열어. 전화도 꺼놓고. 열쇠는 어디다 감췄어?"

세주는 머리부터 발끝까지 흠뻑 젖은 채 서 있었다. 처음에는 내게 화가 난 줄 알았는데 그게 아니라 무언가에 쫓기는 듯한 얼굴이었다.

"이 시간에 웬일이야. 꼴이 그게 뭐야. 비 맞고 왔어? 일단 들어와."

내가 욕실에서 수건을 꺼내와 건넬 때까지, 세주는 집안으로 들어오지 않고 신발을 신은 채로 현관에 서 있었다.

"잠깐 나와봐."

"지금 이 시간에? 왜, 무슨 일 있어?"

내가 묻자 세주는 내 팔을 억지로 잡아당겼다. 얼떨결에 슬리퍼를 꿰어 신고 밖으로 나가자 세주가 타고 다니는 낡은 승용차가 보였다.

우산도 쓰지 않고 내리는 비를 고스란히 맞던 나는 세주에게 잠깐만 기다리라고 하곤 큰 우산을 가지고 나와 세주의 머리 위에 씌웠다. 바람 때문에 양쪽으로 들이치는 비까지 막기에는 역부족이었다. 세주는 혼이 나간 표정을 짓고 있었다. 기분이 표정에 그대로 드러나는 세주의 특징은 고등학생 때나 삼십대 중반이 된 지금이나 별다를 바가 없었다.

"일부러 그런 건 아니야. 따지고 보면…… 내 잘못은 없어. 그게 갑자기, 갑자기 뛰어들어서."

문득 세주가 무슨 말을 하는지 알 것 같았다. 나는 세주를 돌려세워 내 얼굴을 마주보게 했다.

"너 술 마셨어?"

"낮에 소주 한 병 했어. 취하지도 않았어. 나 술 센 거 알잖아."

"한 병? 이런 날씨에 술 마시고 운전대를 잡았어? 미쳤어?"

내가 윽박지르자 세주가 우뚝 멈춰 서 나를 물끄러미 바라보았다.

"내 눈을 봐. 네 눈에 내가 지금 취한 것 같아?"

세주의 눈을 마주봤다. 사실 취한 것 같지는 않았다. 가까이에서 보니 세주의 잔뜩 날 선 눈동자가 더 잘 보였다. 호흡을 가다듬고 차분하게 물었다. 우리 동네는 다세대주택들이 밀집되어 있었다. 늦은 시간에 골목에서 작은 소란이라도 피우면 노인들이 창문을 열고 고함을 지르기 일쑤였다.

"사고 낸 거야?"

"내가 그런 게 아니라 그게 뛰어들었다고."

"말장난하지 말고 제대로 말해. 내 손으로 너 신고하기 전에."

내가 냉정하게 말하자 세주는 덜컥 겁을 먹었는지 눈을 피했다. 나는 애써 목소리를 낮추고 세주를 추궁했다.

"어쩌자고 여기로 온 거야. 너랑 내가 뭘 할 수 있다고."

세주는 계속 대답이 없었다. 그제야 나는 상황이 생각보다 심각하다는 것을 느낄 수 있었다. 온몸에 소름이 돋았다. 세주가 내 옷깃을 잡고 트렁크 쪽으로 이끌었다. 트렁크 손잡이에 손을 가져다대고 내게 물었다.

"우리는 결국 같은 능력을 갖게 된다며. 네가 그랬잖아."

하늘에 번개가 번쩍 쳤다. 방금까지만 해도 창백하던 세주의 얼굴이 기이한 열기와 기대감으로 들떠 보였다.

"무슨 말을 하는 거야?"

"네가 그랬잖아. 천국의 백성이 되면 우리 모두 사망 권세를 이길 수 있다고. 사람이든 짐승이든 살릴 수 있다며. 예수께서 나사로를 살렸듯이, 총재께서 양을 도로 부활시켰듯이 말이야."

트렁크를 열자 거대한 자루가 들어 있었다. 속에 무언가가 담겨 있었다. 길쭉하고, 양감이 느껴지는 무언가였다. 자루에는 핏자국이 군데군데 번져 있었다.

"이게 뭐야?"

나는 목소리를 한껏 낮추고 세주에게 물었다.

"대답해, 이게 뭐냐고."

나는 세주를 흔들며 물었다. 세주는 대답 없이 내가 흔드는 대로 흔들렸다.

"그게 뭐가 중요해. 부활시키면 그만인데."

세주는 나를 가만히 쳐다보았다. 무섭도록 침착한 얼굴이었다. 연기가 아니라 진심으로 동요하고 있는 나를, 분열하고 있는 나를, 균열된 나를 즐기는 표정이었다.

세주가 왜 이렇게 나를 몰아세우는지 알고 있었다. 세주는 여전히 내가 꽤 멀쩡하다고, 꽤 행복하다고 믿고 있기에.

그러나 나는 이미 오래전 1분위가, 아니, 어쩌면 그 이하의 존재가 되었다. 태연자약해 보이는 내 모습은 사실 내가 내 삶에서 기대를 거뒀기 때문이라는 걸 세주는 언제 알아줄까. 여전히 누가 더 잃었고 누가 더 망했는지를 겨루는 게 세주에게는 정말 중요한 걸까.

"네가 보기엔 어때? 살아날 수 있을 것 같아?"

세주가 물었다. 나는 말해야 했다. 그래. 그때 그 양은 살아 있었어. 숨을 쉬고 있었어. 그러나, 그렇지만.

거센 빗줄기가 우리를 때리고 있었다. 우리는 꼼짝없이 어둠 속에서 그 비를 맞고 있었다. 자루 속 무언가가 미세하게 꿈틀, 움직이는 것이 보였다.

내
가

있
어
야

할

곳

2

십오 년 전 밴쿠버국제공항에서의 일이 떠오른다. 이모와 이모부는 알록달록한 색종이를 붙여 꾸민 플래카드를 들고 나를 기다리고 있었다. '김하나 공주님 환영합니다' '국빈 방문 환영'. 그런 문구였던 것으로 기억한다. 함께 입국하는 한국인들이 모두 한 번씩 그 플래카드를 보며 지나갔고 그 공주님이 누구신가 두리번거리기도 했다. 모자를 푹 눌러쓴 나는 플래카드를 발견하고서도 선뜻 이모와 이모부 쪽으로 다가가지 못했다. 다섯 살 때 이후로 처음 만나는 그들은 내게 사실상 낯선 타인이었다. 좋은 첫인상을 남기고 싶었지만 열 시간가량 비행을 한 터라 꼴이 몹시 추레하다는 생각에 우물쭈물했다. 그때 이모와 눈이 마주쳤다. 내 얼굴은 엄마에게서 받은 사진으로 본 게 전부였을 텐데도 이모는 나를 한눈에 알아보고 이름을 불렀다. 하나야?가 아니라 하나야! 였다. 의심이 아닌 확신. 나는 한 손에 캐리어를 하나씩 끌고 천천히 이모 앞에 섰다. 그녀가 나를 얼싸안자 사람들이 흐뭇한 얼굴로 가족 상봉을 바라보았다. 이모부가 점잖으면서도 능글거리는 말투로 첫마디를 건넸다. 공주님, 오시는 길은 편안하셨습니까. 나는 네, 편안했습니다, 하고 대답했다. 뿔테안경을 쓴 이모부의 눈은 부드럽고 따스했다. 기대 이상의 환대가 부끄러웠지만 한편으로는 기뻤다. 유머를 건네는 사람이 이 낯선 땅에 있다는 것이 달가웠고, 그것을 소화할 마음이 내게 남아 있다는 것이 다행으로 여겨졌다.

내가 왜 캐나다로 오게 되었는지 대략적인 상황을 들어 알고 있으면서도 그들은 티를 내지 않았다. 이모와 이모부가 내 캐리어를 하나씩 가져갔을 때, 나는 날아갈 듯 몸이 가뿐해지는 것을 느꼈다.

이모가 항상 틀어놓는 라디오 소리로 시끌벅적하던 집은 오후 열시가 되면 조용해졌다. 그 시간에 이모가 라디오를 끄기 때문이었다. 이모가 내게 따뜻한 우유를 건넨 후 조용히 식탁에 앉아 가계부를 쓰는 시간, 이모부가 설거지를 끝내고 문단속을 하는 시간. 집안이 고요해지면 괜히 마음이 조마조마했다. 나는 이모와 마주보고 앉아 우유를 홀짝거렸다. 태연한 체하는 이모와 이모부가 결국에 내게 하고야 말 질문들에 대한 대답을 정리했다. 그들이 나를 덜 미워했으면 하는 마음에 나는 내가 저지른 일들을 이렇게 저렇게 마음속으로 각색하곤 했다.

하지만 그들은 내가 스스로 입을 열기 전까지는 아무것도 묻지 않았고, 오히려 자신들이 각자 일터에서 겪은 일들을 이야기하곤 했다. 나는 적당히 맞장구를 치거나 이모, 이모부를 속상하고 곤란하게 한 사람들을 대신 욕해주기만 하면 됐다. 그것은 내 속내를 털어놓는 일보다는 확실히 마음 편한 일이었다.

*

공항으로 출발하기 전 문구점에 들러 매직펜과 스케치북을 샀다. 매직을 쥐고 뭐라고 써야 할지 한참을 망설이다 나는 결국 단순한 문장을 택했다.

'WELCOME BACK TO KOREA 주여사! 귀구을 환영합니다.'

형광펜으로 엉성하게 꽃을 그려넣기도 했지만 손을 댈수록 조잡해졌다. 원래 그런 손재주가 없다는 것을 잊고 있었다.

비행기가 도착하고 삼십 분이 지나도록 모습이 보이지 않아서 혹시 엇갈린 게 아닌지, 전화라도 해야 하나 망설이고 있을 때쯤 이모가 두리번거리며 입국장으로 나왔다. 머리가 완전히 백발로 변해 있었기 때문에 처음에는 모르는 노년 여성이라고 생각할 정도였다. 스케치북을 높이 들고 이모를 불렀다. 그녀는 자기 몸만한 캐리어를 미느라 나를 보지 못하고 지나쳤다. 무작정 직진하는 이모를 붙잡아 세우자, 그녀가 어리둥절한 표정으로 나를 바라보았다. 가늠하듯 잠시 내 얼굴을 살피더니 이내 소리쳤다.

"하나야!"

오래전 그날처럼, 이모는 나를 부둥켜안았고 나는 이모의 둥글고 부드러운 어깨를 어루만졌다. 우리는 한참 동안 서로를 안은 채 체온을 확인하듯 몸을 맞붙였다.

"얼른 가요, 이모. 다들 기다려요."

나는 이모에게서 캐리어를 건네받았다. 한 손으로 캐리어를 끌고 다른 한 손으로는 이모의 손을 잡은 채 걸었다. 다들 기다리고 있다는 말은 사실 거짓이었다. 2001년에 한국을 떠났던 이모가 이십여 년 만에 역이민을 통보했을 때 가족들 대부분은 의아해하고 난감해했다. 그뿐 아니라 이모를 떠올리면 늘 따라붙었던 연민이나 동정심은 어느새 휘발된 듯 적나라하게 곤혹스러움을 표출했다.

"들어오라고 할 때는 그렇게 버티더니만, 이제 와서 어쩌겠다고."

"젊을 때는 몰랐겠지. 나이들고 병들고 혼자 남으니까 고향 그리운 거야. 사람이 다 그래. 원래 그런 거야."

"이럴 거면 어머니 살아 계실 때 들어와서 간병도 좀 돕고 하지. 큰누나가 어머니 댁에 들어가서 모시고 살았어봐요, 우리가 그 집 건드리겠어요? 큰누나 사정 뻔히 아는데요."

엄마와 아빠, 그리고 외삼촌이 며칠 전 주고받았던 대화를 곱씹었다. 정제하지 않고 내뱉는 말들에 나는 불편함을 느꼈다.

이모부는 사 년 전 지병으로 돌아가셨다. 그때 엄마와 아빠는 캐나다에 가서 장례를 도왔다. 나는 대학 졸업 후 취업 준비를 하느라 경황이 없었다. 경황이 없다는 말은 핑계고 누군가의 거대한 슬픔을 위로할 여력이 없었다는 게 더 정확하겠지만 어쨌든 표면적인 이유가 분명했기에 캐나다에 가지 않을 수 있었다. 당시 엄마 아빠가 한국으로 돌아가자고 설득하기도 했는데 이모가 거절했다고 들었다. 나 역시 궁금하기는 했다. 이모는 어쩌려는 걸까. 69세. 새로운 삶을 찾아 돌아왔다고 하기에는 이미 늦은 나이가 아닌가 싶었고, 삶을 마무리하러 왔다고 하기에는 이르다고 생각되었다. 가족들은 집도 절도 없는—이모는 형편이 어렵다고 말한 적이 없는데 모두들 이모가 고향으로 돌아오는 데는 경제적인 문제가 크리라 짐작하고 있었다─형제를 얼떨결에 떠맡게 되었다고 여기는 것 같았다. 그러나 또 한편으로, 가족들은 당장 이모에게 필요한 것이 무엇인지, 얼마씩 보태야 이모가 당분간 한국에서 불편함 없이 지낼 수 있을지 머리를 맞대고 오래도록 상의했다. 이모는 이 집안에서 그런 존재였다.

이모의 결정에 가족들 앞에서 가장 격렬하게 불만과 우려를 드러낸 사람은 엄마였다. 그럼에도 엄마는 그날 밤 이모에게 전화해, 이미 당신을 맞이할 만반의 준비를 마쳤다고 의기양양하게 말했다.

"언니, 우리집으로 오는 거야. 알겠지? 막내 집으로 가면 올케도 있고 서로 불편할 테니까. 영진이가 독립해서 빈방이 있어. 실은 그동안 하나 아빠가 서재로 쓰고 있었는데 비우면 돼. 우리집이 아무래도 제일 넓으니까 언니가 와서 지내기도 편하겠지. 벌써 옷장이랑 침대도 주문했어. 다른 말 말고 우리집 와서 지내."

신세 지는 게 미안한지 이모는 수화기 너머로 몇 번이나 엄마의 제안을 고사하는 듯했다. 그러자 엄마는 새로운 집을 구할 때까지만이라도 우리집에서 지내는 게 맞지 않겠느냐며 괜히 형제들 마음 불편하게 하지 말라고 쐐기를 박았다. 그것은 위선일까 허세일까 만용일까. 엄마의 진짜 마음이 무엇일지 궁금했다. 통화를 끝낸 엄마의 얼굴은 무척이나 홀가분해 보였다. 어쩌면 오래전 신세 진 일을 지금이라도 갚을 수 있어 다행이라 여기는 게 아닐까, 나는 속으로 생각했다.

서재로 쓰던 방을 정리하고 새로운 가구를 들였다. 말이 서재지, 사실 책은 몇 권 없고 운동광인 아빠가 스포츠 용품들을 들여놓은 방이었다. 골프채와 배드민턴채, 테니스채, 아령과 줄넘기 따위로 혼잡하던 방이 한나절 만에 깨끗하게 정리되었다. 아빠는 불평이나 반발 없이 엄마의 말대로 스포츠 용품들을 다용도실로 옮겼다. 엄마는 몇 날 며칠 자신의 취향을 반영한 가구와 침구와 화분을 들이며 방을 꾸몄다. 나도 엄마를 도와 화장대를 문 쪽으로 옮겼다가 창가로 옮겼다가 했다. 지치고 지겨웠지만 군말 않았다.

"너도 이모한테 드릴 선물 준비해야지. 각별한 사이잖아, 둘이."

그렇게 생각하지 않으려 해도 나는 가끔 엄마가 나를 조롱하고 비웃는 듯한 느낌을 받곤 했다. 한때 내가 이모를 각별하게, 각별한 것을 넘어서 절실하게, 내로는 안될하며 마음에 뒀던 것은 사실이지만 이렇게 아무렇지도 않게 입에 올릴 만한 이야깃거리는 아니라고 생각했다. 그러나 나는 그 점에 대해 엄마에게 아무런 말도 하지 않았다.

퇴근길에 백화점에 들러 보습과 미백에 효과가 좋다는 화장품 세트를 샀다. 이천원을 더 주고 선물 포장까지 해왔는데, 엄마는 아무렇지도 않게 리본을 풀어 화장품을 확인했다.

"이모가 좋아하겠네. 좋은 걸로 잘 골랐네."

그렇게 칭찬하다가 갑자기 나를 흘겨보더니 엄마도 화장품 다 떨어져가는데, 사는 김에 내 것도 좀 사지, 센스 없기는, 하고 핀잔을 줬다. 엄마는 자기 서랍에서 뜯지 않은 핸드크림과 아이 리무버, 립스틱, 헤어 에센스 같은 것들을 가져와서 이모가 쓸 화장대에 진열해두었다. 무엇이 마음에 들지 않는지 순서를 바꾸기도 하고 넣었다가 빼기도 하는 모습을 보며 나는 문득 십오 년 전 어느 날이 떠올랐다.

*

칫솔 두 개, 딸기맛 치약 두 개, 베이비로션 두 개, 여드름 연고 두 개, 손톱깎이 발톱깎이 한 개씩, 양말 다섯 켤레, 팬티 세 장, 생리용 팬티 두 장, 생리대, 잠옷 두 벌, 반팔 티셔츠 세 장, 반바지 세 장, 긴팔 티셔츠 세 장, 긴바지 세 장, 바람막이 한 벌, 패딩 한 벌, 야구모자 한 개, 전자사전, 수학 문제집 두 권, 감기약, 해열제, 두통약, 지사제, 멀미약, 소독약, 김, 참치 통조림, 컵라면, 고추장……

나를 이모에게 보내기로 결정한 후, 엄마는 단 한 번도 주춤거리거나 뒤를 돌아보지 않았다. 머뭇거리고 번뇌할수록 내 삶의 박자가 뒤로 밀릴 뿐이라고 여기는 것 같았다. 폭주 기관차처럼 유학 절차를 알아보는 데 모든 에너지를 쏟을 뿐이었다. 유학원을 통해 현지 학교에 원서를 넣고 입학 허가를 받기까지 나는 하루에 여덟 시간에서 열 시간가량 회화 수업을 들었다. 학비를 미리 납부하자 얼마 후 학생 비자가 승인되었다. 엄마는 마침내 한시름 덜었다는 듯 환하게 웃었다. 이 모든 일이 석 달 만에 이루어졌다.

출국을 앞두고 거실에 이십팔 인치 캐리어 한 개, 삼십이 인치 캐리어 한 개를 펼쳐둔 엄마는 수시로 물건을 채워넣었다. 나는 빵빵한 캐리어를 보고 어쩐지 무안하고 서운해졌다. 엄마 아빠는 언제까지 돌아오라는 말이 없었고, 나는 귀환의 시기를 물을 엄두가 안 났다. 나는 아직 초경을 하지 않은 열여섯이었다. 생리용 속옷까지 구비한 걸 보면 최소 몇 년은 그곳에서 지내는 것을 염두에 둔 게 분명했다. 엄마는 내가 오랫동안, 어쩌면 성인이 된 후에도 그곳에서 지낼 수 있다고, 그게 내 삶을 위해서 차라리 나은 길이라고 이미 결론을 내린 것 같았다. 고3이었던 오빠는 내게 말했다.

"거기서는 제발 조용히 지내라. 너를 위해 하는 말이야."

엄마는 종종 주변 사람들에게 말했다. '그 일'을 겪고 나니 무사히 돌아온 아이가 마냥 귀하고 예쁘기만 해서 오냐오냐 키웠다고, 그 바람에 아이가 영 또래에 비해 늦되고 철이 안 든다고. 감당이 안 될 정도로 고집이 세고 자기 말을 들어줄 때까지 떼를 쓰는데 불만이 있으면 입을 꾹 닫고 방에 들어가 한 발짝도 나오지 않는다고. 엄마가 묘사하는 나라는 존재는 썩 괜찮았다. 진심으로 나는 그런 사람이 되고 싶었다. 오냐오냐 키워 철이 없고 고집이 센 막내딸. 살아 있는 것 자체로 유세를 부리며 뻔뻔하게 가장 좋은 것을 요구하는 사람 말이다.

*

"우리 언니 늙은 거 봐. 선크림도 안 발라? 이러면 피부 노화가 빨리 온다니까."

엄마는 그런 말로 이모를 맞이했다. 이모는 익숙하다는 듯 엄마의 얼굴을 손으로 문지르며 말했다.

"다 늙어서 무슨 선크림. 너는 아직도 젊다. 예쁘다."

이모는 엄마가 가장 좋아하는 말로 대답을 돌려주었다. 엄마와 이모는 여덟 살 차이인데 겉모습만 보면 이모가 스무 살 정도는 위로 보였다. 엄마는 머쓱한 듯 이모의 손이 가닿은 얼굴을 감쌌다.

"얼른 들어와. 피곤하지. 저녁 먹고 오늘은 푹 쉬어."

"하나가 데리러 와서 편하게 왔어. 요즘은 비행시간도 줄어서 하나도 안 피곤하다."

나와 이모가 도착한 지 얼마 되지 않아 외삼촌과 외숙모가 왔고, 곧이어 사촌동생들과 오빠까지 모습을 드러냈다. 명절도 아닌데 이렇게 식구들이 다 모인 것은 이례적인 일이었다.

"천덕꾸러기 같은 것을 환영해주어서 고맙다. 너희들한테 민폐 끼치지 않도록 할 테니까 혹시 걱정하고 있다면 다들 긴장 풀어라. 내 한몸 건사할 정도로는 돈도 있고, 건강도 있으니까."

이모는 그렇게 솔직한 말로 가족들이 안고 있던 불편함과 꺼림칙함을 불식시켰다. 나는 이곳에 모인 모두가 이모의 말에 부끄러움과 후련함을 동시에 느꼈으리라 생각했다.

식사를 하며 이모는 오는 길에 본 인천공항과 서울의 풍경, 한국 사람들의 옷차림에 대한 감상을 길게 풀어놓았다. 나와 대화를 하느라 주변은 살피지 않은 줄 알았는데 모르는 새 많은 것을 눈에 담은 듯했다. 공항에서 길 안내 로봇을 본 일, 올림픽대로를 타고 오다가 처음 가양대교를 달린 일―2002년에 준공되어 이모는 처음 보는 것이있다― 이 신기했다고 말했고 사람들 모두 차림새가 번듯하고 세련되어 보인다는 말도 덧붙였다. 저녁식사 자리는 분위기가 좋았다. 술이 들어가자 들뜬 아빠가 이모에게 "처형의 마음이 제법 편해진 것 같아

보기 좋다"고 넌지시 말했다. 솔직히 예전에는 마음도 아프고 눈치가 보이기도 해서 처형의 얼굴을 마주보는 게 힘들었다고, 그런데 확실히 시간이 모든 걸 해결해주는 게 맞기는 한 모양이라고 주절거렸다. 외삼촌은 그 말에 맞장구를 치며 시간이 꽤 흘렀으니 이제는 과거에 얽매이지 말고 누나가 행복해지는 방법을 찾아보라고, 도울 수 있는 건 무엇이든 돕겠다며 격려인지 훈수인지 모를 말을 전했다. 나는 이런 말들이 계속 이어지는 게 불안했다. 그 말을 잠자코 듣고만 있는 이모는 무력해 보였다.

*

이모 집은 밴쿠버 동쪽의 노스 버나비에 위치한 작은 주택이었다. 일층에는 안방과 거실, 주방, 욕실이 있었고, 이층에는 내가 머무는 방과 다용도실, 욕실이 있었다. 각각 미용, 용접으로 기술 이민을 한 이모, 이모부의 번듯한 집이었다.

내가 도착한 날 이모는 아무렇지 않게 물었다.

"씻는 거 도와줄까?"

정확히 기억나지는 않았지만 초등학교 저학년을 지난 후 엄마가 내 머리를 감겨주거나 몸을 씻겨주는 일은 거의 없었다. 나는 당황스러움을 숨기며 혼자서 할 수 있다고 대답했고 이모는 도움이 필요하면 언제든 부르라고 말한 뒤 일층으로 내려갔다. 얼핏 이모의 얼굴에 아쉬움이 스친 것 같았지만 대수롭지 않게 여겼다.

간혹 이모는 나를 혼자서는 아무것도 못하는 어린아이처럼 대하곤 했다. 아침에 깨우러 올 때마다 이불을 조심스럽게 걷고 팔다리를 주물러주었다. 등교 전 아침을 먹는 동안에는 드라이어 줄을 끌어와 식탁에서 머리를 말려주기도 했다. 처음에는 낯설고 어색한 마음에 알아서 하겠다거나 금방 마르니 괜찮다는 식으로 그녀를 만류했다. 하지만 금세 적응했다. 이모는 머리 만지는 기술이 남달라 무슨 마법을 건 것처럼 이모의 손길만 닿으면 내 머리는 항상 윤기가 흘렀고 좋은 향이 났다.

어느 날 이모가 내 속옷을 손빨래하는 것을 목격하고 깜짝 놀랐다. 이모는 내 브래지어와 팬티들을 가져다 손으로 비벼 빨고는 물기를 쭉쭉 짜서 이층 행거에 말렸다. 그후로는 내가 직접 속옷을 빨았는데 민망한 마음은 꽤 오래 남았다. 이모에게 늘 고마웠지만 솔직하게는 다섯 살 이후로 만난 적 없는 조카를 이렇게까지 허물없이 대하는 그녀가 부담스럽게 느껴지기노 했나.

이모는 내게 미지의 영역이었다. 실은 한국에 있을 때, 이모 집의 분위기를 떠올려본 적 있었다. 분명 잿빛의 음울한 기운이 문진처럼 집을 누르고 있으리라고 상상했다. 그렇게 여긴 데는 엄마의 영향이 컸다. 엄마는 그 집에서 지내려면 한국에서처럼 굴면 안 된다고 말했고, '그 일'에 관해서는 입도 벙긋하지 말라고 신신당부했다.

막상 맞닥뜨린 분위기는 전혀 달랐다. 이모는 항상 라디오를 틀어놓았기에 집은 기분좋은 시끌벅적함으로 활기가 돌았다. 집에서 청소를 담당하는 이모부는 청소기를 돌리며 라디오에서 나오는 팝송을 따라 부르기도 했고 거실에서 바둑 채널이나 야구 경기를 보며 자체적으로 중계를 하기도 했다. 그 집은 여태껏 한 번도 그늘이 드리운 적 없는 듯 아늑했다.

나는 7월 말에 캐나다에 도착했고 9월에 9학년으로 학교에 입학하기 전까지 두 달가량 현지 어학원에 다녔다. 오후 두시에 어학원을 마치면 이모가 나를 데리러 왔다. 미용실 예약 손님이 많아 이모가 마중나오지 못하면 이모부가 대신 데리러 왔다. 일주일에 한 번은 가족이 다 같이 마트에 가서 장을 보았고 저녁식사는 거의 함께 만들어 먹었다. 나는 당근과 오이를 썰거나 이모가 소금을 넣으라고 하면 한 꼬집을, 간장을 넣으라고 하면 한 큰술을 넣는 정도였지만 그래도 이모는 크든 작든 항상 내게 역할을 줬다.

"제 건 못생겼어요."

내가 삐뚤빼뚤 자른 감자와 당근을 보고 자신 없어하면 이모는 말했다.

"괜찮아. 입에 넣으면 다 똑같아."

이모와 이모부가 사는 주택은 지붕이 오렌지색이었다. 원래 빨간색으로 페인트칠을 했는데 시간이 지나며 변색이 됐다고 했다. 집 크기에 비해 마당이 상당히 넓은 편이었는데 잔디가 깔끔하게 관리되어 있는 반면 그 흔한 단풍나무나 플라타너스 한 그루조차 없어 어딘가 썰렁하고 허전한 느낌이 감돌았다. 내가 온 지 한 달이 지났을 때쯤 이모부는 하나가 왔으니 화단을 만들어 꽃을 심는 게 어떠냐고 제안했다. 이모와 내가 동의하자 주먹만한 돌멩이를 잔뜩 주워와 마당 한편에 두세 평 정도 되는 공간을 돌멩이로 빙 둘렀다. 이모부가 어떤 꽃을 좋아하냐고 묻기에 나는 아는 꽃이 별로 없어 해바라기를 좋아한다고 말했다. 이모부는 어디선가 금세 해바라기씨를 구해왔고, 우리는 손수 해바라기씨를 심고 물을 주었다.

하나가 왔으니 함께 케이크를 만들자고 한 건 이모였다. 이모부가 중고 가전 센터에서 깔끔한 오븐을 사왔고 이모는 그 오븐으로 부드러운 카스텔라에 생크림과 메이플 시럽을 발라 케이크를 만들었다. 쿠키와 미편도 자주 구웠다. 하트 모양 초코쿠키는 언제나 탁자 위에 놓여 있었다. 그때는 이모, 이모부의 행동들이 나를 환대하는 의미라고 생각했지만 지금은 어쩌면, 그들이 아주 오랫동안 단지 그런 일상을 고대했고 나의 등장은 그 일을 시작할 수 있는 좋은 계기 혹은 마땅한 구실이었을지도 모른다고 생각한다. 이유가 무엇이었든 내가 충분히 행복했으니 상관없는 일이다.

노스 버나비는 크고 작은 공원들이 많은, 경관이 좋은 도시였다. 우리는 주말에 바넷마린공원에서 피크닉을, 버나비마운틴에서 캠핑을 자주 했다. 목공 기술도 좋은 이모부는 캠핑을 할 때 내가 불가에 앉아 마시멜로를 구워먹을 수 있도록 내 몸에 맞는 의자를 만들어주기도 했다.

그 당시 노스 버나비에는 한인들이 많지 않았다. 있기는 했지만 유럽계 이민자들과 인도인, 중국인의 비율이 훨씬 높았다. 이모 집에서 차로 이십 분 정도 가면 코퀴틀람이라는, 캐나다에서 가장 큰 한인타운이 나왔지만 정작 이모와 이모부는 코퀴틀람 쪽으로 자주 가지 않았다. 내가 떡볶이나 부대찌개, 고등어조림 같은 '완전한 한식'이 먹고 싶다고 하면 가끔 방문하는 정도였다. 그곳에 가면 한국에 있는 듯한 기분이 들 정도로 사방에서 한국어가 들렸다. 한아름마트에서 한국 식재료—참기름이나 고춧가루나 도토리묵 따위—를 고르고 있으면 한인들이 스스럼없이 다가와 반갑게 인사하곤 했다. 모녀가 참 많이 닮았네요, 그렇게 웃으며 말하는 사람도 있었다. 코퀴틀람에 몇 번 방문했을 때 나는 이모와 이모부가 왜 한인타운에 가지 않는지 이해할 수 있었다. 그곳은 한국이나 다름 없었다. 캐나다까지 온 보람이 없는 것이었다.

*

이모는 한국에 입국한 다음날 곧장 외할아버지 외할머니의 납골당에 갔다. 내가 네시에 퇴근을 하면 그때 함께 가는 게 어떻겠냐고 물었을 때 이모는 나와는 따로 갈 곳이 있다고 했다.

"며칠간은 내가 좀 귀찮게 해도 참아줘야 한다."

이모가 한국에서 가장 믿고 의지하는 존재가 나라는 사실이 기쁘면서도 슬펐다. 퇴근 후에 이모를 픽업해 출입국관리사무소로 갔다. 국적과에서 국적 상실 신고와 국적 회복 허가 신청을 동시에 했다. 국적 회복이 완료되면 외국 국적 불행사 서약서를 제출해야 했다. 서약 확인서를 받은 후에 주민등록을 할수 있고 그때부터는 한국인으로서의 권리를 누릴 수 있다. 나는 출입국관리사무소 직원이 요구하는 서류를 정리해 제출했다. 스스로 뭐라도 해보려 했던 이모는 대부분 자동화된 시스템 내문에 기계 앞에서 어쩔 줄 몰라하며 내 뒤에 바짝 따라붙었다. 다음 방문 때 제출해야 하는 서류를 내가 불러주자 메모지에 받아 적은 것이 그날 이모가 한 일의 전부였다.

나는 이모와 함께 저녁으로 아귀찜을 먹고 후식으로 딸기

탕후루를 먹었다.

"요즘 한국에서 유행하는 거예요. 애들은 학교 끝나고 다들 이거 하나씩 손에 들고 간대요."

내가 어디서 주워들은 이야기를 하니 이모는 눈을 빛내며 반질반질하고 딱딱한 탕후루를 조심조심 깨 먹었다.

"맛있다!"

이모의 눈이 휘둥그레졌다. 하나 덕분에 이런 걸 다 먹어보네, 하고 밝게 웃는 이모를 보자 십오 년 전 내가 키운 해바라기 씨앗의 껍질을 벗겨 입에 넣고 꼭꼭 씹던 이모가 생각났다. 나는 문득 궁금해졌다. 외할머니가 암으로 입원했을 때, 외할머니의 장례식 때, 오빠의 결혼식 때, 가족들은 이모가 한국에 잠시라도 들어오기를 간곡하게 청했다. 하지만 이모는 모조리 거절했고 매정하다는 얘기를 들어가면서 한국을 외면했다. 대신 이모는 가족들을 캐나다로 불러들였다. 그래서 생전의 외할머니도, 엄마 아빠 오빠도, 외삼촌네 가족도 한 번씩은 캐나다로 초대를 받았다.

이모는 심지어 참사 십 주기 추모 행사에도, 이십 주기 행사에도 참여하지 않았다. 너무한 게 아닌가 생각한 적도 있지만, 대체로는 이모의 마음을 이해할 수 있었다. 이전의 삶에서 분리되고자 하는 마음, 한국과 멀어지고자 하는 마음은 나 역시 가졌던 것이니까.

가족들이 추측한 대로 이모가 단지 늙고 혼자가 되어 마음이 약해져서 돌아온 것인지, 경제적으로 어려워져서 식구들에게 기대고 싶어진 것인지는 여전히 수수께끼였다. 이모는 십오 년 전 캐나다에 있을 때와 마찬가지로 슬픔을 겉으로 드러내는 법이 거의 없었기 때문에 진심을 알아내기란 무척 어려운 일이었다.

이모와 이모부는 마흔넷에 딸을 잃었다. 화재는 한밤중 청소년 수련원에서 일어났다. 불이 난 건물에는 유치원생과 미술학원생, 초등학생 등 수련원생과 인솔교사까지 포함해 오백 명 넘게 투숙하고 있었다. 수련원의 건축주는 건설비 절감을 위해 일층의 콘크리트 건물 위에 컨테이너 박스를 쌓아올려 가건물을 만들었고 외벽을 스티로폼과 목재로 마감해놓고는 건축물 대장에는 철골 콘크리트 건물이라고 허위 기재했다. 벽면과 바닥이 목재와 스티로폼, 비닐 장판 등 인화성 강한 물질이어서 화재가 발생했을 때 불이 순식간에 건물 전체로 번졌다. 화재탐지기도 비상벨도 작동되지 않았다. 그날은 야간 순찰도, 불침번도 없을 만큼 무방비였다.

사건 직후 모기향이 화재의 원인으로 발표되었으나 전문가들은 누전이 직접적인 원인일 가능성이 크다고 판단했다. 인근 주민이 '지난해 수련원 건물에서 두 차례 누전으로 인한 작은 화재가 발생했다고 증언했다'는 뉴스도 있었다. 화재의 원인이 모기향일 경우 불을 제대로 살피지 않고 자리를 비운 유치원 선생과 원장의 죄가 가중되고, 누전일 경우에는 불법 건축물에 사용 허가를 내준 공무원과 소방 장비를 점검하지 않은 수련원 관계자의 죄가 가중되는 것이었다. 그러나 끝내 명확한 진상 규명은 이루어지지 않았다.

나는 선생님의 손에 붙들려 비몽사몽간에 그 불길 속에서 걸어나왔고 나보다 한 살 많은 나의 사촌은 사망자 명단에 포함되었다. 가족들은 당시 유치원생이었던 내가 그 사건에 대해 아무것도 기억하지 못하는 줄 알지만 파편적으로나마 기억나는 게 있다. 매캐한 연기. 어른들은 우리가 겁을 먹어 운다고 생각했겠지만 우리는, 적어도 나는 아니었다. 눈을 뜨기 어려울 정도로 눈과 코가 매워서 절로 눈물이 흘렀다. 나는 소매로 눈물을 닦으며 바라보았다. 하늘로 맹렬히 솟아오르는 불기둥을. 화염 속인지 밖인지 알 수 없는 어느 지점에서 불길을 쪼개는 듯한 비명이 들렸다. 나는 그 소리와 풍경을 오래된 영화에서 본 장면처럼 희미하게 기억하고 있다.

내가 특별한 이유 없이 친구들과 불화할 때, 손끝이 야무지지 않아 어딘가 어설프고 엉성한 결과물을 만들어낼 때, 말귀를 잘 알아듣지 못하고 행동이 굼뜰 때, 엄마는 한숨을 쉬며 말했다. 분명 어릴 때는 안 그랬는데 연기를 많이 들이마신 후 달라진 것 같다고. 어쩌면 그게 사실일지도 몰랐다. 나 또한 커가면서 느꼈다. 나는 애매하게 애매했고 모호하게 모호했다. 행동의 당위를 설명하기 어려운 일들을 자주 저질렀다. 왜 그랬냐는 질문을 받아도 마땅히 둘러댈 말이 떠오르지 않는 경우가 태반이었다. 머리에 늘 검은 연기가 가득찬 것처럼 판단력이 흐렸다.

'그 일'의 당사자이자 생존자로서 나는 아주 어린 시절부터 'ㄱ 일'이 이모 부부의 삶을 송두리째 바꿔놓았다는 사실을 알고 있었다. 이모에 대해 아는 사실은 별로 없었지만 내게 주어진 이 정보가 너무나 핵심적이고 결정적이라, 솔직히 말하면 그것이 이모라는 인간을 이루는 서사의 전부처럼 느껴졌다. 이모에 관한 다른 정보들은 모조리 사소하고 무의미한 것으로 인식됐고 그런 이유로 뇌리에서 금방 잊혔다.

정부에서 사고 원인 규명에 미온적인 태도를 보이자 유가족들은 국립과학수사연구소까지 찾아갔으나 경찰들에 의해 가로막혔다. 당시 국무총리가 재수사를 약속했지만 끝내 재수사는 이루어지지 않았다. 사고의 직간접적인 책임자들은 대다수 무혐의로 풀려나거나 아주 가벼운 형량만을 선고받았다. 이모와 이모부는 사건이 있고 일 년여 뒤 이민길에 올랐다.

나는 이모를 만나고 나서야 이모가 변진섭을 좋아하지만 마이클 볼턴 노래를 주로 듣는다는 것, 밥보다는 디저트에 관심이 많다는 것, 고양이를 무척 좋아하지만 알레르기가 심해 기르지 못한다는 것, 영어를 유창하게 하는 것 같아도 가만히 들어보면 문법적으로 틀린 부분이 많다는 것, 하지만 틀린 문장이라도 자신 있게 말해 현지인들과 소통하는 데 큰 불편을 못 느낀다는 것…… 같은 사소하고도 인간적인 정보들을 알게 되었다.

*

처음에는 이모와 이모부에게 내 치부를 숨기고 밝은 모습만 보이는 것이 낫다고 생각했지만 그들에게 마음을 줄수록, 정이 들수록, 나의 과오를 솔직히 털어놓아야 떳떳하게 그들을 마주볼 수 있을 것 같았다.

나는 여느 때와 같은 어느 주말, 집에 노란 노을이 쏟아져 들어온 저녁 무렵 당근을 썰다가 그 이야기를 시작했다. 이모가 캐나다 학교에 적응하기 어렵지 않으냐고 물었을 때였다. 나는 고개를 저으며 친구가 두 명이나 생겼다고 말했다.

"신기해요. 한국에서는 나를 싫어하는 애들이 많았거든요. 한두 명이 아니라 열 명 넘게요. 솔직히 말하면 대부분이요.

어쩌면 전부일지도 모르고요."

내가 아무렇지 않게 하는 말을 이모와 이모부는 차분히 들어주었다. 그랬니, 그랬구나. 건성으로 듣는다는 느낌은 없었다. 이모부는 어느새 라디오 소리도 줄였다. 저녁 메뉴는 카레였다. 내가 썰어놓은 당근과 감자를 이모가 냄비에 넣고 끓였는데, 그러면서도 중간중간 나를 돌아보며 눈을 맞추었다. 그 다정한 눈길에, 나는 용기를 냈다.

강제 전학 기록이 남으면 엄마가 점찍어둔 자립형 사립고등학교 진학은 불가능해질 것이 자명했다. 두고두고 꼬리표가 남으리라고 생각한 엄마는 혜신의 부모에게 무릎을 꿇었다. 근방에는 금방 소문이 날 테니 다른 지역 학교를 알아봐야 했는데 엄마는 오빠가 고3인 상황에 당장 이사를 가는 건 무리라고 말했다.

"그러면 학교 안 다닐래."

"뭘 잘했다고 큰소리야, 너한테는 선택권 없어. 할머니 집 근처로 알아보고 있으니까 기다려."

엄마는 그렇게 쏘아붙였나. 하지만 그 와중에도 학군을 따졌고 할머니 댁 근처의 고등학교가 내년이면 학생 수 미달로 통폐합이 된다는 소문을 들은 후에는 아예 기숙사가 있는 국제학교를 알아보았다. 학비가 비싸 선뜻 결정을 내리지는 못했다. 엄마가 한창 골머리를 앓고 있을 때 이모에게 전화가 왔고 이모는 뭔가를 예견한 사람처럼 조카들을 캐나다로 보내라고 말했다. 사실 오빠와 내 몫의 비행기표를 끊어줄 테니 여름방학 동안 잠시 놀다 가라고 한 것뿐이었지만 엄마는 무슨 계시라도 받은 양 얼굴이 밝아졌다.

이모는 엄마의 예상보다 더 흔쾌히 내 유학 생활을 돕겠다는 의사를 전했다. 나는 가지 않으면 안 되냐고, 차라리 할머니네 근처 학교를 다니겠다고, 해외로 가는 것은 너무 무섭고, 두렵고, 적응할 수 있을지 도무지 자신이 없다고 엄마에게 빌다시피 사정했다.

"자신이 없어도 용기를 내야지. 뭐가 그렇게 무서워? 캐나다 가도 안 죽어. 하나야, 넌 한 번 죽었다가 살았잖아. 그러면 힘든 일이라도 극복할 생각을 해야지?"

그 말을 듣고 나는 더이상 엄마에게 매달리지 않았다. 그 대신 방학 때는 한국에 오게 해달라고 부탁했다. 엄마의 말대로 그 당시의 나는 무언가를 선택하거나 거절할 수 있는 상황이 아니었으니까.

학교를 다니는 내내 지독한 따돌림을 당했다. 어디서부터 잘못된 건지 알고 싶었고, 내게 원인이 있다면 바로잡고 싶었다. 반성해야 한다면 반성을, 극복해야 한다면 뼈를 깎는 노력으로 극복하고 싶었다. 가장 패닉에 빠지는 순간은 아이들이 내게 질문을 던질 때였다. 아이들은 답답하다는 표정으로 물었다. 너는 애들이 왜 너를 싫어한다고 생각해? 너는 우리가 괜히 이런다고 생각해? 이유가 있을 거라는 생각은 안 해? 네가 사람을 얼마나 거슬리게 하는지 진짜 몰라? 왜 대답을 안 해?

나는 대답을 하지 않은 죄로 거친 욕설과 모욕을 감내해야 했지만 답을 모르는 상황에서 섣불리 입을 뗼 수는 없었다. 아이들이 던진 질문의 답을 찾아 몇 날 며칠을 골몰했다. 거울을 마주보고는 중얼거렸다. 그러게, 애들이 괜히 그럴 리가 없잖아. 왜 이곳에 있니. 있을 필요도 없는데 굳이 왜 있니. 왜 살았니. 거슬리게. 그렇게 생각하니 몹시 거슬렸다. 귀하게 자란 것치고, 오냐오냐 자랐다는 것치고 나는 귀해 보이지도, 사랑스러워 보이지도 않았다.

중학교 3학년이 된 나는 최대한 말을 삼가고 웃지 않기를 택했다. 모두의 앞에서 욕설을 듣는 일은 거의 사라졌다. 다행이라고 생각했다. 나는 아이들과 잘 지내고 싶었고 더이상 겉돌고 싶지 않았다. 그러나 아이들은 그런 내 바람을 또 저버렸나. 나만큼이나 눈엣가시인 이이를 지목해 나와 그 아이 중에 누가 더 거치적거리고 역겨운 존재인지 투표에 부쳤다.

혜신은 언제 어디서든 바른말을 하기로 유명한 아이였고 그런 이유로 아이들과 융화하지 못했다. 아이들은 혜신이 지나가면 냄새가 나서 비위가 상한다고 비아냥대기 일쑤였다. 물론 혜신에게서는 아무 냄새도 나지 않았다. 하지만 아이들은 혜신이 지나가기만 해도 보란듯이 코를 막았다. 나도 코를 막았다. 코를 막으면 이상하게 매캐한 냄새가 나는 것 같았다. 그 싸하고 묵직한 냄새는 분명 환취였지만 그것이 코끝에서 맴돌 때면 나는 슬프지 않은데도 눈물이 났다.

어느 날 혜신을 공격하던 무리가 내게 혜신을 체육관 창고에 가두라고 말했다. 우리 학교는 컨테이너 박스에 매트리스나 뜀틀, 농구공 등을 넣어뒀는데 주번은 체육 시간이 끝나면 뒷정리를 한 뒤 교실로 올라올 수 있었다. 주번인 혜신이 창고 안에 있을 때 밖에서 문을 잠갔다가 하교시간에 열어주라는 것이었다. 나는 못하겠다고 말했지만 아이들은 온갖 논리로 나를 부추겼다.

솔직히 김혜신이 우리 다 무시하고 잘난 척하는 건 사실이잖아. 우리가 걔를 괜히 싫어하는 게 아니잖아. 그러니까, 걔가 잘못한 건 사실이잖아.

혜신을 배척하는 것이 정당하다는 식의 말에 어쩌면 나는 정말 그럴지도 모르겠다고 생각했다. 다수가 한 사람을 이렇게까지 증오하고 괴롭히는 데는 마땅한 이유가 있다고 여겨야 내 마음이 편하기 때문이었을 것이다.

혜신이 창고에 들어갔을 때 나는 재빨리 철문을 닫았다. 손이 떨려 자물쇠를 닫아거는 손이 흔들렸다. 그때 안에서 문을 미는 힘이 느껴졌다. 혜신과 나는 체구가 엇비슷했다. 우리는 서로 물러서지 않고 문을 사이에 두고 맞섰다. 나는 철문이 열리지 않게 하기 위해, 혜신은 열기 위해. 안에서 살려주세요, 살려주세요, 하는 비명소리가 들렸다. 곧 울음소리도 새어나왔다. 수업 시작종이 쳤다. 나는 등에서 땀이 줄줄 흐를 때까지 그 문 앞에서 버텼다. 잠긴 문고리가 풀리지 않게 하려고 얼마나 힘을 줬던지 엄지손가락의 살갗이 벗겨지고 피가 흐르고 있었다. 마침내 혜신이 포기했고 그 처절한 힘겨루기는 나의 승리로 끝났다. 나는 기이한 후련함을 느끼며 체육관 문 앞에 앉아 호흡을 골랐다.

교실로 돌아가려고 발길을 돌린 순간 나는 창고 안이 수상하게 고요한 것을 느꼈다. 문득 내가 무슨 짓을 저질렀는지 깨달았다. 후들거리는 다리로 주춤주춤 다가가 문을 도로 열었다. 문 앞에는 혜신이 쓰러져 있었고 체육복 바지가 소변으로 흥건히 젖어 있는 것이 보였다. 어쩔 줄 몰라하며 혜신을 흔들어 깨웠다. 그때 지나가던 교감이 우리를 발견했다. 교감이 혜신을 등에 업고 보선실로 내달릴 때 나는 함께 뒤를 따르며 속으로 미안해, 미안해만 반복했다.

학폭위가 열렸고 담임은 징계 수위가 높을 것이라고 알렸다. 내게 그 일을 시킨 아이들의 이름을 말했지만 아이들은 입을 모아 완강히 부인했다. 그 와중에도 나는 그 아이들의 협동심과 의리가 그만큼이나 끈끈하다는 것이 부러웠다. 왜 나는 끝내 저 무리에 속하지 못하는지, 나 자신을 한심해하기 바빠 혜신에게 제대로 된 사과도 하지 못했다.

혜신은 문이 닫히는 순간 내 얼굴을 봤다고 증언했다. 엄마가 무릎을 꿇고 자발적으로 전학을 가겠다고, 다시는 혜신 앞에 나타나지 않겠다는 각서도 쓰게 하겠다고 하자 혜신의 부모는 마음을 돌렸다. 나는 학교에서 내릴 수 있는 최대 정학 일수인 삼십 일의 처분을 받고 조기유학길에 올랐다. 내가 혜신에게 속죄할 유일한 길은 다시는 그애의 눈에 띄지 않는 것. 그때는 그 소극적인 사과의 방식을 최선이라 여겼다.

내가 한국을 떠나게 된 사정이란 이러했다. 이야기가 끝난 후 이모부는 내 등을 토닥여주었다. 이모부의 손은 따뜻하고 조금은 무겁게 느껴졌는데 그 무게감이 싫지 않았다.

*

캐나다 학교의 겨울방학은 12월 중순부터 1월 초까지였다. 단 이 주뿐이었지만 나는 한국에 가고 싶다고 엄마에게 전화했다. 사실 조금이나마 나아진 내 모습을 가족들에게 보여주고 싶었다. 평생 모르고 살았던 감정들, 그러니까 소속감이라든가 안정감, 자부심 같은 것이 내 안에 싹텄다는 것을 보여주고 이전과 달라졌다는 인정을 받고 싶었다. 그런데 엄마는 비행기표가 비싸니 내년 여름방학 때나 오라며 내 말을 단칼에 잘랐다. 나는 서운함을 감출 길이 없어 며칠간 우울에 빠졌다.

방학식 날 학교에서 작은 소란이 있었다. 발화지는 과학실이었다. 나는 무슨 일이 일어났는지 정확히 모른 채 안내 방송과 신생님의 지시에 따라 바깥으로 탈출했다. 캐나다 학교는 이층으로 건물이 야트막했다. 십여 분 만에 전교생이 운동장에 모였다. 고개를 들어보니 건물에서 시커먼 연기가 피어오르고 있었다. 스프링클러가 제때 작동했고, 인근 소방서 대원과 살수차가 금방 도착해 화재는 한 시간도 되지 않아 진압되었다. 인명 피해도 없었다. 동네 주민들이 곧바로 학교로 몰려들었다. 선생님은 방학식을 생략하기로 했다며 모두 곧장 집으로 돌아가라고 했다. 가방과 짐을 챙겨 나오지 못한 아이들도 있었지만 아무도 건물 안으로 들어길 수 없디고 했다. 실내화를 신은 채 집으로 돌아가던 나는 뒤늦게 소식을 접하고 아이들을 데리러 오는 부모들을 봤다. 아이들이 무사한지, 얼굴과 손과 발을 확인하는 그들을 길 한복판에 서서 가만히 바라보았다. 그때 저 멀리서 익숙한 얼굴이 보였다. 미용실 앞치마를 두른 이모가 학교로 달려오고 있었다. 이모는 넋이 나간 상태였다. 굽이 높은 슬리퍼를 신은 채여서 금방이라도 넘어질 것 같았다. 내가 부르자 이모는 황급히 멈추다가 결국 돌부리에 걸려 나동그라졌다. 나는 쓰러진 이모를 부축해 벤치에 앉혔다. 이모의 양손이 심하게 까져 피가 맺혀 있었다.

얼마나 경황이 없었으면 이모는 지갑도 휴대폰도 들고 오지 않았다. 겨울 날씨에, 평소 미용실에서 입는 얇은 니트 카디건만 걸쳤는데도 이모는 온몸이 땀으로 흠뻑 젖어 있었다.

사실을 말하자면 나는 불길은 보지도 못했고 그저 먼 곳에서 검은 연기를 확인했을 뿐이었다. 그런데 이모는 내가 재난 현장에서 살아 돌아온 것처럼 안도하고 있었다. 나는 그 순간 설명하기 어려운 야릇한 감정을 느꼈다. 이모가 나를 끌어안고 깊은숨을 쉬었다. 맞닿은 피부로 두근거리는 심장의 진동이 전해졌다. 숨을 크게 들이쉬고 내쉬며 아주 천천히 호흡을 고르는 게 느껴졌다. 이모는 그렇게 한참이나 나를 끌어안은 팔을 풀지 않았다. 강한 팔힘이 나를 보호하는 감각이 좋았다. 그때 이모가 윽, 하는 신음소리를 냈다. 무언가에 세게 두드려 맞고서 고통을 참는 듯한, 그런 소리였다.

"이모, 괜찮아요?"

이모는 대답 없이 윽, 윽, 소리를 내며 고개를 끄덕였다. 이모가 울음을 꿀꺽꿀꺽 삼키는 소리였다.

그 일을 계기로 이모는 걱정이 많아졌다. 나를 더 자주 단속했다. 학교에 난 화재가 이모의 트라우마를 자극했다는 걸 알았지만 내색은 하지 않았다. 그 무렵부터였을 것이다. 나는 엄마와의 전화통화를 피하기 시작했다. 밴쿠버는 한국보다 열여섯 시간이 늦어서 엄마와 통화를 하기 위해서는 시간을 잘 맞춰야 했다. 가장 적당한 때는 내가 학교에 갈 준비를 하며 아침을 먹는 여덟시 삼십분이었다. 그때 한국은 밤 열두시 삼십분으로 엄마와 아빠가 하루를 마무리하는 시간이었다. 엄마 아빠는 내게 학교생활은 어떤지, 수업 내용은 얼마나 알아듣고 있는지, 친구는 몇 명이나 사귀었는지 물었다. 나는 일본인 아이 한 명과 중국인 아이 한 명을 사귀었다. 집에 초대한 적은 없지만 친하다고 말하기 부끄럽지 않을 만큼은 친해졌다. 엄마는 웬만하면 영국인 아이와 프랑스인 아이를 사귀라고 했다. 10학년이 되면 프랑스어 수업을 필수로 들어야 하니 프랑스인 친구를 사귀면 말이 금세 늘 거라고 했다.

이틀 혹은 사흘에 한 번 하던 통화는 일이 주에 한 번으로 줄었다. 주말에 걸려오는 전화도 피하기 일쑤였는데, 엄마는 내가 전화를 받지 않으면 이모에게 전화를 걸었다. 그러면 이모는 나를 불러 엄마를 바꿔주었다.

그렇게 억지로 통화를 하고 나면 나는 괜히 이모에게 분풀이를 했다. 대놓고 화를 낸 것은 아니지만 밥을 먹지 않거나 휴대폰을 두고 친구 집에 놀러갔다. 이모와 이모부가 늦게까지 돌아오지 않는 나를 걱정해 여기저기 알아보다가 마침내 친구 집까지 찾아오면 나의 철없는 반항 행위는 종료되었다. 내가 무사한 걸 확인한 이모가 이름 모를 신에게 감사하다는 기도를 할 때, 화를 낼 기력도 없어서 차 뒷좌석에 앉아 그냥 내 손을 가만히 쥐고 있을 때, 내 기분은 한결 나아졌다.

그 시기의 나는 이모와 이모부의 마음을 위로해주는 사람이 아니라 불안감을 조장하는 존재였을지도 모른다. 왜 시시때때로 그런 충동을 느꼈는지, 때때로 그 충동을 실행에 옮겼는지 나조차 나를 완전히 이해할 수는 없었다. 다만 그때의 나는 그것이 손에 잡히는 행복을 확인하는 길이라고 믿었다.

*

엄마는 처음에 내가 일부러 전화를 피한다는 사실을 인지하지 못했다. 오히려 전화를 받지 않으려면 이런 문자를 남겨두곤 했다. '하나. 캐나다가 그렇게 좋아? 아주 신났네. 잔소리

안 들으니까 살판났지?'

엄마는 농담처럼 던진 말이었겠지만 사실이 그랬다. 나는 그곳에서 살 만한 삶을 처음으로 경험했다. 겨울방학이 끝난 후에 내가 학교를 핑계로 더 노골적으로 통화를 피하자 엄마는 불안해졌는지 더는 시차를 따지지 않고 밤이든 낮이든 아무때나 이모에게 전화해 나를 바꾸라고 했다. 엄마는 혹시 무슨 일이 있느냐고 물었다가 나의 태연한 목소리를 듣고는 걱정되니 일주일에 두 번은 전화를 하라고 타일렀다. 엄마가 집착할수록 나는 엄마와 통화하는 것이 더욱 불편해졌다. 이모, 이모부와 단란한 시간을 보내다가도 이모가 엄마와 통화한 지 얼마나 됐느냐고 물으면 꽃밭에서 노니는 듯 안온했던 마음이 얼음물을 뒤집어쓴 것처럼 냉담해졌다.

한국으로 돌아가지 않을 이유가 매일 하나씩 늘었다. 이모는 허리까지 내려오는 내 머리를 집에서 깔끔하게 다듬어주었다. 내가 오렌지색으로 염색을 하고 싶다고 하자 미용실에서 탈색약과 염색약을 챙겨와 그날 밤에 바로 염색을 해주었다. 나는 우리집 지붕과 색이 똑같은 오렌지빛 머리카락을 갖게 되었다. 귀가 트여 학교 수업도 따라가기 시작했다. 경영이나 과학, 프랑스어는 여전히 어려웠지만 예술, 진로 및 적성, 수학 과목은 편안해졌다. 둘이던 친구는 넷으로 늘었다. 엄마의 바람대로 프랑스인 친구를 사귀었지만 엄마에게는 말하지 않았다.

　내가 여름방학에도 집에 가지 않기로 선언하며 통제를 완전히 벗어나자 결국 엄마는 폭발해버렸다. 여름방학은 두 달이 좀 넘는 기간이었다. 엄마는 방학이 시작되기 두 달 전부터 한국에 오면 제주도로 다 같이 가족 여행을 가자고, 수영도 하고 낚시도 하자며 전에 없던 태도로 나를 구슬렸다. 나는 안 그래도 영어가 완벽하지 않아 수업을 따라가기 힘드니 방학을 틈타 복습과 예습을 제대로 하고 싶다고 우물쭈물 말했다. 그럴 듯한 핑계였지만 방학만을 바라보고 최대한 인내심을 발휘하고 있던 엄마로서는 뭔가 큰 위화감을 느낀 것 같았다. 그것도 사랑일까? 내가 집으로 가길 거부하자 엄마는 생활비를 끊겠다고 엄포를 놓더니 며칠 후에는 아무래도 수상하니 눈으로 확인을 해야겠다며 연말에 직접 캐나다로 오겠다고 했다. 나는 엄마가 방문하는 날이 하루하루 다가올수록 마음이 불안하고 껄끄러워졌다.

　여름방학이 시작되고 나는 이모, 이모부와 오랜만에 캠핑을 떠났다. 자주 가던 버나비마운틴이 아닌 밴쿠버의 컬투스 호수 캠핑장을 이모부가 예약했다. 앞에는 호수, 뒤에는 울창한 숲이 둘러싼 캠핑장에 캐빈 스타일의 텐트가 마련되어 있었

다. 낮에는 카약을 즐기는 사람들로 호수가 시끄러웠지만 해
가 지자 낚시꾼 몇몇과 우리 가족만 남게 되었다. 달빛이 반사
되어 금빛으로 반짝거리는 호수 표면에 이따금 물고기들이 튀
어오르는 것이 보였다. 저녁을 먹으며 이모부는 마이클 볼턴
의 〈To Love Somebody〉를 흥얼거렸다. 무척이나 평화로운
시간이었다. 그래서였을까. 나는 엄마의 신신당부를 잊고 '그
일'을 입에 올리고 말았다. 정확히는 내 사촌에 대한 이야기
를. 사촌은 나보다 삼 개월 먼저 태어났는데 이모와 이모부가
결혼한 지 십 년 만에 어렵게 얻은 아이라 집안의 보배라고 들
었다. 나는 한국 집에서 사촌의 사진을 본 적이 있다고, 엄마
가 그애를 안고 있는 사진이 내 사진첩에 있어서 한동안은 당
연히 그 아이가 나라고 생각했다고, 하지만 아니더라고 고백
했다. 사촌과 내가 어렸을 때 부모가 바뀐 것은 아닐까, 그런
상상을 한 적이 있다는 말은 다행히 하지 않았다.

이모는 아마 그 사진을 자기가 찍어줬을 거라고 말했다. 사
촌이 태어났을 때 엄마가 무척 예뻐했다며, 이모와 엄마는 우
리를 자매처럼 함께 키웠다고 했다.

나는 원래 그렇게 말을 하는 아이가 아니었다. 내가 갈망하
는 것이 무엇인지 대체로 잘 몰랐을 뿐만 아니라 어쩌다 바라
는 일이 생겨도 어차피 이루어지지 않을 것이라 여겨 되도록
입 밖으로 꺼내지 않았다. 하지만 그날의 나는 다른 영혼에 씐

사람처럼 말하고 행동했다.

"그래서 그런지 저는 이모가 엄마보다 더 엄마처럼 느껴질 때도 있어요."

"정말?"

"네. 이모가 제 엄마였으면 저는 나쁜 애가 안 되었을지도 몰라요. 지금보다 훨씬 착했을 수도 있고요."

"왜 네가 나쁜 애라고 생각해. 이모는 그렇게 생각해본 적 없는데."

"모르겠어요. 그냥 그런 생각이 들었어요. 저를 보면 다들 마음이 불편하대요."

이모가 눈에 띄게 당황하며 무슨 말을 해야 할지 몰라 머뭇거리는 것을 알았지만 나는 아무렇지 않은 척 말을 이어나갔다.

"이모 이모부랑 같이 있으면 뭔가 좀 편안한 것 같아요."

"우리도 그래, 하나야. 네가 와 있는 동안 우리는 십 년 치 웃을 거 다 웃었어."

이모부가 내게 말했다.

"정말요?"

"응."

"사실 저도 그래요. 저도 십칠 년 치 행복을 몰아받은 것 같아요."

그때 우리 텐트와 가까운 호수에서 오십 센티도 넘을 것 같은 큰 물고기가 튀어올랐다. 우리는 함께 와, 하고 탄성을 내질렀다. 나는 그 순간 나의 마음과 이모, 이모부의 마음이 완전히 겹쳐졌다고, 제멋대로 생각했다.

엄마는 지금도 내가 이모와 이모부의 딸로 살고 싶어했다는 사실을 알지 못한다. 난생처음 경험한 외국 문화에 도취되었다거나 뒤늦은 사춘기가 와서 방종을 자유로 착각하고 살았다는 식으로 나의 유학 생활을 폄하하기도 했으니까. 내가 그들 때문에 캐나다에 남고 싶어했다고는 절대 생각하지 못할 것이다. 엄마는 짧은 시간 안에 내가 그렇게까지 이모를 따르게 되었다는 사실을 의아하게 여겼다. 이모가 나를 이용해 적적함을 달래려 한다고, 자기 욕심을 채우려 나를 캐나다에 주저앉히려 한다고 말하기도 했다. 하지만 엄마는 끝까지 몰랐다. 내가 이모의 딸이 되고 싶다고, 비어 있는 그 자리를 차지하고 싶다고 분별없이 이모에게 매달렸다가 완곡하게 거절당했다는 것을.

엄마는 여름과 가을이 지나 겨울이 될 무렵 결국 캐나다에 왔다. 나는 일 년하고도 반년 만에 만난 엄마를 데면데면 대했다. 주위 모두가 알아차릴 정도였다.

"죄지었니? 뭔 짓을 하고 다니길래 엄마를 똑바로 못 쳐다봐?"

엄마는 보살핌을 필요로 하지 않고 관심을 갈구하지도 않는
딸이 서운하고 생소해 안달이 난 듯했다.

나는 난생처음으로 나라는 존재 자체가 무기가 될 수 있음
을 알았다. 나와 보름간 어색한 시간을 보낸 엄마는 무슨 마음
에선지 갑자기 이층으로 올라와 내게 할머니 집에서 학교를
다니는 게 어떻겠느냐고 회유했다.

"이제 와서? 무슨 말이야, 그게. 그러다가는 엄마가 말한 대
로 나는 정말 망할 거야."

내가 단호하게 거절했음에도 엄마는 귀국 날짜가 다가올수
록 한국에서 학교를 다닐 수 있는 방법도 많다며 자신의 계획
을 상세히 설명했다. 나를 설득하려 애쓰는 엄마의 얼굴은 일
견 필사적이기까지 했다. 이모는 내가 이제 겨우 적응해서 친
구도 사귀며 잘 지내고 있으니 고등학교는 이곳에서 마치게
하는 게 어떻겠느냐고 엄마를 타일렀다. 그 말은 지극히 타당
했지만 엄마는 전에 없이 이모를 차갑게 대했고 이모 때문에
내가 헛바람이 들었다고, 아주 부모고 형제고 다 버리려 한다
며 막말을 했다. 그게 비합리적인 행동이라는 건 엄마가 더 잘
알고 있었을 것이다. 지금도 가끔 그때 일을 언급하는 데에는
자신의 행동을 정당화하기 위한 마음이 있으리라 짐작한다.
자신의 판단이 아니었다면 내가 그곳에서 아주 몹쓸 인간이

되었을 거라고 생각해야 자신의 패악질이 덜 민망할 테니까.

내가 마지막으로 이모에게 무슨 말을 했던가. 엄마를 말려
달라고 했을 것이다. 엄마는 내 얘기를 어차피 안 들을 테니
이모가 설득해달라고. 내 마음이 어떤 상태인지도 모르면서
항상 딸의 미래를 결정할 마땅한 권리가 있는 것처럼 구는 엄
마를. 엄마가 자리를 비웠을 때 나는 이모의 손을 잡고 뒷마당
으로 이끌어 다짜고짜 말했다.

"제가 가면 어쩌실 거예요?"

나는 이모 앞에만 서면 목소리가 또렷해지고 자신감이 넘쳤
다. 지금 생각하면 어처구니가 없을 정도로 그랬다.

"이층 방은 창고가 돼요? 해바라기는 누가 가꾸고 이모 새
치 염색은 누가 해줘요? 우리 아직 오로라도 못 봤고 미국으
로 여행도 못 가봤는데요."

이모는 한참 만에 입을 뗐다.

"모두 그대로 둘게. 이층 방도 그대로 두고 해바라기는 내
가 대신 잘 키울게. 머리는 네가 다시 와서 염색해줄 때까지
그대로 둘게. 그곳에서 견디기 힘들면 다시 돌아와. 성인이 되
어서 오면 더 나을 거야. 여기는 네 집이야."

한국으로 돌아갈 일을 상상하면 눈앞이 깜깜했다. 캐나다에
서 평안을 느낄수록 이전 삶에 큰 반감을 느낄 수밖에 없었다.

그랬다. 나는 한국에서의 삶을 이전 생으로 분리해서 생각하고 있었다. 악몽과도 같아서 차마 꿈으로도 다시 꾸고 싶지 않은 생애였다. 과장하는 거라고 해도 어쩔 수 없었다. 내 마음이 그랬으니까.

"이모. 한국에는 나를 싫어하는 사람이 많단 말이에요. 혜신이한테도 약속했어요. 다시는 눈에 띄지 않기로."

혼자 한 약속이라도 나는 지켜야 한다고 생각했다.

"뉘우치는 방법은 한 가지만 있는 게 아니야. 겁내지 말고 부딪혀봐."

기대와는 다르게 이모는 엄마 편에 서서 나를 설득했다. 너희 엄마도 다 생각이 있을 거라고, 막무가내처럼 보여도 본심은 그게 아닐 거라고, 이곳에서 보낸 짧은 시간 동안 성격도 긍정적으로 바뀌었으니 한국에 가서도 잘 지낼 수 있을 거라고, 나를 다독였다.

실현되지 않을 것만 같던 일은 결국 일어났다. 내 의사와는 상관없이 엄마는 한국 고등학교로의 전학 수속을 알아보았고 나는 10학년 봄에 한국으로 돌아왔다. 열여덟 살의 나이에 고등학교 1학년으로 입학했고 졸업 후 성적에 맞춰 수도권에 있는 사 년제 대학에 입학했다.

그후로 캐나다에는 한 번도 가지 않았다. 한국이 견딜 만해서는 아니었다. 이곳에 사랑하는 사람들이 생겨서도 아니었다. 그저 어느 순간 나는 내 삶이 이곳에 있다는 사실을 받아들이게 되었다. 더 행복해지지는 않았지만 의외로 더 불행해지지도 않았다. 이모 말대로 캐나다에서 보낸 시간이 도움이 되기는 한 것 같았다. 나는 내가 잘 살고 있는지, 충분히 뉘우치며 살고 있는지 시시때때로 의심하며 나 자신에게 물었지만 답을 찾지는 못했다.

이모를 생각하며 자주 울었다. 버나비마운틴이, 밴쿠버의 컬투스 호수가, 연락이 끊긴 일본인 친구와 중국인 친구가, 그리고 해바라기가 그리웠다. 하지만 찾아갈 엄두가 나진 않았다. 이모에 대한 약간의 배신감과 오기로 그곳을 외면했지만 시간이 좀더 흐른 후에는 캐나다에서의 좋은 기억을 내 안에 잘 보존하고 싶은 마음이 커졌다. 의심할 여지 없이 사랑으로만 가득했던 그 시기를 훼손할 가능성은 모두 배제하고 싶었다. 그때 느낀 그리움과 슬픔은 애매모호하지 않아서 좋았다. 내가 가져본 것 중 가장 확연하고 선연한 감정이었다. 이모는 일이 년에 한 번씩, 비행기표를 끊어줄 테니 한 달만이라도 머물다 가라고 연락이 왔지만 나는 매번 다른 핑계를 대며 가지 않았다.

*

이모와 함께 바쁘게 집을 보러 다녔다. 빌라나 아파트가 아
닌 주택을 찾으려다보니 경기도 남부 쪽을 자주 방문하게 되
었다. 가족들의 반대에도 이모는 마당이 있는 집을 원했고, 고
즈넉하고 사람이 붐비지 않는 동네면 더욱 좋을 것 같다고 말
했다. 주어진 예산에서 조건에 맞는 집을 찾기란 상당히 까다
로운 일이었고 어쩔 수 없이 우리는 자꾸만 외진 곳으로, 낯선
동네로 향했다. 내가 보기에는 영 변변치 않은데도 이모는 보
는 집마다 이만하면 훌륭하지 않으냐며 계약하는 게 어떻겠느
냐고 내게 물었다. 이모가 내 의견을 일 순위로 생각하고, 조
심스레 허락을 구할 때면 나는 이모의 보호자가 된 것 같아 더
욱 신중해졌고 그래서 자꾸 한 곳만 더, 다른 동네도 한번 더,
하면서 계약을 미뤘다. 이모는 어디든 좋으니 어서 짐을 풀고
편안히 쉬고 싶은 것 같았다. 예상은 했지만 우리집에서 머무
는 일은 감정 소모가 큰 모양이었다.

오늘도 집을 세 곳이나 보았지만 결국 결정을 내리지 못하
고 돌아가는 길이었다. 이모를 흘깃 보니 체력이 많이 깎인 듯
해 걱정스러웠다. 나는 짐짓 밝은 목소리로 이모에게 말을 걸
었다.

"이모. 봄이 오면 우리 마당에 꽃 심는 게 어때요?"

"좋지. 나도 너랑 같은 생각."

"무슨 꽃 심을까요?"

이모가 나를 바라보며 장난기어린 목소리로 대답했다.

"너랑 같은 생각."

"해바라기요?"

"그게 기본이지. 고구마도 심을 거야. 나중에 구워줄게. 맛탕도 할까."

아직 심지도 않은 고구마를 어떻게 요리해 먹을지 얘기하며 우리는 도로 위를 달렸다. 집으로 돌아가는 길은 퇴근 시간과 맞물려 교통 체증이 심했다. 조수석에서 캄캄하기만 한 하늘을 한참 살피던 이모가 지나가는 말처럼 물었다.

"하나, 여기서 현장까지는 멀까?"

"무슨 현장이요?"

"거기 말이야. 수련원 있던 곳."

그곳에 가려면 왔던 길을 다시 돌아가야 했다. 그런데 왜인지 무심코 꺼낸 듯한 그 말을 그냥 넘길 수가 없었다. 아주 오랫동안 참아왔다가, 이제야 겨우 용기를 내 꺼낸 말이라는 느낌이 들었다.

"멀지 않아요. 가볼까요?"

"찾을 수 있겠어?"

"당연하죠."

나는 이모의 대답을 기다리지 않고 신호를 받자마자 차를 돌렸다. 인적이 드물고 캄캄한 길을 계속해서 달렸다. 한 시간 정도 달려 그곳 앞에 다다랐다. 사건 현장 주변에는 여전히 캠핑장으로 운영되는 숙박 시설들이 있었다. 현장은 건설자재와 벽돌, 건설 폐기물로 지저분했다. 출입을 막기 위해 바리케이드가 허술하게 쳐져 있었는데 오래도록 관리되지 않은 것이 느껴져 을씨년스러웠다. 이모는 두리번거리며 이곳이 정말 그 자리가 맞느냐고 눈으로 물었다. 내가 고개를 끄덕이자 차에서 내려 조심스럽게 바리케이드를 넘어갔다. 나는 차의 상향등을 켜둔 채 따라 내렸다.

"아무것도 없네."

한때는 시장과 시의원들이 이곳에 위령탑을 세우겠다고, 추모 공간을 만들겠다고 거창하게 공표하기도 했지만 소리 소문 없이 무산되었다. 이모의 얼굴에 스친 노여움은 생경했다. 알고 있던 사실이지만 비로소 실감이 났다. 이모는 이곳에서 딸을 잃었다. 나의 사촌. 나는 한때 그 아이의 자리를 탐냈다. 이모가 숨을 들이쉬고 내쉴 때마다 희미한 입김이 공기 중에 피어났다가 사라졌다.

"멀리 도망치고 싶었는데, 나도 참 이상하다. 결국 내 발로 찾아왔잖아, 이렇게."

"이모, 왜 한국에 오신 거예요?"

나는 내내 궁금했던 것을 물었다. 이모는 나를 가만히 바라보다가 속삭이듯 말했다.

"슬픔을 찾으러 왔지. 어느 날 문득 깨달았어. 이제 정말 한국으로 돌아가야 할 때가 왔다는 걸."

슬픔을 찾기 위해 왔다니. 내가 설명을 기다리듯 이모를 빤히 쳐다보자 이모는 마주보며 웃어주었다.

"내가 내팽개친 슬픔을 회수해야 제대로 눈을 감을 수 있을 것 같았어. 그때는, 그러니까 이십 년 전에는 말이지, 떠나야 했어. 살기 위해서는 한국을 버려야 한다고 생각했어. 시간이 지나고 늙으면 다 무뎌질 거라고 누군가가 말했거든. 그 말을 믿고 싶어서 그냥 믿어버렸어. 총기가 흐려지는 속도로 내 안의 슬픔이 옅어지기를 바랐지. 운좋게 휘발된다면 더 좋을 테고."

이모는 저무는 삶처럼 슬픔도 고통도 앙심도 잠잠해지기를 기다렸을 것이다. 딸의 얼굴이 뇌리에서 희미해지기를, 엄습하는 그리움도 무뎌지기를. 이모는 말했다. 그런데 새싹같이 파릇파릇한 슬픔이 매일 움텄다고, 눈을 질끈 감아도 암흑 속에서 유독 딸의 얼굴만은 선명하게 떠올랐다고.

"어떤 슬픔은 다른 슬픔보다 확실히 가소로워. 새로운 땅에서 그렇게 많은 수치와 수난을 겪었지만 다 견딜 만했어. 이 땅에 돌아오는 것보다는 뭐든 낫다고 생각하면서 버티니까,

고통도 시시했어. 여기서 성실하게 슬픔을 감당한 다른 유가족들은 어떨까. 나랑은 좀 다를 거야. 나는 이 땅이 싫어서 떠났는데 여기서 한 발짝도 못 나아간 느낌이야."

이모는 깜빡 잠이 든 게 아닌가 싶을 정도로 긴 시간 눈을 감고 있었다. 상향등 불빛이 이쪽을 비추고 있어 나는 이모 얼굴에 내려앉은 세월의 흔적들, 깊이 팬 주름과 검버섯과 주근깨 들을 눈에 담을 수 있었다. 십오 년 전만 해도 이모에게 없던 것들이었다. 나는 그 흔적이 새겨지는 과정을 보지 못했다는 것이 가슴 아플 정도로 아쉬웠다. 이모는 한참 만에 눈을 떴다.

"한국에 오니 진아가 무성해."

잊고 있던 사촌의 이름이 그제야 떠올랐다. 진아. 나보다 삼 개월 일찍 태어난 집안의 보배. 총명하고 귀했던. 나는 내가 제대로 살고 있지 못하다고 생각할 때마다 진아의 짧은 생애를 선망하고는 했다.

"눈을 감고 가만히 있기만 해도 사방에서 진아가 몰려오는 기분이네. 긴 시간 아등바등 살았는데도 삶에 충실하지 않았다는 생각이 드는 걸 보면 내가 고통을 필사적으로 피해 다녔기 때문인가봐."

제대로 슬퍼하기 위해 한국에 돌아왔다는 말은 복잡하게 느꺼지기도 했지만 쉽게 이해되기도 했다. 때로는 고통스러울 줄 알면서도 얼음장 같은 현실에 몸을 담가야만 하니까. 그게 삶을 나아지게 하는지는 잘 모르겠다. 다만 이모가 본격적으로 고통을 견뎌보기로 결정했다고 하니 그 슬픔을 잘 버텨내도록 곁에서 지켜야겠다고 다짐할 뿐이었다.

"솔직히 말하자면 나는 오래전에 너희 엄마의 말을 듣고 찔렸던 것 같아. 내 욕심을 채우려고 너를 캐나다에 주저앉히려 한다는 말은…… 사실이기는 했지. 속내를 간파당했다는 생각에 괴로웠어. 하나를 하나로서 사랑하는 건지, 하나에게서 진아의 모습을 찾고 있는 건지 헷갈렸거든. 여러모로 네게 떳떳하지 못해서 차마 떠나지 말라고 말할 수가 없었어."

그러나 나를 향한 이모의 마음은 언제나 진실했음을 나는 분명히 알았다.

돌아가는 길은 교통 체증이 풀려 차가 막히지 않았다. 도로 위는 신기할 정도로 적막했다. 그리고 라디오를 틀자 거짓말처럼 마이클 볼턴의 〈Lean on Me〉가 나왔다. 이모부가 자주 흥얼거리던 노래 중 하나였다. 그 사람이 좋아하던 노래네, 이모가 중얼거렸다. 이모가 좋아하는 가수여서 이모부가 자주 불렀던 건데 그건 모르는 모양이었다. 그 순간 먼 곳에서 희미한 사이렌소리가 들려왔다. 금세 소방차 여러 대가 우리 차를 추월해 빠른 속도로 멀어져갔다. 잠시 뒤 차가 막히기 시작했다.

모든 일에 인과관계가 있다고 생각하면 내 삶은 이미 돌이킬 수 없게 망가져버린 듯해, 모든 의욕이 꺾이곤 했다. 이미 글러먹은 삶을 저버리지 않을 이유가 없어 보였다. 그래서 세상은 인과관계가 명확하지 않은 일들이 곳곳에서 산발적으로 일어나는 곳이라고, 인간은 무작위로 그 사건들에 꿰어지는 것이라고 생각하고는 했다. 내가 따돌림을 당한 일과 이모에게 지극한 사랑을 받은 일, 내가 살아남은 일과 혜신에게 고통을 준 일, 내가 캐나다를 떠난 일과 이모가 한국으로 돌아온 일, 그 모든 일들의 인과관계를 일일이 따질 수는 없는 거라고, 나는 분열하는 내 마음을 다잡으며 생각했다.

"네가 없었으면 이 길을 혼자 오지 못했을 거야. 고맙다, 하나야."

"아니에요."

"이모가 정말 고마워. 정말이야."

문득 캐나다에 있을 때 학교에 불이 났던 날이 떠올랐다. 그때 이모가 윽, 윽, 하며 간신히 울음을 삼켰던 순간이. 그때 느꼈던 야릇하고 불손한 마음과 또 그와 비슷하지만 다른 감정들이 나를 뭉근하게 내리눌렀다.

"필요한 사람이 되고 싶었어요. 그게 제 꿈이었어요. 처치 곤란인 적이 더 많았지만 그래도 누군가에게는 정말 간절해지고 싶었어요. 남아도는 그런 거 말고요."

차 유리가 닫혀 있는데도 어디선가 매캐한 연기 냄새가 끼쳐와 코끝을 자극했다. 비명소리가 내 안에서 들리는지 밖에서 들리는지 알 수 없었다. 그때 깨끗하고도 차가운 목소리가 나를 깨웠다.

"앞을 봐야지."

찰나의 순간이었다. 아주 짧은 순간, 정신을 놓고 있던 나를 이모가 건져올렸다. 이모는 아무 일도 없었다는 듯 말했다.

"나는 항상 하나가 간절했는데. 살아 있는 사람들 중에서 보고 싶은 사람이라곤 네가 유일했어."

달리다보니 우리보다 앞서간 소방차가 도로 갓길의 사고 현장에 물을 뿌리고 있었다. 스쳐지나가며 본 것으로는 불이 난 차에 불씨가 아주 조금밖에 남아 있지 않았다. 우리는 잠시 그 장면을 눈에 담았다가 말없이 고개를 돌렸다.

"다행이다. 아무도 안 다쳤나봐. 모두 무사한 것 같아."

그것이 이모의 추측일 뿐일지라도 간절히 믿고 싶어졌다. 오늘은 모두 무사하다는 그 말을.

* 청소년 수련원 화재 참사와 관련된 대목들은 『씨랜드 청소년수련의집 화재사고 백서』(경기도청, 1999), 씨랜드 화재 참사 희생자 유족회의 『씨랜드 참사 백서—그날 밤 씨랜드에선 어떤 일이 벌어졌는가?』(2000), 416세월호참사 작가기록단의 『재난을 묻다—반복된 참사 꺼내온 기억, 대한민국 재난연대기』(서해문집, 2017)를 참고했다.

믿음을 주는 이야기

소유정(문학평론가)

ㄹ

매듭의 자리

'약속約束'이라는 단어를 생각하면 자연스레 떠오르는 손짓이 있다. 서로의 약지를 내밀어 걸고, 엄지를 맞대는 것. 이후 몇 가지 동작과 함께 약속을 훼손할 수 없음을 공고히 하는 과정을 덧붙이기도 한다. 중요한 건 손가락을 거는 행위이다. 약속의 어원에는 근본적으로 '얽힘'이 내포되어 있다. 실이나 끈과 같은 가닥으로 서로를 단단히 감거나 나무를 꽁꽁 동여맨 모습을 형상화한 한자. 그러니까 약속은 무언가로 대상을 속박하거나 서로 결속된 모양새로서 하나라는 단단한 힘을 가진다. 백온유의 첫 소설집 『약속의 세대』는 제목이 주지하듯 어떤 약속을 중심으로 얽히고설킨 관계를 보여주는 이야기들이 수록돼 있다. 이때 약속은 남편이 아내에게 일찍 퇴근하겠다고 말하는 사소한 대화(「광일」)에서부터 소위 채권자와 대가성 범죄를 공모하는 것(「내가 살던 고향은」)까지 다양한 형태로 나타난다. 반드시 타인과의 약속만이 약속은 아닐 것이다. 할머니를 위해서는 무슨 일이든 한 가지는 하겠다는 손녀의 마음(「의탁과 위탁 사이」), 내가 괴롭게 한 친구 앞에 다시는 나타나지 않으리라는 다짐(「내가 있어야 할 곳」), 친구에게 번듯하게 잘사는 모습을 보여주겠다는 목표(「회생」) 등은 나 자신과의 약속이라 칭할 만하다. 그뿐 아니라 종교에 몸담아 태어났을 때부터 사후까지 많은 것들을 보장받았다고 믿는 사람(「사망 권세 이기셨네」) 또한 약속 안에 종속돼 있기에 놓칠 수 없다. 이처럼 약속을 기반으로 한 얽힘의 관계를 보여주는 백온유의 소설에서 약속을 성사시키는 조건은 일차적으로 믿음에 있다. 약속을 한 대상에 대한 믿음은 어느 정도 약속의 이행으로 이어진다. 그러나 이 믿음이 완전하지 않은 반쪽짜리일 수밖에 없는 까닭은 약속이란 반드시 지켜지거나 그렇지 않거나 하는, 반반의 가능성을 갖고 있기 때문일 것이다. 그런데 선택의 기로는 두 갈래일지라도 의미는 그리 간단하게만 해석되지 않는다. 백온유의 소설에서는 상대에게 이미 약속의 의미가 상실되었거나, 지켜진 약속이라 하더라도 역설적으로 더 큰 약속을 어기게 되는 등 약속을 둘러싼 더욱 복잡한 양상이 포착된다. 따라서 약속의 이행 여부보다 중요한 건 그러한 약속이 이루어지게 된 배경과 맥락, 그리고 믿음의 수행으로써 약속의 면면이다. 이를 살피는 작업은 백온유가 약속이란 이름 아래 매듭지어둔 소설적 관심의 근원을 파악하는 과정과 다르지 않을 것이다.

상실과 결핍 사이

『약속의 세대』의 수록작들은 대체로 '가족'을 그리고 있다. 소설 속 인물들은 태어나 처음 만나는 일차집단인 가족으로부터 비롯된 문제 상황에 놓여 있다. 성인이 된 지는 한참이지만 유년의 경험이 해소되지 않은 채 남아 있다 환기되어 인물들의 현재에 영향을 끼치는 셈인데, 이는 동화와 청소년소설로 작가활동을 시작했으나 이제는 장르적 경계 구분이 필요치 않은 활발한 행보를 보여주고 있는 백온유의 작품세계 안에서도 자연스러운 흐름이다.

가령 「의탁과 위탁 사이」의 연수는 오래전 자신과 한 약속을 지키는 중이다. 그건 어린 시절 할머니가 자신을 돌봐주었던 적이 있기에 "언젠가는 할머니를 위해 할 수 있는 일 한 가지는 무엇이라도 하겠다는 다짐"(126쪽)이었다. 열심히 준비했던 구직 활동을 미루고 할머니의 간병을 맡게 된 건 그러한 이유에서였다. 그런데 연수의 돌봄에는 "부채감"(같은 쪽) 때문일지언정 선한 의도만이 담겨 있지는 않다. 할머니가 유독 예민하게 다루는 틀니를 세척할 때 불결하다고 느끼거나, 자신의 실수로 틀니가 깨진 걸 할머니에게 곧장 말하기를 망설이는 연수의 행동에는 은근한 "적개심"(154쪽)이 묻어 있다. 누구의 강요 없이 스스로 떠맡은 일에 왜 이런 모습을 보일까 의문이 들지만, 현재 시점과 병치되는 과거의 기억을 눈여겨보면 연수의 행동은 그와 무관하지 않음이 드러난다. 두 시간선을 오가는 사이 선명해지는 건 연수가 조부모에게 맡겨졌던 삼 년은 부모의 일이나 경제적 사정으로 인한 의탁이 아닌, 그간 소홀해진 부부관계를 회복하기 위한 위탁의 시간이었다는 것이다. 의탁과 위탁 사이, 연수가 자신이 위탁되었던 거라 생각하는 이유는 "엄마가 아파트 음식물 쓰레기장에서 구조했다는 연두와 아빠가 하나하나 이름표를 붙여놓은 화분들"(141~142쪽) 같이 당시 부모가 누군가에게 애정을 쏟을 삶의 여유가 부족하지는 않았기 때문이다.

그런데 자신을 방치했던 부모보다 할머니에게 비뚤어진 마음을 내비치게 되는 건 왜일까. 부모의 발길이 점점 뜸해지고 이러다 영영 조부모의 집에서 살게 될지도 모른다는 불안은 연수의 결핍을 강화시킨다. 그렇기에 자신에게 충만한 애정을 줄 수 있고 그래야만 한다고 믿는 이의 관심이 다른 곳에 머무름을 알게 되었을 때, 결핍의 요인은 처음 그것을 유발시킨 대상을 떠나 지금 애정을 갈구하게 하는 대상으로 옮겨간다. 할아버지에게 가정폭력을 당하던 할머니와 혼자 사는 골목집 할아버지 사이에 "묘한 유대감"(133쪽)이 있다는 "희미한 앎"이 "혐오감"(135쪽)과 같은 명명 가능한 감정으로 아주 또렷해졌듯이 말이다. 연수의 할머니 돌봄은 위탁되었던 자신의 유년기에 쌓인 부채를 덜어내는 동시에 그때 자신이 느꼈던 감정을 되돌려주려는 작은 복수다. 더불어 지금 할머니를 돌볼 여력이 안 돼 연수에게 의지하는 부모를 비롯한 가족들의 행동이 의탁인지 위탁인지 현재 시점에서 재확인하려는 것이기도 하다. 그러나 이 모든 시도 끝에 남는 건 할머니에게 진 빚을 갚았다는 안도감도, 티나지 않게 복수했다는 후련함도 아닌, "그 누구도 아쉬워하지 않고 애틋해하지 않는 삶"(152쪽)을 살다 간 한 사람에 대한 어렴풋한 연민이다. 누구도 바라지 않았으나 조금 더 생을 이어나가기를 원했던, 그러나 끝까지 그 욕망을 입 밖으로 내뱉지는 못했던 할머니의 갈망의 흔적을 연수만이 이제야 조금 이해한다.

부모의 돌봄이 필요한 시기에 다른 곳에 위탁된 아이는 「내가 있어야 할 곳」에도 존재한다. 이 소설은 화재 사고에서 살아남은 아이를 주인공으로 하며, 자신의 생존에 가까운 이의 죽음이 겹쳐 있다는 점에서 백온유의 대표작 『유원』(창비, 2020)을 떠올리게 한다. 다만 사고의 당사자이자 생존자인 '나'의 이야기에 유가족 이모의 사연까지 더해 살아남은 자들의 이야기를 겹의 서사로 그리고 있기에, 『유원』에서 한 걸음 더 나아갔다고 할 만하다.

가족들에게는 "살아 있는 것 자체로 유세를 부리며 뻔뻔하게 가장 좋은 것을 요구하는", "오냐오냐 키워 철이 없고 고집이 센 막내딸"(284쪽)로 여겨지는 하나는 학교폭력에 가담한 일로 떠밀리듯 유학길에 오른다. 그런 하나를 반갑게 맞이하는 이들은 어릴 적 하나가 겪은 같은 사고로 하나뿐인 딸 진아를 잃고 한국을 떠난 이모 부부다. 하나는 이모네 집에서 보내는 얼마간의 시간 동안 한국에서보다 더 큰 행복을 느끼며 엄마가 절대 말해서는 안 된다고 신신당부했던 '그 일'에 대한 금기를 깨고 싶어한다. 그건 바로 하나의 사촌이자 이모의 딸의 죽음을 언급하는 것으로, 하나가 그렇게 말한 데에는 자신이 객식구 조카가 아닌 안정적인 가족 구성원으로서 이모 부부와 캐나다에서 정착하고 싶다는 기대가 담겨 있었다. 하지만 엄마의 귀국 요청에 따를 것을 권유하는 이모를 통해 하나는 자신의 바람이 무산되었음을 깨닫고 한국으로 돌아온다. 이후 마냥 행복했던 그 시기의 기억에 새로운 해석이 하나씩 더해진다. 늘 기분좋은 활기와 달콤한 향기가 감돌았던 이모네 집의 분위기는 "나를 환대하는 의미"가 아닌, "그들이 아주 오랫동안 단지 그런 일상을 고대했고 나의 등장은 그 일을 시작할 수 있는 좋은 계기 혹은 마땅한 구실이었을지도 모른다"(289~290쪽)는 생각처럼 말이다. 이모 부부에게는 자신의 존재가 그렇게 대단한 것이 아니었으며, 자신이 진아의 빈자리를 대신 채울 수 있으리라 믿은 건 오만에 불과했다는 깨달음. 그런 것들은 언제나 뒤늦게 온다.

오랜 시간이 흘러, 이모의 역이민으로 하나와 이모는 재회한다. 두 사람은 묻어두었던 감정을 꺼내어보며 마침내 고국 땅을 '내가 있어야 할 곳'이라고 여긴다. 하나는 어느 순간 "내 삶이 이곳에 있다는 사실을"(315쪽) 받아들이게 되어 더는 캐나다에 가지 않고 한국에 남았고, 이모는 감당하기에는 너무 커 "내팽개친 슬픔을 회수"(319쪽)하기 위해 한국에 돌아왔다. 이는 고통과 슬픔을 회피하거나 외면하는 것은 절대 정답이 될 수 없으며, 슬픔을 오롯한 슬픔으로 감내하는 것에는 용기가 필요한 일임을 알고 있는 이들의 선택이다. 소설의 말미에서 두 사람이 오래전 화재 참사 현상을 찾아 이야기를 나누는 장면이 큰 울림을 주는 건 그러한 이유에서다. 세상 모든 일의 인과관계를 전부 따지기란 어렵지만, 그 인과로 인해 다시 한자리에 모이게 된 이들이 같은 슬픔을 기억하고, 함께 슬퍼하는 공동체를 이루는 모습은 오래 기억될 위로로 남는다.

과거를 반추하며 상실 혹은 결핍을 돌아보는 이들의 이야기는 「반의반의 반」에서 삼대 모녀 서사로 이어진다. 단, 여기서는 상실 혹은 결핍의 대상이 사람이 아닌 돈으로, 이전 작품들과는 사뭇 다른 국면의 이야기가 전개된다. 이 소설의 핵심이자 끝내 풀리지 않는 미스터리는 할머니 영실이 잃어버린 돈의 행방이다. 영실은 오천만원을 담아놓은 가방이 어느 날 감쪽같이 사라졌다고 주장하지만, 간헐적으로 치매 증상을 보이는 영실의 말은 가족들에게 신뢰를 얻지 못한다. 게다가 평소 그렇게 큰 돈을 갖고 있었다는 티를 낸 적이 없기에 실제로 오천만원이 있었는지조차 의문이다. 문제는 영실의 말을 믿을 수 없기 때문에 생기는 공백이 "어떤 가능성"(186쪽)으로 치환된다는 점이다. 그것은 각각 영실 자신, 영실의 딸 윤미, 영실의 손녀 현진에게 있어 각자가 선택하지 못한 삶만큼의 가치로 그려진다. 예컨대 영실에게는 좀더 대접받으며 생을 마무리할 수 있다는 실버타운 입주 "보증금"(184쪽)으로, 윤미에게는 간통죄로 인한 실형을 살지 않아도 되었을 "합의금"(179쪽)으로, 현진에게는 "대학 등록금" "교환학생 프로그램의 유학비"(186쪽) 등으로. 이들이 떠올리는 또다른 삶의 가능성은 오천만원이라는 금액이 반의반의 반으로 줄어도 사그라지지 않는다. 의미가 없을지언정 그 가능성이 떠오를수록 선명해지는 건 그것을 실현하지 못했다는 데서 오는 "환멸"(176쪽)과 "오한처럼 다가오는 원망"(180쪽) 같은 구체적인 감정뿐이다. 돈의 행방이 여전히 묘연한 가운데 영실을 둘러싼 갈등은 점점 더 깊어지기만 한다. 만일 영실의 말―오천만원이라는 돈이 있었고 그것을 잃어버렸다는 것―이 사실이라면, 범인으로 유력한 건 영실의 집에 출입하던 요양보호사 수경이다. 그러나 영실은 결코 수경만큼은 의심하지 않는다. 평소 자신을 '엄마'라 부르며 살갑게 대하던 수경, 실버타운 입주 계획을 듣고 손수 뜬 "꽃분홍색 카디건"(189쪽)을 선물한 수경이 설령 그 돈을 훔쳤더라도 그건 나쁜 의도가 아니라 "자신을 여기에 붙들어두려고"(193쪽) 그랬다는 데에 한 치의 의심도 없다. 소설의 말미에 영실의 마음에 남은 건 돈의 행방에도, 어떤 진실에도 가까워지지 못하게 하는 맹목적인 믿음뿐이다.

믿음과 약속 사이

앞서 「반의반의 반」에서 보듯 『약속의 세대』는 굳건한 듯한 믿음이 깨지는 순간을 보여주기도 한다. 아니, 애초에 정말로 그런 것이 존재했는가를 의심하게 한다. 그렇다면 질문은 여기서부터 시작되어야 할 것이다. 믿음은 어떻게 만들어지는

가? 영실은 친자식을 향해서는 오십 년 넘도록 갖지 못했던 "순도 높은 모성"(193쪽)을 어떻게 생판 남인 수경에게 느꼈다고 자신하며 그녀를 전적으로 믿을 수 있었을까? 이렇게 보면 믿음은 가족이라는 이유로 당연하게 생기는 것이 아니다. 믿음은 제 안의 결핍이 충족되는 순간에 확신으로 온다. 딸보다 더 딸처럼 굴었던 수경의 살가운 행동이 영실에게 확실한 믿음의 증표가 되었던 것처럼.

　믿음의 생성과 균열의 현장을 잘 보여주는 작품으로 「회생」과 「사망 권세 이기셨네」 또한 빼놓을 수 없다. 앞의 소설들과는 달리 중심인물의 관계가 가족이 아닌 친구라는 점도 주목할 만하다. 「의탁과 위탁 사이」 「내가 있어야 할 곳」에서 초점 인물의 과장되거나 거짓된 행동이 가족의 애정을 갈구하는 하나의 방식이었다면, 「회생」과 「사망 권세 이기셨네」 속 인물들의 거짓말은 조금 더 안온한 생활을 영위하기 위함에 그 목적이 있다.

　「회생」에서 수영이 임신했다고 한 첫 거짓말은 인터넷 카페에서 효소를 나눔받으려는 아주 사소한 의도에서 시작되었다. 그러나 언제나 괜찮은 물품을 나눔하던 닉네임 '요술램프'가 알고 보니 대학 동기 연지이며, 근방에서 제일 좋은 아파트에 거주하고 있다는 사실을 알게 된 이후에도 수영은 거짓말을 정정하지 않는다. 오히려 거짓말을 수습하기 위한 거짓말이 점점 늘어 어느새 수영은 아이 아빠가 누군지도 모르는 미혼의 임신부가 되어 있었다. 들킬지 모른다는 불안이 점점 커져만 가지만, 당장은 위협적인 "현실적인 문제들"(220쪽)을 해결할 수 있음을 다행으로 여긴다.

이쯤에서 의문이 든다. 연지는 어떻게 수영에게 그렇게나 절대적인 호의를 보였던 걸까? 별로 친하지도 않았던 대학 동기에게 자신의 집을, 그것도 방 하나는 미래에 태어날 수영의 아기 몫으로 내어주면서 "여기에서 컸으면 좋겠어"(221쪽)라고 말할 수 있는 건…… 단지 그가 모든 면에서 지나치게 여유롭기 때문이었을까? 부족함 없이 많은 것을 소유하고 있기에 무엇에도 치열할 필요를 느끼지 못하는 연지가 시간과 돈을 소비하는 유일한 방법은, "심각한 쇼핑 중독이라는"(216쪽) 정보로 확인 가능하듯, 쇼핑이었다. 그러나 쇼핑은 일시적인 감정의 해소책 그 이상도 이하도 아니었다. 연지는 집안에 가득 쌓인 물건들을 해치우기 위해서라도 나눔이 필요했다. "나눔을 받으러 온 이웃이 문 앞에 다가오는 모습과 물건을 확인하는 모습, 물건을 챙겨 엘리베이터로 돌아가는 모습"을 보며 "나눔받는 사람을 관찰하는 것"에서 연지는 "정신적인 포만감"(223쪽)을 느끼고 있었다. 그런 연지에게 수영은 나눔을 필요로 하며 지속적으로 그 모습을 관찰할 수 있다는 점에서 더할 나위 없이 적합한 대상이었다. 정확히는 수영이 아닌, 뱃속의 아이가 그랬다. 하루하루 다르게 성장할 미래의 가능성을 품고 있는 아이. 그렇기에 수영의 말이 모두 거짓이었다는 사실이 발각된 순간 깨지는 건 친구에 대한 믿음이 아닌, 권태로운 일상에 찾아온 "자그마한 덩굴손"(221쪽) 같은, "돈이든, 시간이든, 마음이든" "탕진"(224쪽)할 거리가 생긴 미래에 대한 기대다. 따라서 시간이 흘러 연지와 다시 연락을 이어가게 된 수영이 무리를 해서라도 애써 회생시키고자 했던 자신에 대한 믿음 따위는 연지에게 더이상 중요하지 않다. 이제 연지에게는 돈, 시간, 마음을 온전히 쏟아부어도 좋을 남편과 아이가 있으므로. 연지가 그리는 미래에 수영과 수영의 아이가 없다는 것은 "자신이 훼손한 것이 정확히 무엇일까 궁금해"(232쪽)하는 수영의 물음에 대한 답이기도 하다.

「사망 권세 이기셨네」에서 미리가 지키고자 하는 것은 자신의 세계가 안전하고 또 완전하다는 믿음이다. 미리의 엄마는 재림역전교 총재의 수족이었으므로 딸 미리는 "5분위 약속 세대"(261쪽)였다. '약속 세대'라는 명칭답게 미리는 태어날 때부터 많은 것을 약속받았다. "보장된 미래. 보장된 천국. 보장된 사랑"(246쪽)을 당연시하며 불안을 모르던 미리에게 세주는 자꾸만 그 믿음이 정말 확실한지 묻는다. 보이지 않는 걸 어떻게 믿을 수 있냐는 물음에 미리는 그 믿음마저 약속된 것처럼 자신의 신앙이 당연함에 감사하며 전도를 멈추지 않는다.

심지어는 "죽은 지 나흘 된 나사로를 살린 예수와 동일한 이적을 보일 수 있다는"(252쪽) 총재의 행동이 진짜가 아님을 직접 목격하지만 모른 척한다. 그렇게 거짓된 간증을 통해 세주가 그토록 바라던 믿음을 준다. 자신만 입을 닫으면 이 세계는 여전히 견고할 것이라는 근거 없는 믿음으로. 그러나 총재의 배임과 성범죄 사실이 보도되면서 진리로 여겼던 세계는 무너진다. 탈교한 뒤에도 세주는 자신의 삶이 망가진 것에 책임을 묻듯 미리를 착취한다. 수시로 돈을 요구하거나 종교의 이상異常을 알고도 묵인한 건 아닌지 추궁하는 식으로 시도 때도 없이 미리를 괴롭히면서 간절히 바랐던 '약속'에 대한 믿음을 보상받고 싶어한다. 이는 소설의 마지막 대목에서 세주가 가져온 자루에 담긴 '무언가'가 부활될 수 있는가의 문제로 나아간다. "네가 보기엔 어때? 살아날 수 있을 것 같아?"(271쪽) 그럴 수 없다는 걸 알고 있으면서도 세주가 굳이 묻는 이유는 미리가 전했던 믿음에 책임을 느끼길 바라는 이유에서일 것이다. 어쩌면 세주에게는 가까이할 수 없는 총재보다 모든 것을 보장받는 '5분위 약속 세대'였던 미리가 구원자에 가까웠을 것이다. 하지만 그러한 믿음을 산산조각난 형태로 돌려받은 세주가 할 수 있는 건 "연기가 아니라 진심으로 동요하고 있는" "분열하고 있는" "균열된"(같은 쪽) 미리를 마주하는 일밖에 없다.

실패와 반복 사이

이제 두 편의 소설이 남았다. 그간 백온유의 소설을 따라 읽어온 독자라면 소설집의 첫머리에서 「나의 살던 고향은」과 「광일」을 만났을 때 조금은 당황하지 않았을까. 나 또한 그랬다. 지금껏 나는 으스스한 감각 속에 독자를 몰아세운 채 홀연히 떠나는 백온유를 상상해본 적이 없었다. 그러므로 이 소설들은 백온유 소설세계의 커다란 분기점이자, 그의 다음 행보를 기대하게 하는 중요한 작품이 될 것이다.

「나의 살던 고향은」의 영지는 엄마의 입원 소식에 오랜만에 고향 한서를 찾는다. 그리고 엄마를 상해 입힌 가해자라고 생각했던 산주의 딸 구정은으로부터 뜻밖의 진실을 전해듣는다. 그건 바로 영지의 엄마가 여러 해에 걸쳐 산주의 산에서 송이버섯을 무단 채집했고 피해 금액이 무려 오천만원가량 된다는 것, 이번 사고 역시 몰래 송이버섯을 따던 중에 발생했다는 것이었다. 온전한 재활이 어려운 상황임에도 엄마가 왜 별일 아닌 것처럼 사건을 무마하려 했는지 이해하는 순간이다. 이렇게 가해와 피해 사실이 역전되었을 때, 영지는 구정은에게서 산을 "잿더미로 만들어"(56쪽)달라는 비밀스러운 제안을 받는다. 영지가 그런 무리한 요구를 결국 받아들이는 건 단지 엄마의 죄를 덮고 합의에 이르려는 의도 때문만은 아니다. 정작 영지의 마음을 움직인 건 구정은이 자신을 부러워했다는 사실 때문이다. "나는 영지씨를 질투하고, 내가 영지씨라면 얼마나 좋을까 생각했어요"(58쪽)라는 구정은의 고백에 영지는 "누군가가 먼 곳에서 자신의 삶을 부러워했다고 하니, 자신의 비루한 삶이 순식간에 몇 단계나 격상되는 느낌이 들었다"(59쪽)며 한껏 고양된다. 이어 "엄마의 버섯값을 갚기 위해서가 아니라, 구정은을 구원해주기 위해서라도 산을 불살라야겠다는 사명감"(같은 쪽)을 느끼며 은밀하게 방화를 공모한다. 여기에는 과거 한서에 균열을 일으키고 사라진 미수 이모를 남몰래 동경했듯 구정은을 도와준다면 자신 역시 그러한 "우러름"(같은 쪽)을 받을 수 있을 거라는 묘한 기대도 스며 있다.

산에 불을 지르기 위해 산속으로 들어간 영지는 "바깥세상과는 완전히 단절된 어떤 세계로 진입"(62쪽)한 듯한 기이한 경험을 한다. 이 장면에서 영지는 어떤 자유로움에 도취된 것처럼 보인다. 어쩌면 영지는 자신의 능력을 끊임없이 증명해야 하는 서울이 아닌, 이런 장소를 오래 갈망해왔을지도 모른다. 또한, 그 방화를 통해 영지는 어릴 적 초등학교 때 고향에서 이웃집 아저씨에게 당했던 모종의 사건과 그로 인한 고향에의 실망에서 비로소 놓여날 수 있는지도 모른다. 그걸 가능하게 하는 곳이 그토록 외면했던 고향이라는 점은 낯설고도 매혹적이다. "드디어 이 고향을 사랑할 수 있게 되었다"(65쪽)는 영지의 말로 소설은 끝이 난다. 이는 앞서 한서행 버스 장면에서 나온, "그곳이 영원히 돌아갈 수 없는 고향이 된다면 영지는 진정으로 자신이 태어난 땅을 사랑할 수 있을 것 같았다"(17쪽)는 서술과 겹쳐지며 방화 이후의 한서와 영지를 상상하게끔 한다. 이때 '돌아갈 수 없는 고향'은 중의적인 의미로 해석된다. 어느 정도 불이 번진 후에는 신고를 하겠다는 구정은이 약속을 지키지 않아 마을이 큰 해를 입었거나 영지가 방화범으로 지목이 되었거나. 둘 중 어느 쪽이 정답인지는 중요하지 않다. 어느 쪽이더라도 "한서에 뿌리내리면 자신은 분명 여유롭고 풍족한 삶을 영유할 수 있을 거라는" "그런 이상한 믿음"(40쪽)을 더는 품을 수 없게 돼버린 결말일 테니 말이다.

타인에게 받는 우러름, 그로 인해 "가지 못했던 곳에 이미 도달한 듯한 착각"(59쪽)을 느끼는 이가 영지뿐일까. 본능을 자극하는 말에 평소라면 하지 않았을 선택을 하는 인물은 「광일」에도 있다. "어쩌다 한 번씩 예상치 못한 시간에 예상치 못한 손님을 태울 때, 낯설고 험한 길을 달려서 손님을 목적지에 데려다놓을 때 박광일은 잠시 자신을 신이라고 상상하곤 했다."(97쪽) 이 문장은 「광일」의 주인공 박광일에 대한 가장 정확한 설명 같다. 날씨가 좋지 않으니 오늘만큼은 일찍 집에 들어가기로 한 아내와의 약속을 계속 미루며 광일이 선택한 건 "기이한 에너지와 전능감"(97~98쪽)이다. 불미스러운 사건으로 한동안 일을 하지 못한 탓에 그는 아내에게 늘 미안함과 고마움이 있었다. 집에서는 불가능한 "신과 같은 존재"(98쪽)가 될 수 있는 기회는 바로 오늘처럼 손님이 사정하며 목적지까지 가달라고 할 때가 유일하다.

강남에서 태안으로, 다시 태안에서 산천까지. 두 명의 여자 손님을 태우고 장거리 운전을 한 것은 동일하나 박광일은 명백히 태도의 차이를 보인다. 가령 노인 손님을 태운 건 돈 때문임이 명확하지만, 젊은 여자 손님의 탑승을 수락한 이유가 "여자"이기 "때문이어서는 안 됐다"(106쪽)며 합리화할 구실을 찾는다. 또한 노인 손님의 차림새를 보고는 "정숙하고 단정한" "아내를 둔 것에 안도"(71쪽)하다가도 젊은 여자 손님에게는 "혹시 여자가 자신에게 은근히 추파를 던지는 것은 아닐지 의심"(102쪽)하며 스스로 남성성을 과시한다. 그러는 사이 박광일이 점점 멀어지는 건 아내와의 믿음의 거리다. 박광일에게는 해명이 필요했다. 왜 자꾸 귀가가 늦어지는 건지, 아내와의 약속은 어쩌고 그런 선택을 하게 된 건지. 비단 오늘의 일만은 아니다. 자신이 연루되었던 과거의 일, 법적으로는 무결했으나 아내를 "문득 서늘한 표정"(117쪽)을 짓게 한 그 일도 있었다. 하지만 박광일은 그때도, 지금도 아무것도 해명하지 않는다. 그저 "우리를 위해서지, 다른 이유가 있겠어. 내가 발바닥에 땀 내 나게 차를 굴리는 건 모두 우리를 위해서야"(106~107쪽),

"내가 나 하나 좋자고 그랬겠어? 우리를 위해서였어. 안락하고 평안한 우리의 미래를 위한 일이었지"(118쪽) 같은 변명을 생각하기만 한다. 무엇이 자신과 아내를 위한 것인지, 그가 그토록 되뇌던 '우리'의 이름으로 만든 미래는 어디쯤 와 있는지 확인할 길은 만무하다. 아무것도 약속된 것이 없고, 믿음을 준 적조차 없던 '우리' 안에 그만 홀로 파묻힌다.

박광일이 산사태에 휘말리는 마지막 장면은 소설의 시작과 겹쳐지며 눈 깜짝할 새에 벌어진 일인 양 독자를 혼란스럽게 한다. 정말 박광일이 산천에 갔던 것인지, 아니면 태안에서 집으로 돌아가다 졸음운전으로 꿈을 꾼 것은 아닌지 생각하게 한다. 그리고 이런 불확실한 파동이 백온유 소설을 움직이는 힘일 것이다. 믿음과 약속, 그것들이 결렬되고 생긴 상실과 결핍의 자리에서 또다른 믿음과 약속들이 만들어진다. 이 끝없는 굴레 속에서 벌어지는 반복과 실패의 알 수 없는 인과관계를 백온유는 소설로 따져보고자 한다. 유일한 존재로 환대받고 싶었던 사람들을 통해. 『약속의 세대』의 인물들은 이렇게 말한다. "자신이 누군가에게 동경의 대상이기를 바랐"(「나의 살던 고향은」, 59쪽)고, "자신이 누군가에게 간절한 존재이기를 바라왔다"(「의탁과 위탁 사이」, 152쪽)고. "처치 곤란인 적이 더 많았지만 그래도 누군가에게는 정말 간절해지고 싶었"(「내가 있어야 할 곳」, 322~323쪽)다고 말이다. 불거진 욕망 때문에 믿음을 저버리고, 일을 그르치기도 하지만, 이들은 어느 한 대목에서는 진솔한 내면을 꺼내 보이는 데에 망설임이 없다. 이것이 백온유 소설이 독자를 끌어당기는 방법이다. 알면서도 속아주는 마음으로, 다시 손가락을 걸게 하는. 깨진 믿음의 조각에 얼굴을 비춰보는 인물들도 그렇게 다시 약속할 것이다. 여전히 실패하면서도, 간절히 믿고 싶어하며. 그러다 어느 날, 기적과 같은 순간을 마주할 수도 있지 않을까. "나는 항상 하나가 간절했는데. 살아 있는 사람들 중에서 보고 싶은 사람이라곤 네가 유일했어."(323쪽) 지금까지의 생을 후회하지 않게 하는 누군가의 말 한마디가 지켜진 약속처럼 온다. 그 잠시 동안의 환희가 담긴 백온유의 소설에, 도무지 믿음을 주지 않을 자신이 없다.

작가의

말

사람과 시대에 휘둘리지 않기 위해 쏟았던 노력을 떠올려본다. 나만의 고유하고 독자적인 가치를 지키며 살겠다는 각오는 수시로 무너지고 어느새 또다시 사람을 의식하고 과거에 구애받고 소문에 연연하고 있다. 이렇게 두리번거리며 살다가 나와 비슷한 사람들을 발견하면 빤히 응시한다. 그들은 어떻게 사람과 시대를 감당하는지 궁금하기에.

『약속의 세대』에는 삶의 비애를 감내하는 인물들이 나온다. 그들은 헐거운 약속이 지켜지기를 바라며 사는 사람들이다. 헌신하는 만큼 보상이 따를 거라는 기대, 인내하면 찬란한 미래가 당도할 것이라는 믿음. 소설을 쓰는 내내, 다정하고 살가운 줄 알았던 그 목소리에 배반당한 사람들을 생각했다.

아마도 소설은 기만당했음에도 불구하고 자신의 삶을 지키려 한 이들을 위한 게 아닐까. 앞으로도 나는 그들을 위한 이야기를 쓸 것이다.

소설을 쓰는 동안 너무나 많은 이들에게 신세를 졌다. 언제나 글을 쓸 용기를 주시는 김지은 선생님께 사랑의 마음을 전한다. 과분하기만 한 추천사를 써주신 김연수, 이적 선생님, 사려 깊은 해설을 써주신 소유정 선생님께 감사드린다. 책의 표지를 아름답게 꾸려주신 이혜진 디자이너님께도 감사하다. 서툴고 투박한 글을 정성 들여 다듬어주신 정민교 편집자님과 문학동네 관계자분들께 머리 숙여 존경의 마음을 전하고 싶다.

소설을 읽어주실 독자분들께 나의 가장 밝은 얼굴로 인사를 건네고 싶다. 고맙습니다, 여러분. 평안하세요.

2026년 봄

백온유

| 수록 작품 발표 지면 |

나의 살던 고향은 ······ 『듣다』(열린책들, 2025)

광일 ······ 미발표작

의탁과 위탁 사이 ······ 『릿터』 2022년 8/9월호

반의반의 반 ······ 『악스트』 2024년 5/6월호

회생 ······ 『자음과모음』 2023년 여름호

사망 권세 이기셨네(발표 당시 제목은 '부활') ······ 문장 웹진 2024년 8월호

내가 있이야 할 곳 ······ 『창작과비평』 2024년 겨울호

문학동네 소설집

약속의 세대

ⓒ 백온유 2026

1판 1쇄 2026년 3월 20일
1판 2쇄 2026년 3월 31일

지은이 백온유
책임편집 정민교 | 편집 서유선 김내리 염현숙
디자인 이혜진 최미영 | 저작권 박지영 형소진 주은수 오서영 조경은
마케팅 정민호 서지화 박치우 한민아 왕지경 이민경 정유진 김예진 김혜원 정경주 이서진
브랜딩 함유지 이송이 박민재 김하연 신은서 이준희 조다현
미디어콘텐츠 함근아 김은솔 박다솔
제작 강신은 김동욱 이순호 | 제작처 한영문화사

펴낸곳 (주)문학동네 | 펴낸이 김소영
출판등록 1993년 10월 22일 제2003-000045호
주소 10881 경기도 파주시 회동길 210
전자우편 editor@munhak.com | 대표전화 031) 955-8888 | 팩스 031) 955-8855
문학동네카페 http://cafe.naver.com/mhdn
인스타그램 @munhakdongne | 트위터 @munhakdongne
북클럽문학동네 http://bookclubmunhak.com

ISBN 979-11-416-1581-9 03810

www.munhak.com